JN306521

クレイジーヘヴン

垣根涼介

幻冬舎文庫

クレイジーヘヴン

CONTENTS

PHASE 1
狂気の夏

1

くせぇ――。

チーズの腐ったような臭《にお》いがシーツの中に籠《こも》っている。素っ裸の女体が彼の下にある。

恭一《きょういち》はかすかに顔をしかめた。そしてあきれた。

この女、ちゃんと洗ってねぇな。

十九歳の小娘。二十七になったばかりの彼とは八つ違う。

旅行業者の地区懇親会で知り合った。同業者の集まりだ。様々な代理店《エージェント》から若手社員が集まってきており、その中にこの娘もいた。

二次会のカラオケ屋で親しくなった。相手の目つきや素振りで、自分に興味を抱いているらしいことを悟った。というより、娘は最初から恭一に対しての関心を隠そうともしなかった。歳《とし》は関係ない。

まれにこういう剝《む》き出しの女がいることを、それまでの経験から知っていた。

スタイルがよく、色も抜けるように白い。目鼻立ちも劣情をそそられた。だから恭一は誘いに乗った。

　平日の夜に一度食事をし、日曜の今日、駅前のロータリーで待ち合わせをした。クルマで市内をしばらくぶらぶらした。特に目的もないドライブ。

　暗黙の了解——相手もそれで満足のようだった。

　パスタ専門店で昼食を食べたあと、部屋へと連れ込んだ。舌を吸い合ったあと、ベッドに誘った。

　結果はこの体たらくだ。

　くさい。くさいことこの上ない。小便くさいだけならともかく、このマンカスの臭いには耐えられない。一種の腋臭《わきが》もあるようだ。

　ったく。

　出かける前にちゃんと洗ってこいよ。おれだって朝シャワーを浴びて、尻《ケツ》の穴まで洗ってんだぞ。それともおまえはこんな激臭の中でやってても平気なのか。え？

　ゆっくりとペニスが萎《しぼ》んでいく。

「…………」

　女は恭一の身体《からだ》の下で亀《かめ》のようにじっとしている。彼の二の腕を摑《つか》んだまま、まだその気でいる。あるいは自分の迂闊《うかつ》さに、身も心も固まったままでいるのかもしれなかった。

思わず笑い出しそうになる。

「ごめん」それでもやんわりと恭一は言った。「おれ、今日はダメみたい」

そう取り繕《つくろ》う自分も、噴飯ものだ。

一時間後、気まずい雰囲気のまま、娘は恭一の部屋から消えた。

シーツをベッドから引っぺがし、洗濯機にぶち込んだ。ヴァギナから垂れた汁がついていたからだ。くさかった。

十二畳のワンルームに戻り、煙草《たばこ》に火を点《つ》けた。ナチュラル アメリカン スピリットという黄色いラベルの煙草。うまくもなく、不味《まず》くもない。ただ、朝起きたときに、タールが喉《のど》元《もと》までせり上がってくる感触がない。

娘の別れ際のセリフを思い出した。

〝今度、いつ会う？〟

娘は聞いた。

〝来週と再来週の週末は無理だと思う〟

彼は応《こた》えた。

〝どうして？〟

〝二週つづけて東京に行くんだ〟

〝彼女に会いに？〟

〝うん〟

彼がそう応じると、娘は少し唇をゆがめ、部屋を出ていった。

煙草を咥《くわ》えたまま、ついゲラゲラと笑い出す。

なにが面白いのかは自分でも分からない。

しばらくぼんやりと考えているうちに分かった。

娘は彼に断られたことが悲しかったのではない。名誉挽回《ばんかい》のチャンスさえ与えられなかったことに憤慨したのだ。だから唇をゆがめた。

電話が鳴った。

しかし恭一は出ない。休日のこの時間帯の電話になど、出る必要はない。どうせろくな用件ではない。

恭一に彼女はいない。七ヶ月前に今の旅行会社に転職し、この土地にやって来た。そのときに東京で付き合っていた彼女とは別れた。それっきりだ。

東京で付き合いのあった飲み友達とも次第に疎遠になり、最近では電話もかかってこない。だから出る必要はない。

恭一に本当の意味での友達など、いたためしはない。

十コール目のあと、留守電に切り替わる。

カーディーラーからの連絡だった。クルマの修理が終わったとのことで、いつ取りにきてもかまわないという。

恭一はテーブルの上の財布を手に取った。新しい財布——つい十日ほど前にジャスコで買った。

クルマのキーを取り、部屋を出た。

エレベーターで一階まで降り、マンション裏の駐車場に行く。

駐車スペースの隅に、一台のファミリアが停《と》まっている。カーディーラーから借り受けた代車。

そのファミリアに乗り込み、すぐに駐車場を出た。

住宅街を抜け、バイパスに乗って旧市街の中心部を迂回《うかい》する。人口二十五万。北関東にあるこの県庁所在地は、たいして大きな街ではない。

去年の十一月に赴任してきたとき、そのド田舎《いなか》さ加減には驚いたものだ。駅前のロータリーから北へと延びる大通りの商店街は、飲み屋以外、午後十時にはほぼすべての店がシャッターを下ろす。電飾もネオンも消える。午前零時を過ぎると完全な灰色の街と化す。赤いのは、駅前に屯《たむろ》するヤンキー予備軍の女子高生のほっぺただけという貧相さだった。

十分ほどで目的地に着いた。

彼のクルマはすでに磨き上げられて店の前に置いてあった。

マツダのＲＸ－８。色はメタリック・ブルー。二年前に買った。

恭一の到着に気づいた営業マンが店舗の中から出てきた。

「いやぁ、今回は本当に災難でしたね。坂脇《さかわき》さん」

「ホントですよ」

恭一は軽く受けた。受けながら運転席側のドアノブを指先でなぞる。塗装したてのボディ――つるつるしている。当然だ。ドア一枚すべてが新品に換わっているのだから。

事件が起こったのは、二週間前の日曜だ。恭一はスポーツクラブからの帰り、このクルマで近所のスーパーに寄った。旅行会社の仕事は薄給なわりに忙しい。月曜から金曜までの食料の買い出しをしておくつもりだった。

十五分後にはスーパーを出て駐車場まで戻ってきた。

クルマの横まで来て、おや、と思った。

助手席に置いていたボストンバッグのファスナーが開いている。出るときにはたしか閉めておいた。が、ドアロックはかかったままだ。

「？」

怪訝《けげん》に思いながらもロックを解除し、クルマに乗り込んだ。

尻《しり》ポケットからマネークリップを取り出し、ボストンバッグの中に入れてきた小さな鞄《かばん》に戻そうとした。

しかし、バッグの中にその鞄はなかった。財布から免許証、健康保険証、クレジットカード、社員証、携帯電話まですべてを入れている小さな鞄――。

車内を探してみた。なかった。嫌な予感がした。

ふたたび車外に降り立った。クルマの周囲を一廻《まわ》りして地面を見る。

やはり鞄は落ちていない。

目を上げてもう一度運転席側のドアを見た。その途端、ドアノブに視線が釘付《くぎづ》けになった。

ドアノブの下に、ごく小さな穴が二ヶ所、穿《うが》たれている。明らかにドリル孔と分かる直径五ミリほどの小さな穴――。

やられた。

車上荒らし……。

財布の中に入っていた金は五万――だが、三枚あるクレジットカードが優先だ。

携帯もない。大急ぎで自宅に戻り、信販会社に電話をかけた。

遅かった。

十分違いで一枚のカードから五十万をキャッシングされていた。詳しい履歴をその信販会社に確認した。あきれたことに、スーパーの駐車場でクルマを離れてから五分後に、アクセスは始まっていた。しかも引き出し窓口は、スーパーの三軒隣にある農協系のキャッシュディスペンサー。立てつづけのアクセス履歴だった。

五時三十七分十五秒。暗証番号違い。ノーアクセス。三十七分四十秒。またも暗証番号違い。ノーアクセス。

三十八分十五秒。ヒット。キャッシング利用限度額の照会……。

くそっ。おれは大馬鹿野郎だ。とんだ抜け作だ。

その銀行系のカードは社会人になりたての時分に作ったもので、自分の誕生日からマイナスワンの暗証番号のまま使っていた。

三十八分五十秒……限度額一杯の五十万が引き出されていた。

他の二枚はここ数年で作ったものだ。暗証番号はランダムなものに変えていたが、それぞれ三回ずつアクセスの履歴があったあとに、ディスペンサーから撥《は》ねられていた。すべてのカードを止めたあと、警察に被害届を出した。

「結局、かなりの損害になってしまいましたね」

ディーラーの営業マンが気の毒そうに言った。

「現金が五万、キャッシングが五十万。このクルマの保険の免責が五万。免許証の再発行代なんかも入れると六十五万ぐらいですか」恭一は答えた。「あとはカード類や保険証関係の再発行の手間暇ぶんも、すべてタダ働き」

「警察はどんな感じの応対でした？」

「まあ、中国系の仕業だろう、と。日本で短期間荒稼ぎをして本国に帰っていく連中ですよ。取り寄せてもらったディスペンサーの監視カメラでも、野球帽を目深《まぶか》に被《かぶ》っていたんで正面からの顔は確認できませんでしたがね」

「それじゃあ捕まんないでしょうね……」と、相手はため息をついた。「この前新聞で見ましたけど、今どきの警察の検挙率はたかだか二〇パーセントほどだそうですから」

恭一もうなずいた。


三十分後、ディーラーを出た。

ＲＸ－８に乗り、市内中心部を迂回するバイパスにふたたび乗る。

このまま自宅に戻るのではない。

警察で見せられた監視カメラの映像を、恭一はまだはっきりと覚えている。正面からの映像では犯人の顔を拝めなかったが、ディスペンサーの背後にあるもう一台の監視カメラには、その後ろ姿がはっきりと写っていた。薄手のスイングトップを羽織った中年の男。小太りだった。その斜め後方の映像からは、ややたるんだ顎《あご》のラインと耳の形、それから鬢《びん》を落とした揉《も》み上げが見てとれた。

〝これだけの映像部分では、捕まえるのはかなり難しいと思われます〟

そう、刑事課の人間はため息をついた。

そりゃそうだろう、と恭一も思う。そして軽犯罪がこれだけ多発している昨今、警察がまったく頼りにならないこともよく分かっている。

だから、その後方から見えたわずかな横顔はしっかりと記憶に刻みつけた。

バイパス沿いのゴルフショップに寄った。薄い布の手袋とゴルフクラブ――一番安いドライバーを買い求める。

クルマに戻り、市内の北部に広がる商業地区に向かう。

大通りを外れて市道に入り、飲み屋街の固まった地区の裏手までクルマを進める。

ごみごみと賃貸アパートの建て込んだ貧相な場所――真昼でも薄暗い。民度《みんど》も低い。

ＲＸ－８をゆっくりとスロウダウンさせていく。

見つけたのは、四日前だ。

それ以前の十日間、恭一は代車のファミリアで会社へ出勤した。

理由がある。

個人旅行受付窓口《カウンター》勤務の恭一は、一時間の昼休みになると、すぐにファミリアに乗り込み、あのスーパーの駐車場に向かった。狭い市内だ。五分ほどで件《くだん》のスーパーに着く。奥の駐車スペースにクルマを停め、ジュースとパンを齧《かじ》りながら昼休みの時間ギリギリまで粘っていた。それを毎日つづけた。

自分は異常なのか？　執念深すぎるのか？

普通の人間なら、そう考える。

だが、恭一はそんなことは考えない。考えるような性質《たち》の人間なら、そもそもこんな張り込みの真似事《まねごと》はしない。そういう内省など、恭一は持たない。必要ない。

なにも考えず、クルマの中からじっと駐車場の様子を窺《うかが》っていた。

四日前、隔週の平日休みがやって来た。

スーパーは午前十時から午後八時までが営業時間だ。

終日ファミリアに乗ったまま、ほとんどその駐車場を動かなかった。

初夏の夕暮れが迫ってきた。

午後五時半——恭一のクルマがやられた時間帯だ。

一台のライトバン——ハイエースが駐車場へと入ってきた。フロントガラスに二人組の男が見える。

主婦層でにぎわうこの時間帯、明らかに場違いな存在……予感はある。が、まだ確信はない。恭一はじっとそのクルマの動きを窺う。

二人組がハイエースから降りてきた。

一人はひょろりとしたノッポ。そしてもう一人は背の低い小太り——薄手のスイングトップ姿ではない。だが、そのたるんだ顎と鬢を落とした揉み上げの部分には見覚えがある。片側に胸ポケットのついた冴《さ》えない黄色のTシャツ。紺色のズボンに白いシューズ。日本人のセンスには見えない。大陸系の不法滞在者に特有のダサさだ。金のためならなんでもしでかす恥知らず。

しかし、間違いなく（こいつらだ）とまでは言い切れない。

恭一はじっと様子を窺う。

二人の男は駐車場内をぶらぶらとこちらに向かって進んでくる。おそらくは、車内に荷物を残しているクルマに目星をつけている。

と、小太りが恭一のほうに顔を向けてきた。

バレやしねぇ。

クルマは相手に見覚えのない代車。おまけに車内にいる恭一はサングラスをかけている。車外からだとサングラスをかけた恭一の顔は正確には見てとれない。

小太りはすぐに視線を逸《そ》らし、ノッポと共にハイエースに戻り始めた。

恭一はファミリアを出した。駐車場を出て目の前の通りを五十メートルほど進んだところでクルマを停め、急ぎ足で駐車場の脇まで戻った。ハイエースの死角となる場所から駐車場の様子を窺った。

敷地内のクルマに残っている人間は、二人組以外一人もいない。

ハイエースの中の二人組が動き始めた。

ノッポも小太りも素早くクルマを降りると、先ほど目をつけていたと思《おぼ》しきクラウンに足早に迫っていく。その怪しい挙動。小太りの片手にある電動ドリルのようなもの——もう間違いない。

ノッポがクラウンの前に立ち、視線を絶えず左右に動かしている。小太りが運転席側のドアの傍《かたわ》らでなにかごそごそとやっている。

時間にして十秒もなかっただろう。小太りがいきなり運転席のドアを開けた、というふうに見えた。助手席までその半身を伸ばしたかと思うと、ダッシュボードの陰に隠れた。

さらに二十秒ほど経《た》って、小太りがクラウンの車外へと出た。

そのままノッポと急ぎ足でハイエースに向かう。が、その手には電動ドリル以外なにもない。

は、はーん。

恭一はニヤリとした。

その意味が分かった。

やつら、しばらくは盗難と分からないようにバッグの中身だけを盗み取り、ポケットにしまった。その上で、あのクラウンのドアに再ロックをかけた。

もしクラウンの持ち主が薄ボケ野郎なら、しばらくは車上荒らしに遭《あ》ったとは気づかない。

その間にディスペンサーで金を下ろすという算段だろう。

案の定、二人の乗り込んだハイエースはすぐに駐車場を出た。恭一も大急ぎでクルマに戻り、ファミリアを発進させた。ハイエースは百メートルほど先を走っている。間に二台クルマを挟み、そのあとを尾《つ》けた。

結果として、ハイエースはどこのディスペンサーにも立ち寄らず、この賃貸アパートの建て込んだ地区までやって来た。

モルタル二階建ての粗末なアパートがあった。その前の砂利の駐車スペースにハイエースは停まった。二人組が一階右端の部屋に入っていくところまで確認した。

クラウンの中からカード類は押収できなかったということだろう。あるいは見つかったとしても、この被害者はどこかの三太郎《さんたろう》と違って暗証番号を推測できるようなモノを一緒に置いていなかったのだろう。

あらためて己《おのれ》のおめでたさを呪《のろ》った。そして失笑した。

恭一は件のアパートからワンブロック進んだ路地に、RX-8を停車した。

腕時計を見る。午後四時――スーパーが最も込み合う時間帯。今ごろあの泥棒たちはどこかの駐車場でせっせと仕事に精を出しているはず。

手ぶらのままクルマを降り、アパートの敷地へと近づいていく。

四日前に確認した駐車スペースにハイエースの影はなかった。おそらく部屋も無人。だが念には念を入れ、ドア脇のチャイムを押す。押したあと、素早く数歩下がる。

十秒待つ。室内からの反応はなし。

もう一度チャイムを押す。十秒待つ。やはり反応はなし。間違いなく無人。

路上のRX－8まで戻る。

助手席からボストンバッグを手に取る。さっき買ったゴルフクラブと手袋。それに野球帽とサングラス、ガムテープが入っている。

……こめかみが少し脈動してくる。

恭一は今、自分がなにをしようとしているのかを分かっている。自覚している。昼過ぎに娘の服を剝《は》ぎ、パンティーを下ろしているときも時おり考えていた。フレームがある。枠がある。

警察に通報する気はなかった。通報したところで被害は取り返せず、犯人たちはただちに中国本土へと強制送還される。それで終わりだ。このザル国家は彼らを国内法の裁きにもかけられない。中国人犯罪にからむテレビのニュースでも言っていた。能無しの外務省は中国と犯罪人引渡し条約を結んでいない。

ボストンバッグを片手にアパートへと向かう。ブロック塀とアパートの側壁の間を通り抜け、裏手――集合住宅の窓側へと廻り込む。

あの汚物野郎どもの住む部屋が見える。カーテンが引いてある。内部は暗い。四戸ある他の部屋も無人のようだ。

あらためて覚悟を決める。心臓がいくぶん大きく鼓動を打つ。緊張する。恭一自身、ここまでの逸脱行為は初めてのことだ。だが、止《や》めるつもりはない。

枠《フレーム》がある……。

乗り越えなくては。

――郷里。山陰のド田舎。腑《ふ》抜《ぬ》けの吐息だけが聞こえる灰色の土地。貧乏くさい町。出てきたときには心底せいせいした。

あほう丸出しだ。ろくでなしだ。

郷里が、ではない。このおれがだ。

丸四日間、どうやればいいのかをじっくりと考えた。そして決心した。あとはそのイメージングどおりに事を運べばいいだけだ。だいじょうぶ。度胸さえあればいい……。

バッグを開け、手袋を嵌《は》める。ガムテープを取り出す。テープを五十センチほどずつに切って、こそ泥どもの部屋の窓にぺたぺたと貼《は》っていく。サッシ中央にある窓枠の鍵《かぎ》の横。ゴルフクラブを取り出す。適度な力でヘッドを打ち付ける。

ビシッ。

窓ガラスに無数の亀裂《きれつ》が走る。が、割れ落ちはしない。手袋を嵌めた右手でそのガムテープの表面をぐい、と押す。一塊《ひとかたまり》になったガラスの破片が部屋の内部へと落ちる。

恭一は満足を覚える。ここまでは予定どおり。

開いた穴へ右腕を突っ込み、サッシの鍵を外す。窓枠を滑らせ、カーテンを撥《は》ね除《の》け、土足のまま部屋へと踏み込んだ。

黴《かび》くさい。饐《す》えたような脂っぽい臭いもする。そしてかなり薄暗い。目が慣れてくるまでしばらく待つ。

ふと足元に視線を落とす。足をどかしてみる。付着した泥にかたどられた靴跡が、畳の上にくっきりと残っている。

かまうもんか。こいつら不法滞在者が警察へ通報することなどない。どうせ大陸からやって来た食いつめ者だ。やりたい放題にやってやる。

だが、その前にやることがある。

乱雑極まりない部屋の中を見渡す。八畳はどの大きさ。三組の布団が部屋の隅に寄せてある。乱雑に重なり合っている。畳の上にはカップラーメンの食べ残しやペットボトルが散乱している。

部屋の隅にくたびれかけた机があり、その上にデスクトップのパソコンが載っている。モニターとハード本体が一体式になった恐ろしく旧式のもの。表面はヤニだらけだ。

恭一は心を落ち着ける。やるべきことをもう一度反芻《はんすう》する。

電源を入れ、画面が立ち上がってくる間に机の上を漁《あさ》る。急がなくては。こそ泥どもがいつ帰ってくるやもしれない。散らばっていたフロッピーを掻《か》き集め、持ってきたボストンバッグの中にぶち込む。

一番上の引き出しを開ける。赤い表紙のパスポートが五冊ほど。日本国政府が発行した十年用のパスポート。こいつらが盗んだもの。新聞で読んだことがある。日本のパスポートは金になるらしい。裏ルートでは五十万ほどで取引されるということだ。これもバッグの中にぶち込む。中段の引き出しを開ける。色とりどりのクレジットカードがぎっしりと詰まっている。たぶんその中に恭一のカードも埋もれている。が、これには用はない。カードは信販会社に電話して、すべて無効の手続きを取った。

さらにその下の引き出しを開ける。あった。輪ゴムで留められた免許証の束が見えた。間違いなく恭一の免許証もそこにある。バッグに放り込む。

パソコンに視線を戻すと画面が立ち上がっていた。ウィンドウズ。モニター上に貼《は》り付けられた漢字だらけの無数のファイル。

思わず舌打ちする。

　おそらくこいつらは盗み出した個人の情報をデータとしてインプットしている。後日その自宅にも押し入るために。しかし、どのファイルを開ければいいのか分からない。それでも恭一個人の情報は完全に消し去っておきたい。フロッピーを取っていくのもそのためだ。

　だがむろん、こうなることも予想していた。

　ゴルフクラブを手に取った。振り上げ、直後にはそのモニターめがけて振り下ろす。

　バチッ。

　一発で画面が砕け散った。渾身《こんしん》の力を籠《こ》め、もう一度振り下ろす。ヘッドの先がディスク本体にまでめり込む。一瞬火花が散り、クラック音が響く。つづけざまに四、五回クラブを振り下ろした。電源は入れたままだ。回線のショートでバチバチとパソコン本体が唸《うな》り声を上げる。

　うっすらと煙が上がり始める。

　微笑《ほほえ》む。これでいいと思う。

　このまましばらく放っておけば、間違いなく内部のロムは熱にやられ、使い物にならなくなる。あとからデータを復旧させることなど不可能だ。

　押入れに移動する。ふすまを開ける。

　中にあった縦長の収納ボックスを次々に開けていく。三段目で携帯の詰まった引き出しを見つけた。恭一の携帯はすぐにそれと分かった。ブルーのフリップ式。ドコモのP211。手に取る。フリップを開けて電源を入れる。暗証番号を押し、電話帳を開く。グループ検索画面が出てくる。仕事関係を押す。すぐに名前の一覧が出てくる。思わずほっとする。まだデータの吸い出しはされていない。バッグへと放り込む。

さらにその下の収納ボックスを開ける。赤いパスポート――三冊あった。金文字で（中华人民共和国、护照）とその表面にある。仕事で何度か目にしたことがある。これもバッグに投げ入れる。

――これで日本におけるやつらの身分証はなくなる。

思わず笑う。

最後の段を開けた。奥に黒い箱があった。その箱を引き摺《ず》り出し、蓋《ふた》を開ける。

おっ、と思う。

札束があった。一万円札の束が四つ。しかもピン札ではない。

このゴロツキどもが荒稼ぎした金。ラッキー。差し引き三百三十五万の儲《もう》け。その金もバッグの中にぶち込む。

これでこいつら中国野郎は、名無しの権兵衛の上にペンペン草同然だ――もう一度ほくそ笑む。

ざまあみろ。

恭一の背後ではまだパソコンが燻《くすぶ》りつづけている。そろそろ引火するかもしれない。

生ゴミの臭いのする台所へと行き、薬缶《やかん》を水で一杯に満たす。

居間へと戻ってくる。うっすらと煙の上がっているパソコンの上に、その薬缶の水をぶちまける。

バチッ。

バチバチバチ！

凄《すさ》まじい音と共に一瞬青白い火花が散った。完全に基板がショートした。すぐにコンセントを引き抜く。

押入れの反対側を開ける。これまた収納ボックスの引き出しを次々と開けていく。こちらはいかにも垢抜《あかぬ》けない衣類だけだった。

……保険証と社員証が見つからない。すでに誰かの手に渡ったあとかもしれない。

が、まあしかたないかと思う。二つとも会社の総務部に連絡して再発行してもらうようにはなっている。万が一悪用されたとしても、サラ金で金を摘《つま》まれるくらいなものだろう。警察に被害届を出し受理番号も確認している。恭一の責任にはならない。

最も取り戻したかった免許証と携帯はすでにバッグの中だ。

免許証には顔写真と現住所、本籍地と、最も大事な個人情報が載っているし、携帯には彼の繋《つな》がりのすべてがインプットされている。どう悪用されるか想像がつかなかったので、どうしても取り戻したかった。

ボストンバッグを担ぎ、いったん部屋から出る。ゴルフクラブは部屋の中に残す。どうせすぐに戻ってくる。

アパートの横を抜け、クルマまで戻り、トランクを開ける。ボストンバッグを入れる。代わりにセカンドバッグを取り出す。すぐにアパートへと戻る。ふたたび窓から土足で上がり込む。

腕時計を見る。午後四時三十分。

もうすぐ夏至——初夏の陽《ひ》は長い。

カーテンの隙間《すきま》から差し込んでくる太陽光で、小汚い室内の埃《ほこり》がうっすらと浮かび上がって見える。

四百万の臨時ボーナスが入ったとはいえ、それはそれ、これはこれだ。このまま黙って帰るつもりはない。

決めたことは予定どおり、最後まで行う。

待つ。待ちの時間。

ひたすら待つ。

十分が経つ。恭一はじっとしている。ヒマだ。

さらに一五分が経過。無聊《ぶりょう》に少し苛立《いらだ》ってくる。むろん、その苛立ちの中には、これから彼ら犯罪者と対峙《たいじ》する恐れもある。

が、その恐怖より車上荒らしに遭った怒りのほうが、まだ大さい。だから恭一は待ちつづける。

漏れ入る陽光が弱まってきている。

五時少し前になった。ふと気づき、廊下まで行って洗面所の奥にあったブレーカーを下げる。

これでもう少しやりやすくなるはずだ。

五時を二十分ほど過ぎたとき、その音は聞こえてきた。

玄関ドアの向こう側と、居間の割れた窓ガラスの外から、同時に聞こえてくる。商業車に特有のディーゼル音。

来たのか？

そのエンジンの音は次第に大きくなり、やがてすぐ近くで止まった。あの白いハイエースが駐車場に停車するイメージ。

薄闇《うすやみ》の中、恭一はゴルフクラブをぎゅっと握り締める。

砂利を踏みしめる足音――しかも複数。間違いないと思う。恐怖に心臓が喉元までせり上がってくる。

なにをやっている、おれは？

こんなことをやって、いったいなんになる？

そんな疑問が一瞬心を過《よぎ》る。が、恐怖を敢《あ》えて抑え込む。

ドアを開錠する音が響く。

勝負は一瞬だ。相手がこの薄闇に目が慣れる前にケリをつける。

軋《きし》み音と共にドアが開く。恭一は居間の壁際に身を潜めている。

パチッ。

おそらくは壁のスイッチを押した。当然、廊下の電気は点かない。さっきブレーカーを落とした。

舌打ちする音――。

「✹◎▽☆♠○◆？」

「★☽♪▼◎■◇」

廊下の奥から声が響いてくる。少なくとも恭一にはそう聞こえる。チンプンカンプンの中国語——たが、その意味は想像できる。

なんで電気が点かないんだ？

球切れかなにかじゃないか。

おそらくはそんなところだ。

足音が廊下を進んでくる。二つ。気がつくとクラブの柄を握る指が震えていた。今すぐにでも逃げ出したい。が、もう後戻りはできない。

——枠が、ある。

ちくしょう。おれはもう泣き寝入りなどしないんだっ。

クラブを振り上げたまま、構える。

最初の影が居間に入ってきた。例の小太り。グチャグチャに潰《つぶ》れたパソコンを見て、慌てたように部屋の隅に駆け寄っていく。ノッポも廊下から姿を現す。

直後、そのひょろりとした背中めがけ、渾身の力を籠めてクラブを振り下ろした。

ゴッ。

ヘッドがその肩口に鈍い音を立ててめり込む。

男が凄まじい悲鳴を上げてしゃがみ込む。驚いて振り返った小太りめがけ、今度はクラブを横なぎに払う。小太りが避《よ》けようとして咄嗟《とっさ》に両手を上げながら後退《あとじさ》る。

ペシッ。

そのがら空きになった胴に、ヘッドの先が食い込む。脇腹の上。弾《はじ》けた感触。肋骨《ろっこつ》が砕けた。

「！」

小太りは一瞬白目を剝いた。

恭一は間髪《かんぱつ》を入れずノッポへの攻撃へと戻る。しゃがみ込んでいる背中めがけ、ふたたびクラブを打ち下ろす。後頭部。首筋のすぐ上にヘッドの先が吸い込まれる。

ぶにょりとした手ごたえの後、声も出さずにノッポが前のめりに倒れ込んでいく。

よし。こいつは終わり――。

小太りを振り返る。畳の上で腋《わき》の下を押さえたまま七転八倒している。クラブを振り下ろす。背中に当たる。もう一度振り下ろす。顔を庇《かば》っている二の腕に当たる。なかなか思ったところへ当たらない。グリップの握りを替え、ふたたび思い切り振り下ろす。がら空きになった肋骨に命中。再びポキリと乾いた音がした。

たまらず小太りが顔を庇っていた両手で胸元を押さえる。その顔にすかさず蹴《け》りを入れた。こういう場合もあろうかと思って履いてきたワーキングブーツ。鼻と口の間――人中《にんちゅう》に爪先《つまさき》がめり込んだ。

「≶○◆☆！」

鼻血が噴き、切れた唇から小太りはわけの分からぬ言葉を発する。が、恭一は構わずもう一度その顔をめがけて蹴りを放つ。ブーツの先が開いていた口にヒットする。前歯が折れる。再度同じ箇所を蹴り込む。小太りの口が血まみれになる。

残酷な愉悦に背筋《せすじ》がぞくぞくとする。

復讐《ふくしゅう》——思い出す。仕事もない。希望もない。冬場は雪に閉ざされてしまう、あの死んだような町の住人たち。二度と戻りたくない。

みんなくたばっちまえばいい。思い知らせてやる。呪ってやる。殺してやる。

おれはもう、我慢などしない。

ノッポは畳の上に伸びたままだ。あとはこの小太りを黙らせればいい。クラブを振り下ろす。何度も振り下ろす。鎖骨に当たる。首筋にめり込む。鳩尾《みぞおち》で鈍い音を立てる。

この豚は許せん。おれのクルマを傷つけた。五十万以上の金を盗んだ。身分証の一切を盗んでいった。おかげでおれは金以外でも大迷惑をこうむった。とんだ外道《げどう》だ。

腕が疲れてくると顔を蹴り上げた。しつこく蹴りつづけた。鼻が潰れ、半開きの口元から前歯がすべてなくなるまで蹴りをつづけた。

土くさい芋《いも》野郎のくせに、他人様の国までやって来て臆面《おくめん》もなく盗みを働く。汚く冴えない格好で、人殺しも働く。根腐れ男だ。汚物野郎だ。くたばれ。糞便《ふんべん》を垂れるんなら自分の国で垂れやがれ。

　小太りがぐったりと動かなくなった。

　ノッポを振り返る。

　こいつにはまだ仕返しが足りない。ハイエースを運転していた男。その足首めがけてクラブを振り下ろす。踝《くるぶし》にヘッドを叩《たた》きつける。一発で踝の突起が潰れた。骨が陥没した。

　痛覚に目覚めたノッポが叫び声を上げる。うるせぇやつ——その頬骨《ほおぼね》めがけクラブを打ち下ろす。鈍い音が頬骨から響く。

「★◎✹！」

　ノッポはのたうち回りながらさらに大声を上げた。ああ、うるせぇ。

　さらにクラブを振り下ろした。今度は少し手加減した。後頭部にがん、と当たる。途端にノッポの喚《わめ》き声が途絶える。ふたたび気を失った。

　さっき潰したのは右足首だ。だから左の踝もそうしてやる。ヘッドを叩きつけ、踝の骨を陥没させた。

　満足。笑いたい。これでもうこのノッポはクルマを転がすことなどできない。悪さをしに出かけていくことはできない。

うきうきする。鼻歌でも唄《うた》いたい気分だ。

そうだ。こっちのデブのほうもそうしてやらなくっちゃな——公平じゃない。

ぐったりと意識を失ったままの豚を見下ろす。

そう、こいつの悪さの道具は両手だ。その汚い手でドリルを使い、クルマのドアに穴を開ける。人のバッグを盗み出す。

右手が畳の上に伸びている。その手の甲に思い切りクラブを叩きつける。ぐしゃりとした感触がグリップまで伝わってきた。

次、左手。

手のひらが上を向いていたので、まず裏返しにセットし直す。クラブを打ち下ろす。中手《ちゅうしゅ》骨《こつ》の砕けた感触をふたたび感じる。

はい。

これでもうこいつの両手も使い物にならない。

ふと思いつき、傍らにしゃがみ込んだ。

小太りのズボンのポケットを漁る。右から携帯。左から財布。財布の中身を調べる。三万円。ボーナス追加。抜き取って尻ポケットに突っ込む。携帯をセカンドバッグに投げ入れる。あとでなにかに使えるかもしれない。

次いでノッポのポケットも探った。クルマのキーが出てくる。キーを自分のポケットに捻《ね》じ込む。

思わず無言で笑った。

これでもう、この流民どもは明日からの生活ができない。金もない。身分証明もない。携帯もない。パソコンも潰れた。おまけに商売道具の手足は使い物にならない。半死半生の身体を抱えたまま路頭に迷う。

ざまあみろ。

バッグを持ち、あとも振り返らず玄関へと向かう。途中で台所の砂糖袋が目についた。思いつく。ふたたび笑う。今日のおれは冴えている。冴えまくっている。

砂糖袋を手に取り、玄関を出る。

目の前のスペースにハイエースが停まっている。周囲を見廻す。誰もいない。先ほどのキーでドアを開け、座席下の給油口のレバーを引く。ドアを閉じ、ロックをかける。リアに廻り込み、給油口の蓋を開ける。砂糖袋の端を口に挟み、歯で噛《か》み切る。その開いた部分から砂糖が流れ出る。流れ出る砂糖を開いた給油口に注ぎ込む。

袋の中身を完全に流し込んだところで、給油口の蓋を閉じた。

恭一は笑いを堪《こら》えるのに必死だ。

このクルマ、もう使い物にならない。エンジンをかけて十秒もすればシリンダーが焼きつく。やつらはますますどうしようもなくなる。

アパートの敷地を抜け、ワンブロック先に停めたRX－8まで歩き始める。

あばよ、汚物野郎。

日本人がどいつもこいつもお人好《ひとよ》しの極楽トンボだと思ったら大間違いだぞ。海の向こうへとっとと帰りやがれ。

気分がよかった。すかっとした。

後悔もない。良心の呵責《かしゃく》もない。そんな殊勝な心持ちなど、世の中の大半を占める抜け作どもに任せておけばいい。

つい口笛を吹いた。

クルマのドアを開け、運転席に乗り込む。

今日の出だしはくさいマンカスまで嗅《か》がされ、最低だった。だが、悪いこともあればいいこともある。苦労した甲斐《かい》もあって、こうして四百万が転がり込んできた。

人生なんてこういうものだ。無意味に我慢しているやつになど、なにも与えられない。

エンジンをかけ、クルマをスタートさせる。ごみごみした住宅街を抜け、大通りへと出る。

一つ目の交差点を過ぎた途端、残照が車内に差し込んできた。明るい。カーオーディオからお気に入りのナンバーが流れ出てくる。

ジャヴァン……サンバ・ドブラード。

雪のない国。開かれた世界。

上機嫌のまま、自宅へと戻り始めた。

2

目の前に正座させられた男が、ボコボコに殴られている。

腰布一枚以外、素っ裸で正座させられている。両太腿《ふともも》の間に縮み上がった睾丸《こうがん》が見え隠れしている。間抜けな姿だ。

「おらっ。このオトシマエどうつけてくれるんだ！　あっ？」

市原《いちはら》が喚く。

圭子《けいこ》は笑い出しそうになる。

くっさいセリフ。手垢《てあか》がつきまくっている。

素直に殴られつづけている男も男なら、こいつもこいつだ。それしか脅し文句がないのかと思う。市原……四十過ぎにもなっていまだにチンピラ風情《ふぜい》から抜け出せない。アタマが悪いからだ。つまらない男。

……だけど、そんなチンピラと縁が切れないあたしも最低だ。

顔をドテカボチャのように腫《は》らし、鼻血を垂れ流している男は、三十六歳のリラリーマン。都内に妻子を残しての単身赴任。

昨日、携帯の出会い系サイトで引っかけた。

何度かやり取りをした今日の夕方、デニーズの駐車場で待ち合わせした。いかにもふうなコロナでやって来た。会った瞬間にカモだと思った。落ち着きのないそわそわした目。きっちりとした横分けの髪。青白いメガネ野郎。冴えない鼠《ねずみ》色のスーツにその貧弱な身体を包んでいる。もてない男の典型——デニーズで夕食を食べたあと、うまい具合に言いくるめてこの男のアパートへと潜り込んだ。

すぐにキスをしてやった。男の口はくさかった。たぶん胃腸がおかしい。でも舌も絡めてやった。我慢。我慢……。

この青びょうたんが期待に胸を膨らませ、嬉々《きき》としてシャワーを浴びている間に、上着の内ポケットを漁った。財布の中に社員証が入っていた。コマーシャルでよく見る食品メーカー。この土地の支店に勤めている。

しめしめ。

この間抜けはたぶん幼いころから塾に通い、せっせと勉学とオナニーに励み、そこそこの大学に入り、世間的に恥ずかしくない会社に就職した。

それがこの横分け男のゴール地点……つまりは社畜だ。決められたコースしか知らない世間知らずのお坊っちゃん。不景気まみれの世の中、このむっつりスケベはなんとしても自分の身分を守ろうとする。

相方の市原はデニーズから尾けてきていた。すぐに携帯で呼び出した。で、結果はこうだ。

腰布一枚で浴室から出てきた男は、圭子と一緒にいる市原を見て腰を抜かさんばかりに驚いた。市原はすぐに相手に襲いかかった。濡《ぬ》れた髪を鷲摑《わしづか》みにし、カーペットの上に引き摺り倒し、唾《つば》を飛ばしながら喚き散らした。

「おう、よくもおれの女に手を出してくれたな！　そんだけの覚悟はできてるんだろうなっ。あっ!?」

やっぱり笑い出しそう。

が、そんなステレオタイプの脅し文句もこの粗チン男には効果てきめんのようだ。今もガクガクと両膝《ひざ》を震わせ、両目には早くも涙が滲《にじ》み始めている。恐怖だ。恐怖がヒトを支配する。怯《おび》えに冷静な判断ができなくなる。

それをよいことにさらに市原は図に乗る。壁にかかっている男の上着に手を伸ばし、内ポケットから先ほど圭子が戻しておいた財布を抜き取る。中身を見て、社員証を取り出し、わざとらしい声を上げる。

「おっ。てめぇ、ワールド食品の人間か」

正座男の顔がはっきりと青ざめたのが分かる。

「か、返してくださいよ。社員証……」

そう言って、おずおずと片腕を伸ばしてくる。

「いい会社だなあ。え、おい」その手を払いのけ、市原は得々として言葉をつづける。「なんの仕事をしている？」

大切な身分――青びょうたんは弱々しい反撃に出る。

「……そんなの、あなたに関係ないでしょ」

「なにぃ？」

「け、警察を呼びますよ」

市原はゲラゲラと笑う。直後、ふたたび男の顔を殴った。

「上等だ。呼んでもらおうじゃねぇか。家族にもバレる。職場でも笑いもんだ。どうせ周りの目を気にしてビクビク生きてんだろうが。あ？」

「………」

「挙句、居たたまれなくなって会社を辞めちまうかもな。ついでに離婚だ。浮気原因の慰謝料は高いぜ。転職してチビた給料の中から一生払いつづけるんだ。なあ！」

市原はますます調子に乗る。自分の恫喝《どうかつ》に自分で酔っている。携帯を取り出し、男の目の前に突きつけてみせる。

「さあ、電話しろよ！　恥かく度胸があるんなら電話しろよっ。おらっ」

男は正座したまま固まっている。その頭部を市原は軽くはたく。

「答えろよ。どんな仕事だ」

ついに男は観念した。

「……経理です」

そう小さくつぶやいた。やっぱり――。圭子は内心ほくそ笑む。

「ほう……そうかい」市原もニヤリと笑う。「会社の金を任されているってわけか。いい仕事だな。バレなきゃ使い放題だろ」

その裏の意味を男は感じたらしい。

「勘弁してくださいよ」と、震える声で訴えてきた。「そんなこと、できるわけないじゃないですか」

「冗談だよ、冗談」市原は笑う。「まさかそんなことはさせねぇよ」

「……………」

「が、それはそれとして、おまえ個人の金でこのオトシマエはつけてもらう」


一時間後、圭子は市原と共に男の家を出た。

アパートの前に停めてあった黒いセドリックに乗り込む。八年落ちの中古——美人局《つつもたせ》で小金を稼ぐしか能のない男……市原の分際では所詮《しょせん》こんなクルマだ。

「笑っちまうぜ、なあ？」住宅街の市道を抜けながら、鼻息荒く市原は言った。「あのうらない、絶対に金の生《な》る木に育つ」

「……………」

ごみごみとした住宅街を抜け、市内の外れを流れる川沿いの道に出た。

平日の午後十一時半。行き交うクルマはまばらだ。ヘッドライトの先、土手沿いのガードレールが雑草ともどもくっきりと浮かび上がっている。

圭子は軽いため息をついて口を開く。

「で、どうするわけ、これから」

「まず明日、会社宛《あ》てに電話を入れる。念押しの脅しだ」得意げに市原は答える。「で、昼休みにやつを銀行に連れていく。通帳から有り金すべてを下ろさせる。第一ラウンドはそれで終わりだ。しばらくは放っておく」

先ほどあの男の通帳をデスクの中から見つけた。月末。給料日のあとだった。四十五万入っていた。これを頂く、と市原は言った。無理言わないでください、と男は半泣きで訴えた。大半はすぐに家族に送金しなくちゃいけないんです、と。

「送る金は銀行からキャッシングしろ」市原は言った。「おまえの身分なら限度額は百万はあるはずだ。月々二万ずつ返せば二年で終わるぜ。小遣いだってあるんだろ？　それで返していけば誰にもバレねぇだろうがよ」

「…………」

「なんだぁ、不満なのか？　言っとくが、こっちはな、おまえがこれからもちゃんと自活していけるよう情け心を出してやってんだ。なんならこの金と一緒にキャッシングできる金も頂いてやろうかっ。おぅ、コラッ！」

その一喝であっさりと男は条件を呑《の》んだ。

市原の手だ。

恐喝があたかもこの一回ぽっきりで終わるようなことを、言外に匂《にお》わせる。しかもなんとか相手が埋め合わせのできる金額しか巻き上げない。だから、たいがいの男はまずその条件を呑む。

しかし当然、市原の脅しは一回では終わらない。数ヶ月後、半年後、いつになるかは分からないが、あの男の前にふたたび姿を現す。

おそらくはまた、生活できる範囲内ぎりぎりの金額を巻き上げていく。あるいは露見しない程度に会社の金をチョロまかすよう恫喝するのかもしれない。いずれにしてもあの哀れなカモの出方次第だ。

そうやって相手が自暴自棄になり警察に駆け込もうとする寸前まで何度も金を搾《しぼ》り取る。最低な男。その金で食っているあたしも、最低。

でも世の中こんなもんだ。

セドリックは土手沿いの道を抜け、市内中心部を迂回して走るバイパスへと入った。ラブホテルと集配倉庫が連なっているロードサイド。明かりの消えたゴルフショップやカーショップの大型郊外店もちらほらと見える。

と、なにを思ったか市原はそのバイパスを外れ、古びた倉庫街の裏手へとクルマを滑り込ませた。

街灯のない敷地裏の畦道《あぜみち》。

人っ子一人いない。暗い空間に田んぼが広がっている。市原がヘッドライトを消し、エンジンを止めた。こちらを見てニヤリと笑う。

「しゃぶれよ」そう言って股間《こかん》のジッパーを下ろし始めた。「久々に興奮した」

この馬鹿は先ほどの暴力の余韻《よいん》にまだ浸《ひた》っている。それを鎮めるためにあたしに抜かせようとしている。

「嫌だ」

つい圭子は言った。途端に張り手が飛んできた。咄嗟に目をつむる。右目の奥に火花が散り、鼓膜が、わーん、と震える。

ちくしょう、この強姦《ごうかん》野郎。

「誰に向かってそんな口きいてんだ、あ!」

市原が怒鳴り散らす。

きまってんじゃねぇか。ろくでなしのおまえに対してだよ。女衒《ぜげん》野郎のてめェにだよ——だが言葉にはならない。言えばこの外道はますます怒り狂ってあたしを殴りつける。

しかたなくズボンの開いたジッパーから半立ちになった陰茎を取り出す。カリに真珠の埋め込まれた亀頭——この外道の唯一の自慢。底無しの大馬鹿者。

「おら、さっさと舐《な》めろよ。あとで褒美《ほうび》をやる」

得意げな市原の言葉。

くそっ。あたしは犬じゃない。

だけど褒美という言葉……ざわざわと心が波立つ。じわりと股間が湿るのを感じる。

「…………」

圭子は陰茎に顔を近づける。饐えた臭いがする。当然だ。この豚はゆうべからシャワーを浴びていない。このやろう。こんなチンカスまみれのものをあたしにしゃぶらせるつもりか
——口に含む。陰毛が口の周りや鼻の下に当たる。チクチクと刺激する。不快。不愉快。

「きつくやれ」

指示に従う。ペニスを唾液《だえき》まみれにしてしゃぶらせるのがこの下司《げす》野郎の趣味だ。だからそうする。口の縁から滴《したた》った涎《よだれ》がぐちょぐちょと猥雑《わいざつ》な音を立てる。

股間に埋まった圭子の頭部を鷲摑みにしたまま、市原が言う。

「そうだ。もっと思い切り吸い上げろ」

うるせぇよ。

無言でフェラチオをつづける。

……この男に捕まったのは一年と少し前、二十二歳になる間際のときだ。

ある事情からそれまでの職場に居たたまれなくなり、仕事を辞めた。百貨店と言えば聞こ

えはいいが、実際はスーパーに毛が生えた程度のものだ。布団売り場の店員だった。

貯金はなかった。

親元から離れた一人暮らし。アパート代もある。電気代もガス代も払わなくてはいけない。抵抗はあった。が、半ば自暴自棄になっていたせいもある。食べるために援助交際をやり始めた。

伝言ダイヤル、出会い系サイト……自分の値段を三万から四万の間に設定した。この地方都市の相場より若干高めだが、自分の顔は十人並みの器量だ。スタイルもまずまず。これぐらいはもらって当然だと思っていた。

実際、男たちは会いさえすれば彼女の容姿には満足してくれた。月に五、六回ほど売春すれば、日々の生活はなんとか送っていけた。

早く、早くこんな生活から足を洗わなくちゃ——。空いた時間で職探しをした。

だが、なかなか思うような仕事は見つからなかった。ごくまれに見つけても面接で落とされた……なんの取り得《え》もない自分。そしてキャリアと呼べるほどの仕事の実績もないことを思い知らされた。

半年後、この市原と出会った。いつもの出会い系サイト。

会った瞬間、その顔つきや服装に嫌な感じを抱いた。どことなく崩れた印象を受けた。が、この中年男は五万出す、と申し出てきた。迷った挙句、男のセドリックに乗り込んだ。

取り返しのつかないことになった。

そのラブホテルは市原の所属する暴力団の息のかかった経営だった。

この中年男に抱かれていたとき、二人組の男が部屋に乗り込んできた。両手を背中で縛り上げられ、ヴァギナに透明な液体を塗りつけられ、二人の男に代わる代わる犯された。恐怖、屈辱、怒り……粘膜に塗りつけられた溶液は薄められたコカ・アルカロイドの成分液だった。徐々に悦楽が襲ってきた。外襞《そとひだ》がひくひくと波打つ。男根を咥え込んだ膣《ちつ》が痙攣《けいれん》する。湧《わ》き上がってくる興奮をどうにも抑えられない。とめどもなく粘液が溢《あふ》れ出て股間を濡らした。何度も潮を吹いた。失神しそうだった。

気がつけば唾棄《だき》すべきチンピラの身体に馬乗りになったまま人声を上げ、夢中で腰を動かしている自分がいた。

その狂態を市原は笑いながらカメラに収め、ビデオに撮った。挙句、バッグの中から免許証を取り上げられた……本籍地もアパートもすべてバレた。

「……………」

今、圭子はこのゴロツキのペニスをしゃぶっている。唾液を睾丸まで滴らせながらせっせと顔を上下させている。

自分の髪を掴んでいる市原の指に力が入るのを感じる。

「もっとベチャベチャ音を立ててしゃぶれよ。おい」

そう言って圭子の頭部を軽く揺すってくる。

こいつ……いつか、殺してやる。

逃げ出そうと思えばその機会はあった。

なのに結局は逃げ出せずにいる。正確に言えば、その覚悟がない。

逃げ出しても住民票を移さない限り、マトモな職にはありつけない。そして住民票の転出先など、その気にさえなれば誰にでも簡単に調べられる。

仮に住民票をそのままにして行方《ゆくえ》をくらましたところで、この男は圭子の本籍地を知っている。老朽化した公団住宅に住む親の居所を掴んでいる。

あの写真をばらまいてやる、と市原は笑った。

「ついでにテープはアダルトビデオ制作会社行きだ」

手も足も出ない。

警察に駆け込もうかとも何度か思った。

でも、これも今となってはできそうにない。離れられそうにない。

男根がいきり立っている。口内の上顎《うわあご》にごつごつと真珠が当たる。

と、市原の手が圭子の頭部を手荒くずらした。

ぽん、と間抜けな音を立てて陰茎が唇から外れる。つい男の顔を見上げる。

「褒美をやる」

その腕がコンソールボックスへ伸び、小瓶を取り出した。その中の透明な液体に視線が釘付けになる。

精製コカ《ブランコ》を水で薄めた催淫剤《さいいんざい》『クレイジーヘヴン』……。

鼻の孔《あな》が膨らむのが自分でも分かる。

期待に胸が震える。膣の奥が疼《うず》く。条件反射。パブロフの犬。

「おら、早く脱げ」

「…………」

圭子は言われるまま、ローライズのホックを外し、ジッパーを下げる。そのままジーンズを膝下までずり下ろす。

市原の腕が伸びてきて、そのジーンズの裾《すそ》を乱暴に片方の足から剝ぎ取る。パンティーもずり下げられる。右脛《すね》にジーンズとパンティーがだらしなく垂れ下がる。

剝き出しになった太腿の下に市原が腕を突っ込んでくる。そのまま持ち上げるようにして、いきなり股間を割ってくる。雑な仕草。反動で圭子の後頭部がヘッドレストにぶつかる。助手席の上で、でんぐり返しに近い無様な格好を取らされる。

「もっと股を開けよ」

含み笑いが聞こえると同時に、その手が陰核に滑り込んでくる。指の腹が陰核から陰唇をなぞり、第二関節まで膣内に入ってくる。

「なんだ。グチョグチョじゃねぇか」嘲《あざけ》るような市原の声。「もう我慢できないってか、あ？」

目の隅に剝き出しになったままの市原の男根を捉《とら》える。薄闇の中、圭子の唾液で亀頭部がぬらぬらと光っている。

市原が溶液を粘膜に塗りつけてくる。陰核と陰唇の襞が、すぅ、と軽く痺《しび》れたような感じ。次いで、大量の蟻《あり》が股間で蠢《うごめ》いているような愉悦がじわじわと湧き上がってくる。

自分の両膝の間から、ダッシュボードの先の暗闇が見える。バイパスからかすかに届いてくる街灯の光に、田んぼの畦道がぼんやりと照らし出されている。

情けない。土くさい倉庫裏の畦道でこんな汚物野郎に股を開かされ、股間から本気汁を垂れ流している自分……。

「こっちに来い」

手荒く両腕が引っ張られた。

もう、どうにでもなれ。

思考を放棄する。捨て鉢な肉欲だけを求める。言われるがままに市原の上に馬乗りになった。

ペニスの上にずぶずぶと腰を沈めていく。カリの突起物が膣襞をなぞるようにして奥まで進入してくる。思わず愉悦の吐息を漏らした。

目の前でへらへらと市原が笑っている。薄闇の中に、その醜い顔を晒《さら》している。両手で圭子の尻を鷲掴みにしたまま、いきなり腰を突いてきた。カリの先端が子宮口まで届く。漣《さざなみ》に似た快感が全身へと広がっていく。二度、三度と市原は乱暴に突いてきた。

「どうした。いつもみたいに喚けよ」

そう言って執拗《しつよう》に突きつづける。臀部《でんぶ》を手のひらではたいてくる。膣内を真珠のごろごろとした感触が上下している。この男、またナマ出しするつもりなのか……いつかゴムを被せようとしたら散々に殴られたことがあった。でも、だいじょうぶ。いつもピルは飲んでいる。死んでもこいつの子種など孕《はら》みたくない。

だいじょうぶ、だいじょうぶ。引き換えにするのは快楽だけだ。

うぅ。

背筋がぞくぞくとする。鳥肌が立つ。水紋の愉悦に指先まで浸り始める。

我慢できなかった。ついに声を上げた。自分から腰を振り始めた。市原のしわがれた笑い声がする。あたしをバカにしている。

抗《あらが》えない。湧き上がってくる悦楽に意識が沈み込んでいく。

気がつけばこのゴロツキにしがみつき、必死に股間を擦《こす》り合わせている自分がいた。

市原が唇を吸ってきた。ヤニくさい。が、どうでもいいと感じる。なるようになれ。口を開き、舌を絡め合う。唾を吸い合う。汚物だ。汚物そのものだ。でもどうしようもない――。

暗い世界。

あたしはたぶん、ここから抜け出せない……。

3

ひょっとしたら、とは皆が思っていた。

むろん恭一もそうだ。

一階の個人旅行受付窓口《カウンター》。午後八時――営業時間はとうに終わり、レジの金も締め終えている。

受付のハイカウンター脇に、二十人近くのスタッフが集合している。苦虫を噛み潰したような顔でカウンターの課長が口を開く。

「残念だが、今日もキャッシャーの金が合わなかった……四月からこれで五回目だ」

気まずい沈黙がその場を支配する。スタッフ同士が無言のまま顔を見合わせる。

直後、今日のキャッシャー担当の娘が泣きそうな声を上げる。

「何度も数え直してみたんです」彼女は恭一たちを見廻す。「でも、どうしても三万円合わないんです」

売上金が不足するときはいつもそうだ。五万ちょうど。二万円きっかり。計ったように万単位で合わない。

スタッフの誰かがレジから金を抜いている——。

みな内心ではそう思っている。しかし、それを口には出さない。これ以上お互いが疑心暗鬼になることを避けている。職場の雰囲気がぶち壊しになる。

恭一も口には出さない。だが、同僚と同じ理由からではない。その盗《ぬす》っ人《と》が今も口を割らない以上、言ってもしかたがないからだ。

課長はため息をつき、もう一度スタッフを見廻す。

「……とにかく、入金するときには以前にもましてしっかりとダブルチェックを行うように。

支店長に報告は上げておく」

ダブルチェック。入金するときは決して一人では行わず、必ず他のスタッフを立ち会わせてレジを開ける申し合わせ。

十分後、夕礼は終わった。

カウンターのスタッフたちがそれぞれの持ち場へと戻って残務を片付け始める。フロアの雰囲気はどんよりとしたままだ。

恭一も持ち場のハイカウンターに戻り、今日の来店客から預かったパッケージ旅行の予約を端末で取り始める。

「ねぇ、坂脇ちゃん――」

隣の受付の女の子が恭一に声をかけてくる。

「どう思う？」

「なにが」

「だからさ、お金が合わないこと……」

つい笑う。

「分かってるじゃんよ」

「え？」

「たぶん、みんなが考えているとおりさ」

束《つか》の間《ま》共一を見つめたあと、相手も苦笑する。

「やっぱり、それしかないか」そうつぶやいて吐息を漏らした。「ヤな感じだよね」

恭一より四つ年下の、この山田という女性社員。入社五年目。顔は良くも悪くもない。その名前と同様、ごくありきたりな女の子。少なくとも恭一の中でのイメージはそうだ。高校を卒業したあと、地元採用枠でこの旅行会社に就職したと聞いていた。

山田がまた口を開く。

「でもさ、課長も大変だよね。今ごろ支店長にぎゅんぎゅんに絞られているよ」

恭一は曖昧《あいまい》にうなずく。

ローカウンターの向こうから、丸顔の男性社員が歩いてくる。吉島《よしじま》——昨年専門学校を卒業して新卒で入ってきた。まだ二十歳《はたち》そこそこなのにかなり肥満気味だ。生まれついての体質なのだろう。腹部の脂肪を揺すりながら近づいてくる。

「坂脇さん、未処理のカルテってあとどれくらいあります？」

「えっと、二つかな」

「じゃあ、十分ぐらいで処理は終わりますね」と、恭一に愛想よく笑いかけてくる。「しばらくしたらまた引き取りに来ますよ」

「うん」

ふたたび笑いかけ、ハイカウンターを去っていく。

この坊や、見てくれは悪いが仕事はできる。まあ、旅行業の専門学校を出ているから、その事務能力は当然だろうが。

と、それまで黙っていた山田が秘密めかしたように口を開く。

「ねぇ、坂脇ちゃん、知ってる？」

ねぇ、坂脇ちゃん——この女はいつもこれだな、と思う。

「なにが」

恭一も毎度のセリフを繰り返す。

「吉島クンて、あんな顔しててけっこう夜遊び激しいらしいよ」

思わず苦笑する。

「あんな顔ってのは関係ないだろう」

山田が少し気まずそうな顔をする。

「でもさ、けっこう遊んでいるんだって」

言われなくても知っている。

山田は吉島のことを嫌っている。あの粘りつくような目つきが嫌だ、と何度か恭一に漏らしたことがある。

一種の色情狂だ。二十歳前後でやりたい盛りでもあるのだろうが、仕事以外ではほとんどそれしか考えていない。しかしあのご面相ではどう考えてももてない。欲望と現実とのギャップが、女を見る粘つく視線となって現れる。その目つきを送る相手にも見境がない。

この前の地区懇親会でも一緒だった。恭一に擦《す》り寄ってきたあの娘と話していたとき、物欲しげな目つきでこちらを見ていた。

こんなふうだから、職場の女にはやや敬遠されている。

が、そんな吉島のことが恭一は嫌いではない。

見ていて面白いからだ。笑える坊やだと思う。それに吉島はどういうわけか自分に懐《なつ》いている。転職半年あまりでまだ仕事に不慣れな恭一を、いろいろと助けてくれたりもする。嫌いになれないのはそういう理由もある。

予約管理《バックス》の席から西沢《にしざわ》が立ち上がり、恭一と山田のほうに近づいてくる。ハイカウンター脇の端末の前に立ち、カルテの予約コードを入力し始める。入社五年目。恭一と同じ二十七歳――入れ替わりに山田がパンフ整理のためカウンターを離れていく。西沢がキーボードをパカパカと打ちつづけながら恭一に話しかけてくる。

「坂ちゃん、チョーシはどうよ」

「なんの、チョーシよ」

「もちろん、あっちのほう」ニヤリと恭一に笑いかけてくる。「吉島から聞いた。かなりいい女ゲットしたんだって」

あのお喋《しゃべ》りめ、と思う。

「でも、すぐに駄目になった」

「なんで」

まさかマンカスの臭いが強烈だったからだとは言えない。

「まあ、なんとなく」

西沢は笑った。

「だったら、あの吉島にでも紹介してやんなよ。相変わらず脂ぎっててみっともない。放っておくとまたトラブルに巻き込まれるぜ」

トラブル——思い出す。笑い出しそうになる。

三ヶ月ほど前のことだ。吉島は大幅に遅刻して出社してきた。挙句、むっとしている課長にこう言い訳をした。

すみません。クルマが動かなくなってしまって……。

〝なぜだ〟

〝四輪とも空気が抜けてしまって〟

そんな馬鹿な、という顔を課長はした。

〝なんでそんなことになる？〟

〝…………〟

〝ちゃんと説明しろ。どうしてそんなことになる〟

〝……ええっと、実は自分で抜いちゃいました〟

〝は？〟

〝だから、四輪とも……〟吉島は気まずそうに繰り返した。〝なんて言うか、なんとなく試してみたかったものですから〟

あまりにも愚劣な答え。当然のように課長はブチ切れた。

〝この、バッカもーん！〟

その本当の理由を、あとで西沢から聞かされた。

吉島はその前の晩、駅前付近をクルマでうろついていた。無理して買った新車のシルビア。四十八回ローン。ナンパするためにロータリーをぐるぐると廻っていた。スケベ心丸出しだ。

いつもはそんな努力も虚《むな》しく、ひとりアパートへと帰る。

しかしこの晩は違った。

一人の女の子を拾った。初めてのゲット。しかも会話の雰囲気からして、即お持ち帰りコース。有頂天になった吉島は早くやりたい一心で、つい自分のアパートへと直行した。油断をした。

シャワーを浴びて出てくると、相手の姿がなかった。

テーブルの上に自分の財布が投げ出されていた。カード類は残っていた。現金はなくなっていた。部屋の鍵とクルマのキーも消えていた。

吉島は真っ青になった。買ったばかりの大事なクルマ。慌てて駐車場に駆けつけてみると、幸いなことにシルビアは無事だった。

ほっとしながらもこの坊やは必死に考えた。

でも、これから盗みにやって来るかもしれない。盗《と》られないようにしなくちゃ。

考えた挙句、四つのタイヤすべてから空気を抜くことにした。パニック状態で冷静な判断ができていなかったせいもある。実際にそうした。

「間抜けなデブだ」西沢は笑いながら言った。「またたぶん、同じチョンボを繰り返すぜ。見ているぶんには退屈しないけどさ」

恭一も笑った。西沢のこういうくだけた辛辣《しんらつ》さが、恭一は好きだ。

西沢に限らず、転職してこの半年というもの、職場の人間はおおむね恭一には好意的だ。

そうされるように恭一もふるまっている。恭一はこの職場でナマの感情を出したことがない。無用なトラブルは避けたかった。

そのときどきの自分の感情に嘘《うそ》をついたこともない。嘘をつきそうなときは、ただ黙っている。

それでいいと思う。

自分の感情に嘘をつく人間は周りから疎《うと》まれる。鬱陶《うっとう》しいやつと思われる。だから聞かれて不都合なことは黙っている。黙っていれば嘘をついたことにはならない。

くだらねぇ——。

自分のことだ。

一年前、前の会社を辞めた。

三年勤めた。不動産のコテコテの営業職。気に入らない上司がいた。手垢のついた常識論を振り回すつまんねぇやつ。それで自分はアタマがいいと思っている。人にモノを教えた気になっている。正真正銘の極楽トンボ。俗物野郎だ。

しばらくは聞き流した。だが、黙って聞いていると自分が腐っていくような気がした。だからぶん殴った。クビになった。

後悔はなかった。せいせいしただけだ。

半年間ゴロゴロと過ごし、この旅行会社に就職した。

カルテの入力作業中、調べ物ができた。

恭一は一階フロアの脇からエントランスへと出て、エレベーターのボタンを押した。ドアが開く。乗り込み、四階のボタンを押す。

支店の営業所はこの雑居ビルの一階と四階に分かれている。一階が個人旅行受付窓口《カウンター》。そして四階が団体旅行センターだ。

ここでも二十人ほどのスタッフが忙しく立ち働いている。

「よう、坂脇、早く四階に上がってこいよ。待ってるぜ」

団体旅行の課長がそう恭一に声をかけてくる。

団体旅行の営業マン――この業界の花形職種。カウンターで個人旅行一人分を手配するのも、団体旅行で百人分を手配するのも、その手間としては同じだ。同じ労力で売り上げは百倍。だから組織的には団体旅行部門が花形となる。その団体課長に対し、恭一は曖昧にうなずいた。うなずきながら会議室の隣にある倉庫へと向かう。

ま、カウンターにいるのは一年ぐらいだな――この支店に配属されたとき、支店長に言われた。

〝この業界の基本的な知識を身につけたら、団体へと上がってもらう〟

倉庫で資料を探していると、不意にその支店長が入り口から顔を覗《のぞ》かせた。五十過ぎの大柄なオヤジだ。口元に笑みを浮かべている。だが、相変わらずその目は笑っていない。

「恭一」と、なぜかこの男は彼を下の名前で呼ぶ。「またキャッシャーが合わなかったんだってな」

恭一は無言でうなずいた。

「おまえが盗んだのか」

「そんなこと、しませんよ」

支店長は乾いた笑い声を上げると、すぐに入り口から去っていった。

「…………」

この支店長は、恭一が入社試験を受けたときの面接官を務めていた。

今でもそのときのやり取りははっきりと覚えている。

しばらく当たり障りのない質問をされたあと、この男は聞いてきた。

〝ところで、どうして前の会社を辞めたのですか〟

相手がその気になって調べれば、すぐに分かることだ。だから正直に答えた。

〝上司を殴ったからです〟

一瞬その場の空気が凍った。束の間の沈黙のあと、相手は聞いてきた。

〝なぜです〟

〝あほうだったからです〟

〝あなたが、相手が？〟

〝相手がです〟

周囲の面接官は露骨に嫌な顔をした。これでこの会社も落とされるな、と恭一は感じた。

だが、この支店長は真面目《まじめ》腐った口調でなおも口を開いた。

〝どういう部分があほうだったんですか〟

〝借り物の考えを、自分の意見と勘違いしているところです。しかもピントがずれている〟

〝それに我慢ができなかった、と〟

恭一はうなずいた。

〝後悔していますか〟

〝していません〟

〝なぜですか〟

〝あのまま黙って聞いていたほうが後悔するだろうと思ったからです〟

するとこのオヤジはニヤリと笑った。

〝きみは、理屈っぽいと言われたことはありませんか〟

〝ありません〟恭一は答えた。〝必要があれば理屈は言いますけど〟

〝仮にこの会社に入ったとして、もう暴力はふるいませんか〟

〝ふるいません〟

〝どうしてそう言いきれます？〟

〝そうなる前に辞めるつもりですから〟

相手はもう一度笑った。

三日後、採用通知が届いた。

入社後に聞いた話では、この支店長の強力な推《お》しが働いていたという。反対する周囲をなだめて、恭一を自分の支店へと引き取った。

だから恭一はここで騒ぎは起こすまいと思っている。恩義とは違う。面接時の一種の契約のようなものだ。

4

夜になり、市原がアパートに戻ってきた。

時計を見る。午後十時過ぎ。

圭子は身支度を整えている。午後十一時に男と待ち合わせをしていた。商売だ。サイトで知り合った男。でも今日は、美人局はやらない。

電話で話したときに、ある程度のプロフィールは聞き出していた。独身の五十男――建設関係の自営業と言っていた。ガラガラとした胴間声《どうまごえ》で、白いセルシオが目印だと伝えてきた。たぶん零細企業の脂ぎった社長……。こんな相手は市原の脅しには屈しない。あべこべに警察に突き出されるのがオチだ。

けれど、小遣い稼ぎにはなる。

だから先ほどから口紅を引き、眉山《まゆやま》を整えている。

市原が酒くさい息を撒《ま》き散らしながら、テーブルの上にどっかりと腰を下ろす。

ふと思い出し、市原に声をかけた。

「この前のあたしの取り分、早くちょうだいよ」

あの青びょうたん野郎から脅し取った金――その半分の二十二万五千円。

市原はため息をつき、尻ポケットから財布を取り出した。

「とりあえずは十五万だ」

「どうして？」

「残りは今月のクスリ代として差し引く」下卑《げび》た笑みを市原は浮かべる。「ゆうべだってひぃひぃ言わせてやっただろうが」

このやろう……昨日だって嫌がるあたしを無理やり組み伏せたんじゃないか。しかもおまえが塗りつけてきたんじゃないか。

でも口には出さない。

口に出せばこのクズ野郎はまたいきり立ってあたしを殴る。顔が腫れる。そうなれば今晩の稼ぎには出られなくなる。

テーブルの上の札を手荒く掴み、そそくさとバッグの中にしまう。

「まあ、そうがっつくな」市原はなおも笑う。「うまくいけばそのうち別口からまとまった金が入る。そのときに多少の小遣いはやる」

そう言って一枚のカードをテーブルの上に放り出した。つい目が行く。しかしクレジットカードではないようだ。

「保険証だ」市原は得意げに言った。「最近の大企業は、保険証もカード式になっているらしいな」

たしかにその言葉どおり、カードの末尾に『ＪＡＣ旅行会社』と社名が入っている。旅行会社の社員らしい。

「一ヶ月ほど前、中国野郎から買った。借用証の上では五十万ほど借りたことになっている。利子分も含めて三ヶ月ほど寝かせておく。相手は二十七歳の若造だ。なんとか引っ張れるだろう」

あきれた。

この四十男は、まだそんなことをやっているのか。

正真正銘の詐欺行為だ。むろん美人局も一種の詐欺行為には違いないが、危険度はこちらのほうがはるかに高い。大陸からやって来た集団窃盗団から保険証を仕入れる。適当な借用証を捏造《ねつぞう》し、それをデタラメな支払期日がくるまで寝かせておく。

むろん相手が身に覚えのないことだと突っぱねて、警察に通報すればひとたまりもない。そこを脅し、すかし、なだめ、なんとか一万円だけでも払ってもらうようにするのが、この詐欺のミソだ。

お願いしますよ。駄賃だと思ってそれぐらいは払ってくださいよ。

たぶんそんな言い方だ。間抜けな相手だとヤクザ相手にびびっているせいもあり、それぐらいはいいかとつい払ってしまう。つまりは自分の借金として認めたことになる。

商法上はこれで相手に返済義務が生じる。あとは残額を毟《むし》り取るだけだが、ただでさえこの不景気だ。そんな田吾作《たごさく》はどんどん少なくなっている。そんなにうまくいくものかと思う。

でも、それを口には出さない。

むしろ警察に通報され、この男が逮捕されてしまえばいい。最低のヤクザ者だ。執行猶予などつかない。数年は檻《おり》の中でくさい飯を食べることになる。

ざまあみろ。

想像しただけですかっとした。

無言のまま玄関まで行き、銀色のミュールを突っかける。部屋のドアを開け、外廊下を通り、錆《さ》びたスチール製の階段をカンカンと音を立てて下りていく。

セルシオの五十男とは駅の南側で会うことになっていた。ここから約一キロ半の距離。人通りの少なくなり始めた大通りを、ゆっくりと歩いていく。

途中、酔っ払いの集団と何度かすれ違った。それでようやく今日が週末――金曜日なのを思い出す。すでに曜日の感覚もなくなりかけている自分……。

駅前の南口ロータリーに着く。今晩の待ち合わせの場所。ロータリーに面してマクドナルドがある。午後十一時までの営業。この商売の待ち合わせにいつも使っている。

店内に入っていく。時計を見る。午後十時二十五分。約束の時間にはまだ早い。ふとおなかが減っていることに気づく。考えてみれば朝に食パンを二枚齧ったきりだった。食生活もどんどんだらしなくなってきている。

ビッグマックのセットを注文し、定位置——窓際のカウンター席へ移動する。

この場所にいれば、彼女の姿はロータリーに入ってくるクルマから丸見えになる。相手の男には今晩の服装は伝えてある。だからすぐにそれと分かる。

カサコソとビッグマックの紙箱を取り、口へ運ぶ。コークで喉の奥に流し込む。もぐもぐと口を動かしている間にも、目の前のガラスの向こうを人々が通り過ぎていく。時おり物珍しそうな視線を彼女に向けてくる。

当然だ。

閉店まであと三十分ぐらい——店内に客は自分ひとり。週末の夜にこんな場所で時間を潰そうと思うヒマ人など、そうはいない。

ビッグマックの最後の一片を飲み込んだ途端、笑い出したくなった。

くだらない。くだらなすぎる。

うだつの上がらないヤクザに美人局の片棒を担がされ、それで食っている。挙句の果てには催淫剤を局部に塗り込まれ、六畳一間のアパートでひぃひぃよがり狂っている。

バカ丸出し。

高校を卒業したころ、こんな自分になるとはまさか夢にも思っていなかった。

今だってそうだ。どこかの脂ぎったオヤジに身体を売るために、外部から丸見えの席に腰を下ろしている。

滑稽《こっけい》だ。惨めだ。最低だ。

だが、泣きはしない。泣いてどうなる。

あの市原に捕まったことだって、もともとは自業自得だ。あたしが間抜けだっただけだ。

どうしようもない。誰も助けてくれはしない。

やっぱりあたしはバカだ。あの市原と同様、人間のクズだ。だからこうなったんだ。

カウンターに片肘《ひじ》をつき、ひとり鼻を鳴らした。

考えるのはやめだ。なるようにしかならない。

ふたたび時計を見る。十時四十分。あと二十分もある。

じりじりと時間が過ぎていくのを待つ。

「…………」

退屈だ。

思いを巡らしたいことなど、なにひとつない。未来もない。

軽いため息をつきながら駅舎のほうを見るともなく見遣《みや》った。

一人の男が階段を下りてきていた。まだ若い。すらりとした身体をスーツの上下に包んでいる。

その男はロータリーを廻り込むようにして、ゆっくりとこちらに歩いてくる。ふわふわとした足取りをしている。たぶん若干アルコールが入っている。会社の同僚か誰かと一杯ひっかけ、帰宅途中なのだろう。

男が顔を上げた。こちらを見た。束の間、圭子と目が合う。顔もまあまあ。

と、その相手が窓越しに笑いかけてきた。

だけでなく、右手を上げて軽く手招きをしてきた。

その気楽さ加減につい失笑する。たぶんアルコールで少し気が大きくなっている。

相手は立ち止まったまま、なおもひらひらと手の甲を上下させている。

生ぐさい感じは不思議と受けない。思い至る。枯れ切ったオバサンたちが若い男を捕まえて、あら、いい男ねえ、と笑いかけるのに似ている。相手になにも期待していない。

その肩の力の抜け加減に、興味をそそられた。

一瞬は迷った。時計を見る。約束の時間まであと十五分ある。

えぇい……どうせヒマ潰しのついでだ。

気がついたときには席を立ち、トレイの中身をダストボックスに投げ入れ、店を出ていた。

建物の脇に、相手は相変わらずボサッと突っ立っている。圭子に笑いかけてくる。

「どうも、こんばんは」

圭子は黙って相手を見ている。その出方を窺っている。男は言葉をつづける。

「おれ、会社の帰り。あんたは」

まさか客待ちとも言えない。

「人待ち」

相手はふたたび笑った。

「それは、残念」

これから飲みにでも誘うつもりだったのか。図々《ずうずう》しい男――圭子も笑った。

「残念ね」

「あとどれくらいある」

「え？」

「待ち合わせの時間まで」

「十四、五分」

「その間、ちょっと話でもしようよ」

「どんな？」

「まあ、どうでもいいことをポヤポヤと」

言うなり男は植え込みに腰を下ろした。

この男、人恋しいのかと思う。おまけにこのあたしが話に付き合うものと、ごく自然に思っているようだ。

結局は圭子も植え込みに腰を下ろした。男と隣り合って歩道脇に座る。まるで中学生のカップルのような構図だ。

ガラガラのロータリーを見ながら、男が呑気《のんき》そうにつぶやく。

「金曜の夜だってのに、人が少ないなあ」

「不景気だからしかたないじゃん」

「でもさ、いちおう県庁所在地の駅だろ。もうちょっと人がいてもいいんじゃないかな」

その言い方にふと思い当たる。

「地元の人間じゃないの？」

男はうなずく。

「去年、今の会社に入って、こっちに来た」

「それまでどこにいたの？」

「東京」

なんとなく気後れがする。

あたしはこの土地しか知らない。ここでしか暮らしたことがない。この街が、あたしのよく知っている一番の都会だ。

相手がスーツのポケットをゴソゴソと漁っている。やがて煙草を取り出した。黄色いラベルの煙草。見慣れない銘柄。男は一本口に咥え、ライターで火を点ける。それから思い出したように圭子にも差し出してくる。

「吸う？」

圭子はうなずき、そこから一本を抜き取る。男がライターの火を寄せてくる。肺まで煙を吸い込み、それから吐き出す。

あまりうまい煙草じゃないと思う。少なくともセブンスターのほうが好みだ。が、少しリラックスはする。内心苦笑する。歩道脇の植え込みに腰を下ろし、煙草を吸う。ヤンキーそのものだ。

事実、高校を卒業するまで圭子はヤンキーのようなものだった。お椀《わん》型のヘルメットを被り、ステッカーをベタベタと貼り付けた原チャリを、蝿《はえ》のような排気音を響かせて走らせていた。煙草を吸い、髪も染め、粋《いき》がって酒も飲んだ。

田舎のブランド、ヤンキー。それでもあのころは楽しかった。もっと明るく弾けた未来が自分にはあると思っていた。

だが、それがどうした――。

「もともと東京なの？」

「違う」男は答えた。「東京にいたのは五年ぐらいなもんだ。ここよりもっとド田舎で育った」

つい笑った。

ここよりド田舎、とはひどい言い草だ。

あとはなにを話したかよく覚えていない。男が言ったとおり、どうでもいい話題を途切れ途切れにつづけただけだ。

やがて男が腕を上げて手首を見た。圭子も腕時計を覗く。午後十時五十三分。

「待ち合わせの相手は彼氏かなにか？」

「……彼氏ではないけど男」

相手はうなずく。

「じゃあおれ、行くよ。見られちゃ都合悪いだろうし」

なんとなく圭子もうなずく。べつに引き止める理由もない。

男は反対側のポケットから携帯用の灰皿を取り出した。その中で吸い止《さ》しを丹念に揉み消す。次いでその灰皿を圭子のほうに差し出してくる。

「几帳面《きちょうめん》だね」圭子は笑った。「投げ捨て禁止？」

男は曖昧な笑みを浮かべ、もう一度圭子の前に灰皿を突き出してみせる。圭子はその中に吸い止しを揉み消した。

「さて、と」

男は鞄に手をかけ、そう言って立ち上がった。圭子に腕を差し伸べてくる。何気なく手を取った。相手が圭子の身体を引き上げる。

立ち上がったとき、お互いがちょうど向き合うような格好になった。男の顔が圭子のすぐ目の前にある。男がまた微笑んで口を開く。

「おれ、酒くさい？」

その裏の意味にすぐに気づく。とんでもない野郎だと思う。

でも、まあいいか――。

「そんなことないよ」

暗黙の了解。

相手はすんなりと圭子の腰に手を廻してきた。キスをしてきた。たしかに酒くさくはない。唇を開く。男がぬるりと舌を入れてくる。少しアルコールの味がする。だが嫌な感じはしない。ごく自然に身体が反応した。相手の背中に手を廻し、身体を寄せた。男が舌を吸ってきた。圭子はなすがままに任せた。次いで積極的に舌を絡ませ始めた。

しばらくの間お互いに突っ立ったまま、舌を吸い合っていた。

少し濡れてくる。口中に唾液が溢れ出てくる。

と、不意に男が顔を離した。圭子を見て笑った。

「今日はラッキーだ」男は言った。「褒美をもらった気分だ」

「…………」

「付き合ってくれて、どうもありがとさん」

思わず失笑した。

どうもありがとさん、ね——。

まるでモノでももらったような口ぶり。失礼な男だ。だがやはり腹立ちは感じない。

男は圭子にもう一度笑いかけると、

「じゃあ」

そう言ってひらひらと手のひらを上げ、背中を見せて歩き始めた。

圭子はつい口を開いた。

「貸しね」

男が立ち止まり、怪訝そうな顔でこちらを振り返る。

「褒美の貸し。覚えといて」

男が笑った。

「覚えとく。狭い街だし」

またどこかで会うかもしれない――たぶん男はそうつづけたい。

かもね、と思う。なんとなくいい気分。

男はそのままロータリー脇の歩道を歩いてゆき、やがて大通りの闇の中へ消えた。と同時に圭子の中にあった若さも、萎んだ。

ため息をつく。

時計を見る。十時五十七分。そろそろ相手がやって来る。白いセルシオに乗る、たぶん脂ぎったオヤジ。これから二時間ほどは心のスイッチをオフにする。

だいじょうぶ。市原で慣れっこだ。だから、だいじょうぶ……！。

もう一度大通りの暗闇を振り返った。相手の姿はすでになかった。橋の向こう側まで、白々とした街灯がつづいているだけだ。

見知らぬ相手についあんなことを口走った。

ひとり鼻先で笑う。

あたしも人恋しいのかも、と感じた。

PHASE 2
逸脱の秋

1

午前八時半——恭一はいつものように家を出た。

会社まで歩いて約一キロの距離。駅の南に広がる住宅街を抜け、大通りに出る。大通りから北に三百メートル進んだところに、南口のロータリーがある。駅舎への階段を上り、コンコースの内部を突っ切れば、北口へと出る。

会社はその北口のロータリーから二百メートルほど大通りを上った場所にある。

いつものコース。いつもの出社時間。

恭一は南口ロータリーへの道をゆっくりと歩いていく。歩きながら考えている。

あの流民野郎からふんだくった四百万を、どうしようか。

ビニール袋にくるんでクローゼットの奥に投げ入れたまま、もう三ヶ月が経《た》つ。

なに、どうせあぶく銭《ぜに》だ。

真剣に考える必要などない。なにも思いつかなかったら、高級ソープや競馬にでも散財してしまえばいい。そんなバカ丸出しの使い方が、あの金にはぴったりだ——。

南口のロータリーまで来る。

歩道脇のマクドナルドをつい見遣《みや》った。出社前にモーニングセットを頬張《ほおば》る会社員やOL、学生たちで溢《あふ》れている。

ちらりとあの女のことを思い出した。

このロータリーの前を通ると思い出す。二ヶ月ほど前の週末、思いもかけず言葉を交わした。挙句、口も吸った。

実は恭一は、それ以前からあの女の顔は見知っていた。

会社帰りの遅い夜に、このマクドナルドで何度か見かけたことがある。

見かけるとき、女はいつも窓際に座っていた。カウンターに頬杖《ほおづえ》をつき、足を軽く組み、決まって同じポーズを決めていた。全身から気だるい雰囲気を滲《にじ》ませているのも毎度のことだった。

見た感じ二十代の前半。やや三白眼気味に切れ上がった眼と、無愛想に引き結ばれた唇。つん、とやや上向き加減に尖《とが》った鼻頭。まるでこの世の中に楽しいことなどなにもないという面構《つらがま》えだった。見ているこちらがため息をつきそうな佇《たたず》まいだ。おそらくはアタマも悪い。性格もいいわけがない。

しかし、そこに蓮《はす》っ葉《ぱ》な色香を感じる。

恭一はどういうわけか、見るからに聡明そうな女にはあまり欲情しない。育ちのよさそうな女に対しても同様だ。気まぐれに付き合ってみたこともあったが、やはりなにか物足りなかった。だいたいにおいてすぐに別れた。

あの晩、恭一はほどほどに飲んでいた。ふわふわした足取りで南口のロータリーに出ると、閉店間際のマクドナルドが目についた。

例の女がいた。

素面《しらふ》だったらそんなことはしなかった。いつものように素知らぬふりをして窓際を通り過ぎていただろう。だが、アルコールが入って気分も緩んでいた。女と目も合った。気がついたときには女を手招きしていた。もとより期待はしていない。いわば洒落《しゃれ》のようなものだ。

無視されるならされるで、それはいい――。

が、女は意外にもすんなりと表に出てきた。内心驚いたが、表情には出さなかった。

女は愛想こそよくなかったが、従順だった。恭一の横の植え込みに腰を下ろし、キスしたときも拒否はしなかった。どころか、積極的に舌を絡ませてきた。

貸しね。

と、女は言った。

褒美《ほうび》の貸し。覚えといて。

変なことを言う女だと思い、笑いながら家に帰った記憶がある。


午前中、いつものようにハイカウンターで接客をこなし、午後遅くの昼食に出ようとしていた。

そのときだった。

「坂脇さーん」

と、同僚の女の子が恭一を呼んだ。

「電話でーす。市原さんて人。五番」

……市原？

心当たりがない。

不審に思いながら電話を取った。


十分後、恭一は支店の近くにある喫茶店の席に腰を下ろしていた。

目の前に男がいる。

四十がらみの貧相な男。ヴェルサーチの毒々しい柄シャツに、若干禿《は》げかかった髪をテカテカのオールバックに撫《な》で付けている。整髪料の強烈な臭《にお》い。不快に感じる。ニヤリと笑ったとき、下の歯にヤニがこびりついているのが見えた。ぶん殴ってやりたくなる。

つい先ほど、名刺を差し出された。

『成和興業　市原和之』

とある。

ヤクザ者。しかもその態《なり》からして、うだつの上がらない中年チンピラ。

そしてその名刺の脇には、身に覚えのない借用証が置かれている。五十万の元金が、三ヶ月を経て六十万近くになっている。

「ねえ、坂脇さん。お願いしますから一万円だけでも払ってくださいよ」

市原と名乗った男は、そうへらへらと笑いかけてくる。

馬鹿でも想像がつく。このチンピラはあの中国野郎から保険証を買い取り、借用証を偽造した。恭一は穏やかに口を開いた。

「そう言われても、まったく身に覚えのないことでしてね」

「でも、こちらにはあなたの保険証の控えもあるんですぜ」市原は得々と話をつづける。

「身に覚えがないってのは、通りませんやね」

ばーか。ふざけんな。

しかし口には出さない。代わりにこみ上げてきたのはおかしさだ。よりにもよってこの汚物オヤジは、こんな紙切れ一枚でおれから幾ばくかでも金を引っ張れると思っている。

極楽トンボだ。大間抜けだ。だからいつまで経ってもこんな薄汚いチンピラ稼業でしか銭を稼げないのだ。

やはり、笑いがこみ上げてくる。

「あんた、なにを笑っているんです」そんな恭一を見て、市原が苛立《いらだ》った声を上げる。「こっちはね、伊達《だて》や酔狂でこうしてお伺いしているわけじゃねぇんだ」

一瞬、ぶん殴ってやろうかと思った。が、直後には考え直す。

こいつはヤー公だ。あとあと面倒なことになる。

ふたたび穏やかに口を開く。

「三ヶ月ほど前、車上荒らしに遭《あ》いましてね。保険証はそのときに奪われたんですよ」

「だから？」

「警察に被害届も出して、受理番号もちゃんともらってある。そんな紙切れなんざ、所詮《しょせん》は無効でしょう」

一瞬市原は黙り込んだ。それから目元に怒気を膨らませて言葉を荒らげた。

「ふざけんじゃねぇぞ。このガキャあ……おとなしくしてやってりゃつけあがりやがって」

ほらきた。

「バカじゃねぇのか、あんた」負けずに恭一も口調を変えた。「今どきこんな手に引っかかる与太郎《よたろう》がいるとでも思ってんのか。え？」

「……………」

「こっちは出るとこ出てやってもいいんだぜ。いっそのこと、この場で警察に連絡してやろうか」そう言って、上着のポケットからわざとらしく携帯を取り出してみせた。「さあ、どうするよ」

市原は黙ったまま、じっと恭一の顔を窺《うかが》っている。恭一は思わず鼻で笑った。

「薄みっともねぇ真似《まね》すんなよ、オッサン。そんなに小金が欲しいんなら駅前でピンクチラシでも配ってろ。お似合いだぞ」

ドッ、という音が響く。市原がテーブルに拳《こぶし》を叩《たた》きつけ、一気に吼《ほ》えまくる。

「舐《な》めんじゃねぇぞっ。このクソガキ！　なんなら今からてめぇの会社に怒鳴り込んでやろうかっ！　コラッ」

周囲の客が驚いたようにこちらを振り向く。

「ご勝手に」言いながら椅子《いす》から立ち上がった。時間の無駄だ。もうこれ以上話すつもりもない。テーブルの上のレシートに気づき、指先で市原の前に弾《はじ》いた。「あんたがおれを呼び出した。金はあんたが払えよ」

そう言い残し、席を立った。

野次馬たちの好奇の視線の中を、あとも見ずにテーブル席を抜けていく。

内心、少しドキドキしていた。ヤクザ相手にあそこまで言ってだいじょうぶだったろうか。

だが市原が追いかけてくる気配はない。

喫茶店を出たときにはすでに安心していた。

気分がよかった。すかっとした。

会社へと戻る道すがら、思わず鼻歌を唄《うた》っていた。

2

圭子は海にいた。

市原の古いセドリック。勝手に持ち出した。

ルームミラーの中に自分の顔が映っている。右眉《まゆ》の下が青黒く腫《は》れ上がり、内出血を起こしている。殴られたのだ。

いつかの約束。

うまくいけば残りの金を払ってやる——市原はそう言った。

昨日の昼、その抜け作に会いに行ったことは知っていた。だから、夜になって帰ってきた市原を捕まえて言った。

「あのときのお金、返してよ」

そんなもんどこにもねえ、と不機嫌な面持ちで市原は言った。

「どうしてよ」

「うるせえな。駄目だったからに決まってるじゃねぇか」

事情を聞いた。

金を脅し取ろうとした相手に鼻先であしらわれ、警察を呼ぶぞとあべこべに脅されたようだ。この下司《げす》野郎の不機嫌の理由に、ようやく思い当たる。

ふん。

圭子は内心愉快だった。てめえみたいなチンピラヤクザの思うように、そうそううまくいってたまるかよ。むしろ、その相手の度胸を誉《ほ》めてやりたい気分だ。

「そんなのあたしには関係ないじゃん」圭子はなおも言った。「返してよ。いつかのお金」

「うるせえっ。返せねえものは返せねえって言ってんだろがっ」

捨てゼリフのあと、拳が飛んできた。あとはお決まりのパターンだ。殴られ蹴《け》られ、組み伏せられて、無理やり犯された。最後にはヴァギナにコカの溶液を塗りたくられたまま、獣のような吼え声を上げていた。おぞましいあの四十男に必死で抱きついていた。

ハンドルを握ったまま、圭子は一人で唇をゆがめる。

あたしはカスだ。生きる価値もない。もう堕《お》ちるところまで堕ちきっている。

鉛色の空の下、どんよりとした海が広がっている。平日の昼下がり――九月の海。浜辺には人っ子一人いない。

その岸辺に向け、セドリックをゆっくりと乗り入れる。アクセルの反応に、微妙に進入速度がついてこない。タイヤが砂の中に埋まり始めている。スタックの兆候。構うもんか。こんなボロ車、砂に埋もれちまえばいい。

……二年前、あの職場を辞めた。

十九歳の秋から付き合っていた男がいた。外商部で仕事のできる男の通例どおり、見た目もすっきりとした優男《やさおとこ》だった。いわゆる女性社員の憧《あこが》れの的というやつだ。

その男と付き合っている自分が誇らしかった。同僚にもどこかで優越感を覚えていた。有頂天だった。まだほんの小娘だった。

自分はやがてこの男と結婚する——付き合い出して二年目には当然のようにそう思っていた。

期待はあっさりと覆《くつがえ》された。

ごめん。他に好きな人ができたから。

それはまだ許せた。我慢もできた。許せなかったのは、あろうことか圭子と同じフロアの布団売り場の売り子と付き合い出したことだ。しかも入社当時から圭子が大嫌いだった女だ。やがて分かった。男は圭子に別れ話を切り出す以前から、その女と二股《ふたまた》をかけていた。知らなかったのは圭子だけだ。

屈辱。

周囲の好奇の眼差《まなざ》し。嘲笑《ちょうしょう》を含んだ微妙な笑み——やがてあの男が件《くだん》の女と結納を交わしたという噂《うわさ》が流れてきた。耐えられなかった。逃げ出すようにして会社を辞めた——。

ハンドルを依然握ったまま、もう一度薄く笑う。

……ったく。ちゃんちゃらおかしい。

あまりにも間抜けな失恋話で、誰かに話す気にもなれなかった。

相手に惚《ほ》れていたわけではない。あたしは結局、周囲の視線に耐えられなかっただけだ。

おかげで今は、このザマだ。

クルマを降り、ドアを足で乱暴に蹴って閉めた。ボディの表面に擦過傷がつく。鼻で笑う。どうせあの外道《げどう》のクルマだ。

波打ち際まで歩いていった。

潮くさい沖合から、風が耳元に吹きつけてくる。

浜辺のくすんだ砂の上に、小さな貝殻が無数に打ち上げられていた。

圭子はなんとなくその場にしゃがみ込んだ。

波が打ち寄せてきた。泡立つ水の中で日の前の糸巻き貝がごろごろと転がり、圭子の足元まで来て、つづく引き潮に押し戻され、ふたたび元の位置に戻る。

脈絡もなく、以前に聞いた話を思い出す。

モルディブの話だ。昔、職場の先輩が言っていた。新婚旅行で行ったときの土産《みやげ》話。たしかミリヒ、とかいう小さな島だった。

嵐の過ぎ去った日の深夜、人気《ひとけ》のない浜に出ると、岸辺が濃いブルーに輝いていた。外洋から大量に打ち寄せてきたプランクトンの燐光《りんこう》だ。

波打ち際で輝きを放っている海水に片手を浸《ひた》し、上げてみた。月明かりの下で、手のひらが柔らかな藍《あい》色の燐光を発し、鮮やかに浮かび上がって見えたという。

――でも、ここはモルディブなんかじゃない。そして圭子もその彼女ではない。あるのは生活に窮して素人《しろうと》売春に手を出した挙句、冴《さ》えない中年ヤクザに手籠《てご》めにされた愚か者の姿だ。

束《つか》の間《ま》波が引き、糸巻き貝は濡《ぬ》れた砂の上でじっとうずくまっている。中身は空っぽだ。ヤドカリが去ったあとの抜け殻だ。

波打ち際をごろごろと転がりつづけるだけの存在。抜け殻……まるであたし。

あれっ？

不意に、その足元の景色が滲んで見えていることに気づいた。慌てて目元をごしごしと擦《こす》った。手の甲が透明な液体で濡れていた。

なんだ。

あたしにはまだ泣くぐらいの中身は残っていたのだ。

なんだか急におかしくなった。ごく自然に笑い声が湧《わ》いた。波打ち際にしゃがみ込んだまま、しばらく泣き笑いを繰り返した。

3

十月。

掛け布団をタオルケットから薄手の羽毛布団に入れ替えた。湿気もなく、一番いい季節。

まどろみの中にいた恭一は、けたたましい電話の音で眠りから覚めた。

時計を見る。午前七時半。部屋の隅の電話機まで歩いていく。非通知の表示。軽く舌打ちしながらも受話器を取る。

「はい」

「あ、坂脇さんのお宅ですか」その急《せ》いたような口調に早くもウンザリとする。やはりロクな電話ではない。「私、アイ・エフ・シー商会の小倉と申しまして――」

その後、うじゃうじゃと勿体《もったい》をつけた言葉が並ぶ。間違いない。勧誘商法の常套句《じょうとうく》。

そしてその挙句には――。

「でですね、私、実を言いますと坂脇さんと同郷の島根なんですよ。つい最近郷里からこの関東に出てきたばかりで右も左もまったく分からないような状態でこの会社に就職し――」

それがどうした。このタコ。

「で、失礼かとは思ったんですが、東京駅にある商工会館にお邪魔して、名簿からこうしてお電話かけさせていただいているわけなんです。でもあれですよね、坂脇さんはご立派ですよね。地元を出て十年近く、この首都圏で立派に自活していらっしゃるわけですから」

思わず笑い出しそうになる。つい口走る。

「だからなんなんだよ」

「……は？」

「そんなこと、ド田舎《いなか》から出てきた人間なら誰でもやっていることだろ」恭一は言った。いきなり叩き起こされた苛立ちも手伝っていた。言い出すともう止まらなかった。「なにを売りつけたいのか知らないが、朝早くから相手を叩き起こし、しかも番号は非通知。相手の都合も聞かずに、いきなりとうとうと喋《しゃべ》り出す」

「…………」

「おまけに同郷人を売り文句にして誘い水をかける。あんた、少しは恥ってもんを知れよ」

直後、相手のほうから通話が切れた。

ため息をつき、受話器を戻す。時計を見る。

二度寝をするには時間が足りない。しかたなく洗面所に行き、歯を磨き始める。鏡の中に、髪がくしゃくしゃになった自分の顔が映っている。

今年二十七歳になった自分の顔――暗い瞳《ひとみ》。恭一はそこに幼いころの自分の影を見る。

高校を卒業してすぐ、郷里を後にした。

三月だった。残雪の残る無人駅のホームから列車に乗り込んだ。

蛆虫《うじむし》どもの蠢《うごめ》く町。恥知らずなクソったれの町。二度と戻ってくるもんかと心に誓った。

恭一の記憶は、遠浅の海から始まる。

日本海に面した小さな漁村。正確に言えば日本海ではない。はるか対岸の半島が廻《まわ》り込むようにしてできた内海に面していた。

恭一には母親の記憶がない。物心がつく前に死んでいた。父親は漁師だった。その父親と父方の祖母に育てられた。それでも子供時代は楽しかった。

幼稚園も保育所もない。自分と同じような近所の洟垂《はなた》れ小僧と、日が暮れるまで毎日遊んでいた。

恭ぼうの父ちゃん、カッチョええの。漁協一の漁師じゃって、ぼくの母ちゃん言っとったで。

方言丸出しな幼な友達の言葉。そんなとき、恭一はなんとなく誇らしかった。

布団の中にいても聞こえてくる。

夜明け前に海から響いてくる、ポンポン船のディーゼル音……。

窓から差し込んでくる薄闇《うすやみ》と、白々と輝く台所の蛍光灯の下で、祖母が早出の弁当を作っている。父親は祖母から保温ジャーを受け取ると、少し笑い、分厚いヤッケを着込んで、鴨《かも》居《い》をひょいと首を曲げてくぐり、玄関にのっそりと降りていく。

昼前には、大漁旗をはためかせながら大小の漁船が港に戻ってくる。わらわらと桟橋《さんばし》に集まってくる町の住民たち。家を守る女。おじいさん。おばあさん。そして恭一のような子供たち。その日の水揚げがすぐに行われる。

きらきらと青く光る鱗《うろこ》。うるさいほどのカモメの鳴き声。水道水に濡れた市場の床。セリの掛け声。大量の氷がスチロールボックスに流れ込む。木箱を積んだフォークリフト。冷凍トラックがバックしてくる警告音。野良猫も、どこからともなく寄ってくる。

父親の後片付けを手伝ったあと、桟橋で大人の漁師たちに交じって食べさせてもらった鍋料理。ねじり鉢巻きにタートルネック、無精ひげの男たちの胴間声《どうまごえ》。

恭ぼう、恭ぼう。

そう言われながら頭を撫で回され、ときには無理やりコップ酒まで飲まされて、思い切りむせた。手拍子の歌声。下手な演歌。流行歌。狭い町内での与太話。それでも楽しかった。

父親も笑っていた。周りの漁師たちもみな笑っていた。

その同じ桟橋から、夏にはロケット花火を打ち上げた。ドラゴン花火やススキ花火、爆竹もよく鳴らした。

冬場の沖合には、烏賊《いか》釣り船の白熱灯が無数に瞬《またた》く。とても綺麗《きれい》だった。

大人になったらぼくも漁師になるんじゃ——ごく自然にそう思っていた。

だが、恭一の知らぬところで、このチンケな片田舎にも変化の波が静かに押し寄せてきていた。

内海の干拓事業──計画自体は終戦直後の食糧難の時代からあった。

その海を潰《つぶ》して農業用地にしようという話だ。返す刀で、国は減反政策も推し進めていた。市場に米が溢れ返り、稲作を止《や》めると補助金を出していた。

漁師は真っ先に反対した。農家もそれにつづいた。漁師は職を失うということで、農家はこれ以上無駄な農地は不要だということでだ。塩分たっぷりの干拓地ができたところで、当分の間は使い物にならない。さらに農家は、埋め立てで気候が変化することを恐れていた。畑が面している内海のすべてが巨大な盆地となってしまう。つまり、夏はより暑く、冬はいっそう冷え込みがきつくなる。果樹や野菜の作付けに、微妙に影響してくる。

誰のためにもならない干拓事業。

国と県は、札束で佇民の横っ面をはたいた。恭一の親をはじめとする地域の人人たちは足元を見られ、完全に舐められきっていた。

事実、そのとおりになった。恭一が小学校低学年のころ、いつしか反対運動は補償金の金額交渉の場に成り下がっていた。

恭一の父親は、最後まで干拓事業に反対していたグループの一人だった。金を積まれたかっての漁師仲間は、恭一の父親のことを次第に悪《あ》し様《ざま》に言うようになった。軋轢《あつれき》が深まり、集落の寄り合いでは殴り合いの喧嘩《けんか》がしばしば起こった。

　恭一が十歳を迎えたころ、地域の干拓事業の反対派は一掃された。恭一の父親も、ついに首を縦に振った。補償金をもらい、船を売り払った。

　大量にばらまかれた補償金に、にわか成金が雨後の竹の子のように出現した。

　男たちは大挙して陸に上がり、家を新築し、新しいクルマを買い、子供たちにも分不相応な小遣いを与え、自らもわが世の春よとばかりに、慣れない遊興に手を染め始めた。

　田舎でひたすら地味に暮らしてきた男たちに、免疫力はない。

　チンケなキャバレーが三軒でき、そこのホステスと、有り金をごっそりと持ち出して駆け落ちした四十男もいた。恭一が一番仲のよかった友達の父親だった。残された母子は、やがて岡山へと出ていった。

　場外馬券場、パチンコ……海が閉鎖され、狭い町の中に昼間からぶらぶらとしている大人たちを見かけるようになった。かと思うと、新しい商売を始めるために、さらなる追加補償を分捕《ぶんど》ろうと躍起になる連中もいた。

　あっこの家は、六千万もらったんじゃと。うちは五千万、ほう、なら損や。もうちょっとうまく立ち回ればえかったんかのう。あっこは、どうかね？

とはいえ、一生安楽に暮らせるほどの金額ではない。当分の生活費はあるとはいえ、さらにその先のことを考えると、地域の住民たちは無職の状態をつづけるわけにもいかなかった。むろん恭一の父親もそうだ。二年後に着工になる干拓事業に、土木作業員として雇われることとなった。田舎では、ほかに生きていく術《すべ》はない。

自分たちが生活してきた漁場を、自らの手で埋め立てていく作業――しかも孫請け程度の土建屋に、顎《あご》で使われる作業員としてだ。

それは、しかたのないことだ――。子供心にも恭一は感じた。

ウンザリしたのは、その現状の上に居座った大人たちの考えだ。

ド田舎の通例で、長男だ、やがては跡取りだ、長女だ、行く末は婿《むこ》取りだと喚《わめ》き散らし、子供を先祖代々生きてきた土地に縛り付けようとする一方、その子供が地元で生きていけるような仕事は、自分たちが売り渡している。たかだか五、六千万の補償金に目が眩《くら》み、自分の子供の将来まで売り飛ばしている。

当時、恭一は中学生になっていた。そういう年ごろの子供として、彼ら大人たちの蠢きは、理屈では把握できなくても、なにかおかしい、と感じることはできた。

そんな過渡期にある地域の常として、中学校も荒れ放題だった。

というより、小学校高学年のころから徐々に生徒間の雰囲気は荒れ始めていた。

十歳ちょっとの子供でも、閉ざされた社会の中での灰色の自分の未来は、ぼんやりと感じとれるものだ。

一年生教師や、ちょっと臆病《おくびょう》な素振りが見える教師だと、一部の生徒は授業中でもやりたい放題だった。学級崩壊だ。生徒同士でもそうだ。女だとイジメ、男だと喧嘩のオンパレード。

本当に心を許せる友達など、いつの間にか一人もいなくなっていた。そんな中で、恭一は自分が標的にされないように、常に身構えていた。閉鎖的な世界では、ちょっとでも舐められると命取りに繋《つな》がる。やられたら即やり返す。同情も憐れみもない、すさみきったガキどもの原始的なルール。恐怖。恐怖がすべてのモラルをなし崩しにしていく。

同地区の中学に入ると、すさみ方にいっそう拍車がかかった。ヤンキー比率もあっという間に高くなった。周りはみな髪を染め、剃《そ》り込みを入れ、オナニーをおぼえ、煙草《たばこ》を吸うようになる。

授業中に紙ヒコーキが飛び、購買部で買ったパンを食い、雑談をする。女の教師がしくしく泣き出したりすると、一斉にそれを囃《はや》し立てる。気の弱い教師には、わざと難癖をつけ、くってかかる。

放課後は気に食わない教職員のクルマに忍び寄り、バンパーをバットで殴り、タイヤの空気を抜き、マフラーに雑巾《ぞうきん》を詰め込む。先公などやられて当然だと、恭一も心のどこかで思っていた。どんな問題が起ころうとも、敢《あ》えて見ざる聞かざる関わらざるの、クソまみれの体質。そんな事なかれ主義が、恭一たち子供を次第につけ上がらせていった。

上級生からの部室への呼び出し、トイレ内でのリンチ——便器の中に顔を突っ込まれ、鼻骨を折ったやつもいた。度重なるカツアゲ、保健室から校医を追い出してのセックス。閉ざされた社会。たかだか十四、五の飯粒《めしつぶ》のくせに、やっていることは極道並みだった。

中学二年生のときだ。

クラスの中で一度だけ、特定のグループからいじめられているやつを庇《かば》ったことがあった。恭一もそいつのことは嫌いだったが、つい気まぐれを起こしたのだ。すると連中は、庇った恭一に難癖をつけてきた。しばらくはなんとか自分を抑え、無視して過ごした。

いつの間にか、恭一が庇ったやつもその攻撃の仲間に交じった。周囲へのご機嫌取り。自分の保身しかアタマにない蛆虫。

瞬間的にかっとなり、そいつを半殺しの目に遭わせた。

とことんまでやった。他の連中への見せしめの意味もあった。ここで舐められたら、あと徹底的につけ入られることは分かっていた。

殴り、蹴り、泣き出しうずくまっても手を休めなかった。

完全に腰砕けになったところで、駄目押しを加えた。嫌がるそいつを教室の窓まで引き摺《ず》っていき、三階の窓から校庭めがけて首根っこを押さえたまま、力ずくで上半身を捻《ひね》り出した。

「死ね」恭一は半ば本気だった。「死ねや」

その腰元まで身体《からだ》を押し出してやったとき、恐怖心に、たまらず相手は三階の窓からゲロをぶちまけた。

校庭の大銀杏《いちょう》が、はらはらと黄色い葉をトラックの上に散らしていた。

そいつの胸元を引き寄せ、恭一は念押しをした。

「ナメた真似、すんなよ」そう言ってビンタを張り、攻撃してきた他のやつらを振り返った。

「おまえらも二度とワシにちょっかい出すな。こん次ゃ、脅しだけじゃ勘弁ならんぞ」

ガキの脅し。ガキの突っ張り。だが、いくつもの怯《おび》えた目が、恭一を見ていた。

「分かっとるんか、コラ！」

恭一はふたたび喚き散らし、机を将棋倒しに蹴倒した。生徒たちは一斉にうなずいた。

中学三年になった。

この最後の年は、表に出てきただけでも新聞沙汰《ざた》が数件あったと記憶している。クルマの盗難、町境まで出向いての他校からのカツアゲ。

しかし単純な男連中と違い、あと戻りのできない坂を転げ落ち始めるのは、いつだって女のほうが先だ。なにも考えていない同じ年ごろの男どもより、はるかにマセている。

ある女の子がいた。枝毛だらけの髪の毛を、真っ赤《まっか》に染めていた。時には、臙脂《えんじ》色の口紅もつけていた。彼女はほとんど誰とも口をきかなかった。皆が昼休みに弁当を食っているときなど、よく屋上でひとりマイルドセブンを吸っていた。

その学期は、恭一の隣の席だった。

授業のときは、ただ機械的に教科書を広げ、頬杖をついたまま無表情で黒板を眺めているだけだった。他の生徒のように、授業中に騒ぎ出すことも、教師に因縁をつけることもなかった。恭一にもうまく説明できないのだが、そういう青くさいことをするには、あまりにも心が擦《す》り切れているように見えた。いつも、薄ぼんやりしていた。

たまに視線が合うと、その女の子は投げやりな、それでいて冷たくはない笑みを恭一に向けてきた。口をきくことはなかった。ごくわずかな好意と親しみ……それだけの関係だった。およそ無邪気と言えるような要素が、彼女からは抜け落ちていた。

時おりその背中から、甘い匂《にお》いが漂っていた。香水でも、シャンプーの残り香の類《たぐい》でもなかった。

不意に学校に来なくなって三日後に、新聞の社会面にその記事が出ていた。少女Aとして載っていた。暴力団の準構成員のアパートで、覚醒剤《かくせい》を使用していたところを捕まったというような記事だった。二度と学校に来ることはなかった。

甘ったるい匂いは、覚醒剤を打ったあとの体臭だったのだ。

早く、早くこんな土地を出ていこうと決心したのは、このころだった。

屈辱と失望、虚無が渦巻いている世界。閉ざされた社会……祖母は五年前に死んだ。しかし、父親はまだその世界の中で息をしている。今では土木現場での仕事もなくなり、補償金を切り崩しながら細々と一人生活をしている。そのことを思うだけで、今でも恭一は泣き出しそうになる。

世の中には、どんな嫌なことが起ころうと、死ぬまでその土地を離れられない人間がいる。精神が、感覚が、その生まれ落ちた土地にしっかりと根を下ろしてしまっている。切り離せない。その世界でしか、息をすることができない。

クソったれだ——。

秋の夕暮れは早い。

暗くなり始めた歩道の脇に、黄色い銀杏の葉がうずくまるように固まっている。

キャッシャーから現金が消えるトラブルは、今も思い出したように発生しつづけている。

閉店時間になり、恭一は雑居ビルの前に出た。店の前に出ているパンフレットスタンドや立て看板を店内へと仕舞い込んでいく。いつもの日課だ。本来なら新入社員の仕事なのだが、今年度は新卒の採用はなかった。必然的に、カウンターで最も社歴の浅い恭一の仕事となっている。

「坂脇さん」振り返ると、吉島がその小太りの姿を薄闇の歩道に晒《さら》していた。「なにも坂脇さんがそんなことやる必要ないですよ。声かけてくれればおれが代わってやりますから」

つい笑って口を開いた。

「サンキュ。でもまあ、気持ちだけもらっとくよ」

吉島も笑い返し、それでも恭一の後片付けを手伝い始めた。

「坂脇さん、この前みたいな地区懇親会があったら、また一緒に行きましょうよ」

「あればね」

「そういえば、あのときの彼女とは、どうなったんですか」

「どう、とは」

「……だから、今もつづいているのかなって」

恭一は首を横に振った。

「一度デートはしたが、それっきりだよ」

「どうしてです」

直後、吉島の脂っぽい体臭が漂ってきたような錯覚を覚える。

は、はーん、と恭一は悟った。こいつ、まだあの女に興味を持っている。そして今、もし女がフリーなら、その後釜《あとがま》を狙《ねら》っている。

「うまく言えないけど、なんとなくそれっきりになった」

「お手つきもなしに？」

一瞬考える。舌を吸って裸に剝《む》いただけだ。挿入前なら（お手つきなし）と言えないこともないだろう。

「なしだ」

「そうですか」

吉島は嬉《うれ》しそうにうなずく。

内心、おかしさを堪《こら》える。

手伝ってもらっていることに感謝はする。だが、この吉島にあの女を口説き落とすことなど、夢のまた夢だ。恭一自身、自分がアイドル並みの容貌《ようぼう》を持っているなどとは思ったこともないが、それでも、男にも女にも異性から見てそれぞれの一般的な〝閾値《いきち》〟というものが存在することは知っている。そして吉島がその〝閾値〟を大きく下回っていることは誰が見ても明らかだ。生理的に受け付けないレベル、と言い直してもいい。

しかし恭一は言った。

「ま、頑張ってみな」

万が一でも、あの女と懇《ねんご》ろになる可能性がないとは言い切れない。もっとも、そうなったところで、あの強烈なマンカスの臭いを嗅《か》がされることにはなるのだが……。

目の前に、期待に上気した吉島の顔がある。

ふたたびおかしさを堪える。

おれは意地悪だな、と思う。


午後八時過ぎに内線がかかってきた。

「坂脇さーん、八番。文店長から」

恭一はうなずき、受話器を取った。

「坂脇です」

途端に錆びついた声が聞こえた。

「恭一、おまえの番だ。上がってこいよ」

「はい」

席を立ち、一階フロアの脇からエントランスへと出て、エレベーターのボタンを押す。

上司の個人面談——。年に二回、四月と十月に行われ、この面談結果を基に六月と十二月のボーナス査定の大枠が決められる。七月一日と一月一日の人事異動の参考にもされる。最上階から降りてくるエレベーターを待っていると、吉島が彼の前に姿を現した。個人旅行用のカルテを小脇に抱えている。おそらくは四階の資料室に向かうつもり。

「面接ですか、これから」

恭一はうなずいた。

「そっちはどうだった?」

「事務能力5、取り組み姿勢4、目標意識4、社交性3、総評4」淀《よど》みなく吉島が答える。多少誇らしげだ。「なんか、いい感じだったですよ」

「よかったじゃん」

言いつつも、ここまで細かく自分の評価を覚えていられる男も、珍しいと思う。

エレベーターが到着して、二人は乗り込んだ。

「明日にでも、常総《じようそう》観光に電話してみようかな」

常総観光。例の女が勤める地場の旅行代理店だ。気楽に相槌《あいづち》を打つ。

「そうしてみな」

エレベーターの扉が開き、つい一歩踏み出して留《とど》まる。

てっきり四階の団体フロアだと思っていたのだが、ドアの向こうはまだ三階のフロアだった。目の前に、サラ金の無人キャッシュディスペンサーが何台も設置されている。

おそらくはここを訪れた金欠野郎が、いったんはこの旧式のエレベーターボタンを押し、それから昇降機のあまりの遅さに苛立ち、階段を下《くだ》ったのだろう。無機質な蛍光灯の光の下、モニターのブルーが浮かび上がって見える。

と、ぼんやりとその光景を眺めていた吉島が、ぽつりとつぶやいた。

「ぼく……金借りてるんですよね、ここから」

――ん？

直後には、あっ、と思った。

〝吉島クンて、あんな顔しててけっこう夜遊び激しいらしいよ〟……山田のセリフ。

カウンターのキャッシャーから不定期になくなる現金。

繋がってくる。たぶん間違いないと思う。だが、確証はない。

しかし、サラ金から金を摘《つま》んでまで遊びたがるこの小デブの神経は、いったいどうなっているのか。

内心歯嚙《はが》みした。聞かなければよかった。だから反応を示さなかった。仏頂面のまま黙っていた。

気まずい沈黙が五秒ほどつづいた。

エレベーターが四階に着き、黙ったまま吉島と別れた。吉島は太った背中をよたよたと揺らしながら、奥の資料室へと入っていった。

これから支店長の面接……さて、どうしよう。

迷った挙句、トイレに入った。

小用の便器の前に立ち、ペニスを取り出し、出したくもないションベンを無理やり捻り出している間に、腹が固まってきた。

今聞いたことは、支店長には黙っていよう。

あいつがキャッシャーから現金を抜いたという確証はなにもない。濃厚だが、単なる可能性だ。それをすすんで上司に告げるということは、チクリ屋になるということだ。

恭一はひとつため息をつくと、トイレを出て団体のフロアへと向かった。

向かいつつも、もう一度忌々《いまいま》しく思う。

それにしても、なんでまたあの小デブは、おれの前であんなことをつぶやいたのか？

団体フロアの奥にある応接ブースに入ると、白髪混じりの大柄な五十男がソファに深々と腰を下ろしていた。松浪《まつなみ》支店長だ。

「よう、恭一。来たか」松浪はそう言って、片手に持っていた個人面談用の考課測定表をひらひらとさせた。「遅いんで、おれのほうで適当に書き込んでおいてやったぞ」

とんでもない野郎だと思う。

考課測定表は本人と上司の相互了承のもと、書き込むものという決まりだ。が、まあそれならそれでもいい。

恭一自身、周囲からの己《おのれ》の評価をあまり気にしたことはない。それが勤め人として重大な欠陥だとは分かっているが、やはりどうでもいい。

恭一が黙って対面のソファに腰を下ろすと、松浪は考課測定表を差し出してきた。

事務能力3、取り組み姿勢3、目標意識3、社交性3で、総評も3。つまりはオール3ということだ。所見コメントもない。本人希望部署の記入欄に『一般団体営業』と勝手に書き込まれている。

自分のことながらついおかしくなる。これぐらいそっけない評定も珍しい。しかも恭一自身の希望まで勝手に決め付けて、このオヤジはいったい何者なのかと思う。

しかしそれを表情には出さない。

「今の立場のおまえだと、これ以上書くことがなくてな」松浪は気楽に言ってのけた。「団体に上がってからちゃんと評価はつける」

「はい」

「この評価でもボーナスは並に出る」

「はい」

「いいよな」

「はい」

松浪が笑う。

「はい、はい、か。気のない返事だな。仕事でなにか心配事でもあるのか？」

吉島の脂の浮いた顔が脳裏に浮かぶ。気になるが、やはり恭一の問題ではない。

「いえ、特には」

「だろうよ。そんな業務は任せていないはずだ」と、松浪はかぶせてきた。「この不景気に、実質まだ見習いの分際で並のボーナスがもらえるんだ。少しはモノ喜びしろよ」

恭一は少し歯を見せた。

「こんな感じですか？」

ふたたび相手は笑った。

「ばかやろう」

同僚の西沢から聞いた噂――この五十男は以前、関西営業本部の本部次長だったという。その後、はるばる営業本部を跨《また》いで、この関東営業本部の単なる一支店長として赴任してきた。

明らかな降格人事だ。左遷、と言ってもいい。そのざっとした事情を、さらに西沢が教えてくれた。

恭一が入社する五年ほど前に、関西営業本部で一騒動が持ち上がった。直属の本部長をこの松浪が追い落とそうとして、配下の支店長全員にいろいろと画策していた。が、その支店長の一人が本部長に密告し、計画が実行間際に露見した。結果、松浪はそれまでの役職を解かれ、この関東営業本部に流されてきたという話だった。

クーデターに失敗した社員に、未来などない。

〝だから、あの支店長がいくら有能でも、これ以上の出世の目はないらしい〟

恭一の目の前に、その流刑人のアクの強い面構えがある。滅多に笑わない目がある。自分の存在を疑わない人間に特有の勁烈《けいれつ》さが剝き出しで、五十を過ぎてもおよそ枯れるということを知らない。

関西の本部次長のころから人の好き嫌いが激しく、そりの合わない社員には根絶やし人事を行っていたという噂。組織人不適格の、獣《けだもの》と言ってもいい。だからいざというとき、本人も容赦のない報復人事に遭う。

だが、恭一はそんなこの男が嫌いではない。見ていてとても面白い。ある種、潔さのようなものを感じる。

その野獣が、恭一に問いかけてくる。

「どうだ、ほぼ一年経って、この会社や、今のカウンターでの仕事の印象は？」

「……えっと、そうですね——」

しかしそれ以上の言葉がつづかない。けれども、感情に嘘《うそ》をつきたくもない。

「急に聞かれたんでパッと出てこないんですけど……」

松浪は苦笑を浮かべた。

「ようはおまえ、日ごろからなにも考えてないってこったろ、え？」

「………………」

「カウンターでずいぶんとぬるま湯に浸《つ》かった仕事をしているようだな。折を見て、なるべく早く団体に上げる。二十七にもなった男をおっとり働かせておくほど、この会社も余裕があるわけじゃないんでな」

それから十分後、恭一は応援ブースをあとにした。エレベーターに乗り込み、一階を押す。

ひとつ、軽いため息が漏れた。

下り始めたエレベーターが唐突に止まり、三階で扉が開いた。サラ金会社のフロアから一人の男が乗り込んできた。くたびれた感じの、作業服姿のオヤジ――ブルーワーカー。今どき珍しくもない風景。男がエレベーター内に入ってくると、その肩口から饐《す》えたヤニの臭いが立ち上ってきて恭一の鼻腔《びこう》を突く。加齢臭にも似ている。

嫌なもんだと思う。

エレベーターが一階に着き、相手が先にエントランスへと向き直る。開ボタンを押したままの恭一に、会釈《えしゃく》もせずに出ていった。やっぱり、ヤな野郎だ。金策に懸命で、他人に関心を払う余裕すらなくし始めている。

吉島のことを思い出した。

サラ金から摘んだ金で夜遊びに精を出す。

その図太い神経は、とても恭一が真似をできたものではない。しかし同じ金を摘むのなら、遊びで金を摘んだほうがはるかにマシだ。言い訳のできない摘み方なのだから、いよいよ進退窮まったら、笑って首でも吊《つ》ればいい。

脇の出入り口からカウンターのフロアへと入った。

結局、吉島のことを支店長には黙っていた。なんとなく後ろめたい。ため息の理由は、それだ。

4

もう二週間ほど、市原は時おり苛立っている。そしてその度に、圭子に喚き散らす。

おいっ、なにグズグズしてんだ。とっとと金蔓《かねづる》を捕まえろ。

思わず拳を握り締める。

うるせえ、と思う。

この下司野郎の勘は、先月から外れまくっている。

旅行会社の若造には鼻先であしらわれ、結局は一円も搾《しぼ》り取れなかった。

バカだ。

次いで十一月の初旬、六月に捕まえたワールド食品の七・三野郎に会いに行った。あの青びょうたんは、見た目より賢かったようだ。二度目の金をせしめようとした市原の前に弁護士が現れ、これ以上つきまとうと、詐欺と脅迫、暴行容疑で訴えると、あべこべに脅し上げられた。

大間抜けだ。

圭子は思わず笑い出したくなる。

ざまあみろ。てめェみたいなショボい中年ヤクザなんて、所詮はそんなもんだ。

でも、そのとばっちりがこちらに飛び火するのはかなわないし、現にそうなりつつある。

今、市原は焦っている。実入りのヨミが外れ、金欠状態になりつつある。早く金蔓を捕まえてこいと、圭子をせっついてくる。

言うことを聞かないと、そのうち殴られる。蹴りも飛んでくる。

あの七・三野郎からせしめた分け前の残りもまだもらっていないし、圭子が援助交際で密《ひそ》かに貯《た》めている金を家捜《やさが》しする心配もある。

だから圭子は商売道具の携帯で、せっせと出会い系サイトにアクセスする。なんとかいいカモをキャッチしようと、様々なサイトにメッセージを入れる。

ターゲットにする相手の条件——。

まずは勤め人であること。一人暮らしであること。さらにあまり世間擦れしていなそうなタイプ。家庭持ちが理想だが、そうでなければ年齢は若ければ若いほどいい。すぐにパニくって冷静な判断ができなくなる。バカそうなら、なお可。そして三日前、その有力候補の一人を見つけた。

二十一歳の会社員。独身で一人暮らし。身長百七十一センチ。体重七十二キロ。

たったそれだけの情報だが、圭子には過去の経験から分かる。

この若者は間違いなく醜男《ぶおとこ》だ。

だいたい独身の若者が、なんの必要があってわざわざこんなまどろっこしいサイトの情報などを漁《あさ》るのか。どうして仕事帰りの居酒屋や、仕事関係の実生活で知り合った女と懇意になれないのか？

答えはひとつだ。

冴えない若者だからだ。日ごろから女に相手にされないからだ。

おそらくこの男はデブだ。たいがいの男はなんとか女に会ってもらおうと、身長・体重共に若干のサバをよむことがほとんどだ。おそらく身長は百七十以下。反対に体重は七十五キロ以上はあるだろう。つまりは小太りデブだ。何度かメールをやり取りして、さらに詳しいプロフィールを聞き出した。

趣味はカラオケ。乗っているクルマは白のシルビア。そこまではまだいい。好きなタイプの芸能人は〝浜崎《はまさき》あゆみ〟……。自らも〝木村拓哉《きむらたくや》〟に少し似ているとのたまうような抜け作だ。聞きもしないのに自分の携帯番号まで伝えてきた。

有力候補が、〝最〟有力候補に変わった。

そして土曜日の今日、初めて相手に電話をしてみた。裏声を使って自分をアピール。

〝よさそうなヒトに思えたんで、思い切って電話しちゃいました♪〟

途端に荒い鼻息が受話口に響いてきて、相手はその申し出に食い付いてきた。

待ち合わせはいつものように駅の南口ロータリー。

時刻は午後五時を指定した。

「相手はまだヒヨッコだろう」ざらついた声で市原は言った。「だから今夜じビリまくらせるだけビビりまくらせて、一気にケリをつける」

この女衒《ぜげん》の考えは分かる。脅迫から間をおいた場合、この前の七・三野郎のように法的対抗策を練られる可能性がある。だから睾丸《こうがん》が縮みに縮み上がって冷静な判断ができないうちに、消費者金融――サラ金を巡らせ、無人契約機から金を摘めるだけ摘ませる。

サラ金の窓口はどの会社も土曜は休みだが、無人契約機だけは夜九時まで営業している。従業員に不審に思われず金を引き出すことができる。かえって好都合だ。

夕暮れ時になった。

市原の運転するセドリックで駅まで向かう。ロータリー内のパーキングに着いた。圭子はクルマから降り立ち、車道を渡ってマクドナルドへと入った。コークだけを注文し、窓際のいつもの定位置に座る。

ガラス窓の向こう――パーキングの片隅に市原のセドリックが停《と》まっている。シルビアに乗ってやって来る田吾作《たごさく》を待ち構えている。

圭子は時おりコークを飲みながら、ぼんやりと周りを見廻す。

週末。平日ほどではないとはいえ、夕暮れの駅前はやはり人が多い。

歩道から彼氏のワゴンに乗り込んでいる若い女。子供連れの若い主婦を迎えに来たワンボックス・カー。路肩に屯《たむろ》している若者たち。これから合コンと思《おぼ》しき十名ほどの男女の、陽気な笑い声。ガラス窓を通したあちら側。明るい世界。

あたしは、いったい何者なんだろう。

頬杖をついたまま、ふとそんなことを思う。

こんな場所で、なにをやっているんだろう。

苛立つ。

音を立ててストローからコークの残りを吸い上げる。セーラムに火を点《つ》け、細く長い煙を吐き出したあと、なんとなく思い出した。

……あの男、今ごろは楽しい週末を過ごしているんだろうな。

直後に気づく。現実に戻る。

橋の向こうから、白いクルマが走ってきている。

シルビア。足回りが汚れている。ロータリーに滑り込んできて、パーキングの隅っこに停まった。セーラムをなおも吸いつづけながらクルマを観察する。一、二分経っても、ドライバーが降りてくる気配はない。

間違いないと思う。吸い止《さ》しを揉《も》み消し、店を出る。

ロータリー内の車道を横切り、パーキングへと入っていく。目の隅で市原の黒いセドリックを捉《とら》えながら、シルビアへと近づいていく。白いその車体まであと十歩ほどまで来たとき、運転席側のドアが開いた。

出てきた男を見た。

途端、圭子は危うく噴き出しそうになった。

ばーか。誰が〝木村拓哉〟似だよ。ざけんなよ。

目の前に、腹のせり出した予想どおりの小太りの若者が立っている。脂肪で早くもたるみ気味の外見はジャニーズ系というよりは誰が見ても〝松村邦洋《まつむらくにひろ》〟だ。で、顔は〝出川哲朗《でがわてつろう》〟。

いったいこいつの家には鏡というものがないのか。とんでもない豚野郎だ。そしてこの豚は今、圭子を見つめたまま満面の笑みを浮かべている。おそらくは予想以上に圭子が上玉だったのを喜んでいる。

笑い出したいのを必死で堪えながら、さらに近づいていく。

粘りついてくる目つきで豚が口を開く。

「待ったあ？」

その、無理に手馴《てな》れた素振りを装った気取った口調――。早くも心底ウンザリする。笑みをますます深くする。

「そんなことないよ」と、愛想よく答える。「五分くらい前に来たばっかり」

「とりあえず、ここから移動しようよ」

「どこに？」

「……とりあえず、近くのデニーズかどっか」

圭子はうなずいてみせた。

豚はそそくさと運転席に乗り込む。圭子もそれに倣《なら》い、ドアを開けて助手席に乗り込んだ。途端に芳香剤の甘ったるい臭いが鼻を突く。ルームミラーに吊り下げられたアザラシのマスコット。ダッシュボードにべたべたと貼《は》り付けられたプリクラのシール……最悪だ。

と、豚がカーオーディオのスイッチを入れた。大音量のポップスがいきなり車内の隅々にまで響き渡る。

むろん圭子にもそのメロディは分かる。

松浦亜弥《まつうらあや》。あややだ。音の洪水の中で圭子は口を開く。

「こういう音楽が好きなんだ」

「え？」

さらに声を大きくする。

「だから、こういう音楽が好きなんだっ」

「え、ああ！」豚も負けずに大声を張り上げ、鼻の孔《あな》を大きく膨らませた。「けっこういい感じって言われるんだよねっ。みんなから」

おいおい……そのみんなってやつは、誰なんだよ。

決まり。こいつは死刑だ。

密かに失笑しながら腹の底で思う。

あとで、ギッチョンギッチョンに締め上げてやる。


デニーズでサンドイッチを食べながら、このデブの下らぬ話に付き合った。

豚の名前が分かった。圭子が〝リサ〟と偽名を名乗ると、〝吉島〟と自己紹介をしてきた。よし。おまえは今からあたしの中では（デブ島）だ。

途中、圭子はちらりと時計を盗み見た。午後五時三十五分――このデブ島が充分その気になっているのは、その顔の表面に徐々に滲んできた脂でも分かる。なんとか圭子に気に入ってもらおうと、自分のことを躍起になって喋りまくっている。時おり口の端に白い泡を浮かべている。

こんな茶番は早いところ終わりにしたい。それでなくてもこのデブ島には、午後九時までに最低三軒ぐらいのサラ金を廻ってもらわなければならない。こんなところでぐずぐず時間を潰しているヒマはない。

そうだ。こいつに、あたしを今すぐにでも（お持ち帰り）できるような格好の理由を与えてやろう。

「ところでさ、吉島さんて、どんなお部屋に住んでるの？」

「家賃は七万」どんな部屋かと聞いているのに、まずは家賃で答えてくる大馬鹿者。「で、十畳のワンルームだけど、けっこういい部屋なんだよ。備え付けで有線放送も入っているしね。壁でモニター管理できるやつ」

「すごいじゃん」

大げさに驚いてみせつつも、このデブ島がなぜそんな部屋に住んでいるか、その理由に思い当たる。この新卒二年生は、きっと連れ込みも意識してそんな小洒落《こじゃれ》た部屋を借りた。ためしにその話題を引っ張ってみる。

「眺めとかも、いい部屋なの？」

「うん」デブ島は相変わらず得意そうだ。「っていうか、四階建ての四階だからさ、夜とかはムチャクチャ夜景が見えて、超いいんだよねえ」

「へええ」わざと感心したような声を装い、今度は暗示を与えてみる。「で、有線が入っているぐらいだから、防音なんかもバッチリでしょ？」

「まあね」それからふとなにかを感じたらしく、慌てたように早口になる。「ウン、夜とかも隣の部屋の物音もぜんぜん聞こえないし、おれ、今セミダブルで寝てるんだけど、ホント夜はいい感じよ」

うぅ。やばい。やっぱり笑い出しそうだ。誰がおまえのベッドのサイズまで聞いたよ。

「いいなあ。あたしもそんな部屋、住んでみたいよ」

さらに猫撫《ねこな》で声を出して焚《た》きつけてみると、デブ島はごくりと生唾《なまつば》を飲み込んだ。

さあ、くるぞ――。圭子にはたしかな予感があった。くるぞ。くるぞ。

はあ、といかにも生ぐさそうな息を吐き出しながら、「もしあれだったらさあ――」きた。

デブ島は濁った目でこちらを見てきた。「おれんち、ちょっと見てみる？」

お。やっぱり。

駆け引き、少しじらしたほうが効果的だ。

「え、でも――」と、敢えて口籠《くちご》ってみせる。「でもさ、今日知り合ったばかりだし……」

「だいじょうぶ、だいじょうぶだよ」デブ島の鼻息がさらに荒くなる。「興味があるみたいだったし、別にほら、ただ見るだけだから」

「うーん……」

結局はデブ島に押し切られるという格好を取り、店を出た。

夕陽《ゆうひ》はとうの昔にビル群の向こうに沈んでいた。

ロードサイドにはヘッドライトの渦と、自己主張を繰り返すパチンコ屋や電器屋のネオン。

シルビアに乗り込み、大通りに出て市街の北西部にあるデブ島の家に向かい始める。何度目かの信号で停車したとき、シートから身体を少しずらし、デブ島に気づかれぬようドアミラーを覗《のぞ》き込んだ。黒いセドリックの車体が一台後方にわずかに見えた。

内心、ほくそ笑む。と同時にふたたび思う。

……あたしはいったいなにをやっているんだろう。

吉島の住んでいる建物は、たしかに本人が自慢していたとおりそこそこのものだった。煉《れん》瓦《が》造りの洒落た外観——地方都市で七万もするワンルームに住んでいるのだから当然なのかもしれないが、乗っているクルマは新車のシルビアだし、この男、新卒二年目にしてはよっぽどいい給料をもらっているのか。どちらにしても金回りのいい相手のほうが、脅しには屈しやすい。

「さあ、入ってよ」

吉島は嬉々《きき》としてドアを開けた。

「いいよ。先に入って」

美人局《つつもたせ》の常套手段。言葉どおりデブ島が玄関に靴を脱ぎ、先に部屋に上がる。圭子は後ろ手でドアを閉める。鍵《かぎ》はかけない。女と寝ることで頭に血が上っている男は、まずたいがいの場合、あとで戻ってきて鍵をかけることを忘れる。

フローリングの床。その隅に、うっすらと埃《ほこり》が積もっている。中央部に敷いてあるカーペットには、陰毛のような縮れ毛も目につく。壁に寄せてセミダブルのパイプベッドが置いてある。通販で一万九千八百円――なんとなく、そう見当をつける。反対側のカラーボックスの上には、十四インチのテレビビデオ、サンヨーのミニコンポ。レースのカーテンの向こうに、この街の夜景が透けて見える。

圭子はわざとその窓際まで進んでいき、デブ島を振り返った。

「いい景色だね」

案の定、デブ島はにっと笑い、圭子に数歩近づいてくる。

考えていることは分かる。あたしがこの夜景に多少はゆるい気持ちになっていると思っている。バカだなあ、本当におまえは。が……まあ、いい。なら、それに乗ってやろう。

圭子も笑みを返し、デブ島に一歩近づいた。その腕を軽く握ってみせた。勇気を得たのか、さらにデブ島が擦り寄ってくる。圭子の腰にそろそろと腕を伸ばしてくる。

脂の浮いた顔が近づいてくる。濁った目がどんどん迫ってくる。

がまん。我慢するんだ……。

いつものことだ。一瞬だけ我慢すれば、あとは耐えられる。

見たくない。目をつむる。

男女なんて所詮はこんなもんだ。やりたさ一心で、抜け作はいくらでも道を踏み外す。そしてそれを利用する人間がいる……。

デブ島の口が自分の唇に触れてきた。次いで圭子の背中に廻した腕に力が入ってくる。デブ島が圭子の唇を割って舌を差し入れてこようとする。拒否はできない。こいつをその気にさせなければいけない。なすがままに任せる。デブ島は予想以上にねちっこい。その舌が唇を割り、歯の間から入ってくる。圭子の舌をなんとか吸ってこようとしてのたうち回る。このやろう。ゴムのような感触が口中で動き回る。とうとうしゃぶりついてきた。ざらついた味を舌の表面で感じる。荒い鼻息が圭子の顎に吹きかかる。

くっ。あと三秒は我慢しよう。

いち、に、さん――。

圭子は相手の腕を軽く押さえた。それでデブ島はようやく顔を離した。相手の口の周りが唾液《だえき》でぬらぬらと光っている。あたしの唾液。こいつの唾液。自己嫌悪。

ちらりと視線を下に飛ばす。この色ボケの股間《こかん》は、早くも膨らんでいる。

「先にシャワー、浴びさせてよ」

デブ島は大きくうなずいた。


どうせあいつとセックスはしない――。

壁タイルの水垢《みずあか》が目につく。

狭いバスルームの中でざっと身体を流し、洗面所へ出て、教えてもらった引き出しからバスタオルを取り出し、身体を拭《ふ》く。そのタオルを身体に巻きつけ、わざとその格好でデブ島の前に姿を晒した。

ベッドに腰を下ろしていたデブ島が、舐めるような目つきでこちらを見てくる。

よし。ここらで事前に、真実味と後ろめたさを感じさせといてやろう。こいつにはもう、あと戻りはできないはず。

「ねえ、早くシャワー浴びてきてよ」と、笑いかけながらデブ島に言った。「あたし、九時ごろには家に帰らなくちゃいけないから」

「え？」

「ごめん。実を言うとあたし、旦那《だんな》いるんだ」

「え！」

「あ、でも心配しなくてだいじょうぶ。旦那は知らないから。今までもバレたことないし」

「……ホントに、だいじょうぶなの？」つぶやきながらもデブ島の視線は圭子の胸元から外れない。「バレない？」

もうひと押し。圭子は力強くうなずいてみせた。

「絶対に」

ややあってデブ島もうなずき、そして割り切ったように少しニヤッとした。

「じゃ、待っててよ。サクっと浴びてくる」

デブ島がバスルームに消えシャワーの音が聞こえ始めると、さっそく携帯を取り出し、市原を呼び出した。

「おう、おれだ」

「あたし。今、カモがシャワーを浴びてるところ」小声で圭子は囁《ささや》いた。「部屋番号は40

2。五分後」

「分かった」

それで通話は切れた。

セーラムに火を点け、ぼんやりと時の経過を待つ。時計を見る。午後六時四十五分。次いで玄関を振り返る。やはりデブ島は鍵をかけ忘れたままだ。

二分三十秒経過——。

カチャリ、
と、バスルームのドアの開く音が聞こえ、圭子は煙草を揉み消した。それからひとつため息をつき、バスタオルを外してベッドの中に裸体を滑り込ませた。

デブ島が腰布一枚の姿で洗面所を出てきた。青白く突き出た腹、たるんだ胸肉。乳首の毛も伸び放題だ。毛布に包《くる》まっている圭子を見て、嬉しそうに笑う。

「ビールでも、飲む？」

「そんなのいいよ、あとで」圭子はベッドの中で身をくねらせてみせた。「ねえ、早くぅ」

デブ島がそそくさと圭子の隣にもぐり込んでくる。毛布の中で腕が伸びてきて、いきなり陰部に触れてこようとする。やばい。あたしはぜんぜん濡れてなどいない。慌てて半身を捩《よじ》り、デブ島を逆に仰向けにする。

「あたしがまず、いい気持ちにさせたげる」

そう言ってデブ島の股間に手を伸ばす。ペニスは早くもギンギンにおっ立っている。デブ島もまんざらでもなさそうに笑う。

ちくしょう。市原のやつ、なにグズグズしてんだ――。

瞬間だった。

ベッドから素通しに見える玄関のドアが激しく打ち鳴らされた。

――来たっ！

直後、市原の怒声がドア越しに響き渡る。

「おいっ、リサ！　ここにいんのは分かってんだぞ！　出てこいっ」

デブ島がぎょっとして身を起こし、圭子も慌てたふりをしてデブ島を見る。

「鍵、締めた？」

「――いや、自信ない」

「どうして⁉」

途端、扉が全開になり、市原がその姿を現す。予定どおり、ベッドの上のデブ島と圭子の姿を目の当《ま》たりにする。

「こ、このぅ……」

思わず、といった様子で市原が唸《うな》り声を上げる。圭子は危うく笑い出しそうになる。今夜の市原は、こいつにしてはなかなかの役者だ。もうこのデブ島に申し開きはできない。

「ふざけんじゃねえぞっ。てめえら！」

一声上げ、ずかずかと土足で部屋の中に踏み込んできた。デブ島は毛布の中でばたばたと両足を動かしているが、完全に腰が抜けているらしくベッドから身を起こすこともままならない。市原がさらに大股で近づいてきて、ベッドの毛布に手をかけた。一気に引っぺがす。シーツの中で絡み合った圭子とデブ島の姿態が露《あらわ》になる。圭子の手の中に握られていたペニスは、いつの間にかフニャフニャになってしまっている。

「おいっ！」

市原が喚くなりデブ島の髪を鷲摑《わしづか》みにする。力任せに己の手許《てもと》へ引き寄せようとする。

「痛ッ」

堪《たま》らずデブ島が悲鳴を上げる。髪を引き摺られたままベッドの外に転げ落ち、派手に尻餅《しりもち》をつく。

「てめぇ、リサ……」市原が迫真の演技で圭子を振り向いてくる。「最近どうも夜いねえと思って、こっそり尾《つ》けてみりゃ――」

え？

そう思った瞬間には市原の張り手が飛んできていた。圭子の顔を襲った。一切の手加減というものを感じさせない衝撃。閉じた目の奥で火花が四散し、鼻腔《びくう》がつん、ときなくさくなる。返す手の甲で、もう一発。脳味噌《のうみそ》が頭蓋《ずがい》の中でぐわんと揺れる。頭部が壁に叩きつけられ、さらに脳味噌が揺り戻される。

「いったいこの男と何度寝たっ？　え、言ってみろ！」

市原の喚き声が聞こえる。ぐったりと身を壁に凭《もた》せかけた圭子の耳元に届いてくる。

「おいっ、おまえもおまえだ！　この間男《まおとこ》デブっ！」

口中に、ぼんやりと血の味を感じる。

……ら。

「オラッ、豚野郎！」

肉を打つ鈍い音が自分の耳に響いてくる。

頬の痛みがじわじわと覚醒してくる。頭部が割れるように痛み出す。

「ヒトのアマ連れ込みやがって、どういう神経してんだっ」

気がつくと、人中《にんちゅう》が生温かかった。剝き出しの自分の太腿《ふともも》に視線を落とす。一つ、二つと血の斑点《はんてん》ができている。鼻血が垂れている。

ちくしょう。こんなこと、聞いてなかった。

ゆっくりと顔を上げる。床の上にデブ島の醜い裸体がある。芋虫《いもむし》のように身を丸くしている。思い切り蹴り上げられた痕《あと》——その背中が赤く腫れ上がり始めている。

「こいつが旦那持ちってことぐらい知ってたんだろがっ」

言うなり市原がふたたび蹴りを放った。臀部《でんぶ》に命中。尻と脇腹のたるんだ肉がぶるんと揺れ、デブ島が小さな悲鳴を上げる。

「こらっ、なんとか言いやがれ」

執拗《しつよう》な市原の蹴り。頸部《けいぶ》にヒット。堪らずデブ島が頭を抱え込み、苦痛に身を捩る。尻の穴から玉袋、縮み上がった男根までが露に見える。

無様だ。滑稽《こっけい》だ。だけど、あたしだってそうだ。


……らら。


あれ。耳鳴り？

さっきもかすかに聞こえたような気がした。

「おいっ、立て」

市原がデブ島の髪を鷲摑みにする。デブ島は苦痛に半泣きの表情を浮かべているが、ビビりまくって声も上げられない。ベッドの上にぼんやりと座り込んでいる圭子の傍《そば》まで、そのまま引き摺られてくる。

「お、なんだあ、リサ。おめぇ鼻血が出てんじゃねえかよ」ニヤリと笑い、市原が圭子の唇に手を伸ばしてくる。「ま、当然の報いだな」

直後、ふたたび頰を張られた。衝撃に吹っ飛び、また壁に頭部を打ち付けた。不意に悟る。この男、楽しんでいる。演技にかこつけて、あろうことかあたしをはたくことに愉悦を感じている。

白い壁に飛び散った鼻血が、その表面を伝う。口内の切れた場所が激烈に痛む。

……う、ぅ。いつか、殺してやる。

「さあ、次はおまえだ。根腐れデブ」

市原がデブ島の顔を殴りつける。デブ島が吹っ飛ぶ。

「服を着ろ。おまえにはそれ相当の詫《わ》びを入れてもらう」

「か、勘弁してください」ようやくデブ島が怯えきった声を上げる。「ホントに、ついさっきまでこのリサさんが旦那持ちだなんて知らなかったんです」

「あ？」市原がゆがんだ笑みを見せる。「ってことは、それ以降は知ってやがったんだな？」

「…………」

「知ってた上で、おれの持ちモンと寝てたわけだ。そのチビた粗チンをおれの持ちモンにぶっ込んでたわけだ？」

「そんな……ぼくはまだなにも――」

そう言いかけたデブ島の脇腹にまた市原の蹴りがめり込む。

「あっつ」

「四の五の言うんじゃねえ」苦悶《くもん》に身を捩るデブ島を前に、市原が冷然と言い放つ。「おめえなんざ、この場でぶっ殺されても文句言えた義理じゃねえんだぞ」

「…………」

「とっとと服を着ておれに付き合え。そうすりゃ二時間も経たずに無罪放免だ」

「……はい」

数分後、服を着たデブ島を引き摺るようにして市原が部屋を出ていった。

枕元《まくらもと》にあったティッシュを取り、人中と顎の鼻血を拭き取った。太腿に垂れた血も拭《ぬぐ》う。

肌寒い。

つい毛布を引き寄せ、それに包まる。時計を見る。午後七時五分——日暮れ後の十一月の下旬。もう二十分近くも素っ裸でいた。

毛布に包まったまま、セーラムに火を点ける。口の中が痛い。いつものように細く長く、煙を吐き出す。

今、七時少し過ぎ……。

九時までには市内のサラ金を余裕で三軒は廻れる。実入りはおそらく、百から百五十万の間。そしてその半金を、圭子は手にできる。

だいじょうぶ。まだあたしは壊れない。金。金さえあれば息をつくことができる。

……らら、ら。

ぎくりとする。ふたたびあの耳鳴りが聞こえる。メロディのようなもの。今度はさらにはっきりと。

圭子は思わず首を振った。違う。やっぱり単なる耳鳴りだ。そう自分に言い聞かせながら、セーラムを灰皿に手荒く揉み消す。

服を身につけ、ひとつため息をつくと、そそくさと部屋をあとにした。

私はまだ壊れやしない。

5

朝っぱらから、どうも様子がおかしかった。

吉島のことだ。

妙にそわそわしているかと思えば、次の瞬間には意味もなく薄笑いを浮かべたり、貧乏揺すりを始めたりと、とにかく落ち着かない。チケットの発券作業もミスだらけで、時おり課長に怒鳴られていた。

「あのデブ、やりたさ一心で、ついに呆《ほう》けたか」

そんな言い方をして同僚の西沢は笑っていた。が、恭一には笑えなかった。それどころか後ろめたい憂鬱《ゆううつ》な気分が押し寄せてくる。

ぼく……金借りてるんですよね。

たぶんその関係だ。なにかトラブルを抱えたのだ。

くそ。

密かに舌打ちする。

聞かなければよかった。このデブは、なんでおれの前でわざわざあんなことを口走ったのか。聞かされたほうこそ、いい迷惑だ。

恭一にはまだ分からない。

連続殺人者が人を殺すだけ殺しまくっているうちに、わざと捕まるような証拠を残し始めるのに似ている。ずさんな死体処理をしたり指紋をつけたままにしたりと、次第にその隠蔽《いんぺい》行為が粗雑になっていく。無意識に、自分の行為に誰かがピリオドを打ってくれることを望んでいる。

だから他人を巻き込もうとする。

だが、恭一には分からない。だから単に鬱陶《うっとう》しいやつだと思いながらも、終日仕事をこなした。

その夜のことだ。

会社を出て、駅へと向かう大通りをゆっくりと歩いていた。携帯が鳴った。

「はい」

「あ……坂脇さんですか？」

吉島の声――しかもためらいがちな。

ちっ。

五分後、恭一は駅前の『白木屋』にいた。

月曜の午後十時――居酒屋などガラガラの状態だ。特にこんな地方都市ではそうだ。吉島はいた。人気《ひとけ》のない窓際のテーブル席に、一人つくねんと座っていた。嫌な予感がする。早いとこ用件だけ聞いて、さっさと帰ろう。

「で、おれに相談ってのは？」

テーブルの反対側に腰を下ろすなり、恭一は言った。吉島は中ジョッキを右手に摑んだまましばらく黙っていたが、案の定、とんでもない内容を切り出してきた。

先週末、この男は出会い系サイトで女と知り合いになったという。人妻の二十二歳。彼女を自分の部屋へ連れて帰り、さあこれからというときになって、いきなりその旦那が乗り込んできた。素っ裸のまま殴られ、蹴られ、挙句には慰謝料として百万を包めと凄《すご》んできたらしい。

そしてその期日が、今日だという。

恭一はあきれてモノが言えなかった。

なんて馬鹿だ、このデブは――。わずか半年前に女盗《ぬす》っ人《と》に引っかかったばかりだというのに、もうケロリとして見知らぬ女を自分の部屋へと連れ込む。しかも今度は、どう考えても美人局ときた。

……やはり西沢が言っていたとおりだ。やりたさ一心でトチ狂っているとしか思えない。

「馬鹿だなあ、おまえ」つい苛立って本音が出た。「相談もクソも、そんなの美人局に決まってんだろうがよ」

「そうですか」

「そうだよ」

「……でも、彼女だってしこたま殴られてたんですよ。鼻血も出てたし、とても演技だとは思えなかったんですけど」

言葉に詰まる。

恭一も偉そうに言ってはみたものの、実際の美人局には遭ったことがない。大事な商売道具にそこまでするのだろうか。

「でもさ、その男に金を、しかも百万なんて法外な金を請求されたのは事実だろ？」恭一は断言した。「やっぱり、マトモじゃねえよ」

途端に吉島はがっくりと両肩を落とした。

「ですか。やっぱり」

「とにかく、絶対に金なんか払わないことだ」

「……でも、実を言うと今夜、そいつがおれんちで待ち構えてるんですよ」

「は？」

「今日までに金を用意してくるように、無理やり約束させられたんです」

二の句が継げなかった。なんでこの阿呆はよりによってそんな口約束までしてしまうのか。

「じゃあ今から断るしかねえだろ」憮然《ぶぜん》として恭一は言った。「口約束はしましたが、やはりその金は払えません。そう言って強引に突っぱねるしかねえだろ」

でも、と、なおも吉島は煮え切らない。縋《すが》るような目つきで恭一を見上げてきた。

もう、心底ウンザリだ。

「どうした？　また殴られるのが怖いのか」

「……それも、そうなんですけど」

「じゃあなんだよ？」さらに苛立ってくる。「会社にバラすって脅されたのか？　ならそれも含めて覚悟するしかないだろ」

「…………」

「だいじょうぶだ。会社にバレたところで、仕事でミスったわけじゃないんだ。やりたい盛りなんだし、課長だって支店長だってそこは男なんだからある程度大目に見てくれるって。

それにもし今度その相手に殴られたら、それこそ逆に警察に行くぞって脅しをくれてやればいい」

途端、吉島がいかにも居心地悪そうに目を逸《そ》らした。

——ん。

ピンとくる。

こいつ……まだおれになにかを隠している。なにか、今回の事件を公にできない理由がある。

「どうした」ヤバいかも。この豚はマトモじゃない。これ以上深入りするのは危険だ——それでも口は勝手に動いていた。「まだなにか言い足りないことがあるんなら、言ってみな。誰にも言わずにおいてやるから」

「それ、本当ですか？」

吉島がふたたび恭一に視線を戻してくる。

「——本当だ」

するとこの豚は、明らかにほっとした表情を浮かべた。急に口が軽くなった。

「実はおとといの晩、そいつにサラリー・ローンを連れ廻されました」

「…………」

「土曜の六時以降でも、無人契約機やキャッシュディスペンサーは動いてますからね、ぼくに金を借りられるだけ借りさせるつもりだったんでしょう」

「で？」

吉島は笑った。ゆがんだ笑みを浮かべたまま、内ポケットから財布を取り出し、四、五枚のカードを取り出した。そのすべてが消費者金融のキャッシュカード——。

「作らされたわけか」

「まさか」吉島はさらに笑みを深くする。「だったら坂脇さんに、こんなこと相談してませんよ」

「…………」

「持ってたんですよ、ぼくが以前から。すべて限度額ギリギリまで借金しまくりのやつです」

やはり——。

金を借りてまで夜遊びをやる。とんでもない野郎だ。

「それで、全部でいくら借りているんだ？」

「二百万です。最近、督促状も届くようになりました」

聞けば、吉島をわざわざ消費者金融の前まで引っ張っていった美人局野郎は、この事情を

打ち明けられて激怒しまくったらしい。吉島をふたたび殴りつけ、その尻を蹴り上げ、

〝このろくでなし。穀潰《ごくつぶ》し。借金大王。色ボケ野郎。そんなんで世の中渡っていけると思ってんのか、コラッ〟

と、唾を飛ばしながら散々に罵倒《ばとう》した。

〝でも、そんなこと言ったって払えないものは払えないんですよ〟

と、吉島は身を捩りながら半泣きで訴えたという。

その場面を想像し、恭一は危うく笑い出しそうになった。

当てが外れた美人局と、支払能力のない二十一歳の男——これ以上はない滑稽な組み合わせだ。

目の前にその吉島のすっとぼけた丸顔がある。

こいつのほうが、その美人局野郎よりはるかに上手《うわて》だ。というより、その財布の中身同様、精神も破綻《はたん》している。

「だったらなにも問題はないじゃないか」恭一は言った。「おまえは金が払えない。だから美人局はもう、おまえには用がない」

「だったらよかったんですけど……」と、吉島はさらになにかを内ポケットから取り出してきた。くしゃくしゃの紙の上に電話番号が書き付けてある。「これ、いわゆるヤミ金の電話

番号です。そいつから渡されました。ここで金を借りて、おれのところに百万、耳を揃《そろ》えて持ってこいって」

「突っぱねろよ。もともと払う謂《いわ》れのない金だ」

「でも、脅してきたんですよ。おまえの会社の上司に、サラ金から金を摘みまくっていることバラすぞって……」

──なるほど。

それでようやく、この肥満体が今も悩みに悩んでいる理由が分かる。

勤め人にとって借金まみれの私生活は、激しい女遊びより決定的なダメージとなる。もともと組織が個人の女遊びを警戒するのも、プライベートでの金遣いが荒くなるからだ。カウンターのキャッシャーからは、今も不定期に金が抜かれている。そんなところに借金まみれの噂が流れれば、たとえ決定的な証拠がなくてもこいつのこれからの処遇がどうなるかは容易に想像できる。

それに、と恭一は思う。

今の状況を考えれば、金を抜いているのは間違いなくこいつだ。

このデブに、心底薄気味悪いものを感じる。その心の闇にぞっとする。

やはり関わるべきではなかった。クソっ。おれはとことん性根が甘い──お人好《ひとよ》しの大馬鹿野郎だ。

そのまま腕組みをし、じっと考え込んだ。

テーブルの向こうに吉島の顔がある。今初めて気づいた。今まで会社の同僚として見ていたときには気づかなかった。こいつの目は、ひどく濁っている。

どうする？

恭一は迷う。もうおれの手には負えないところまで来ている。ケツをまくるか。しかし、そしたらこいつはどうする？　返済能力皆無のくせにヤミ金にまで手を出し、後日ギッチギチに追い込まれる。そして今よりもっと大胆に会社の金に手をつけ始めるだろう。

挙句、上司の知るところとなり、このバカはすべてをゲロする。おそらくは恭一に相談したこともベラベラと喋ってしまう。おれの立場は台無しだ。

なら、おれが事前に支店長にでも報告しておくか。……いや、それはマズい。正確に言えば、今でもこいつが本当に盗んだという確証はなにもない。濃厚な可能性だけだ。万が一、本当に万が一だが、こいつが犯人じゃなかったら、このおれは上司のご機嫌を取る、単なるチクリ屋に成り下がる。

それに、こいつは入社当時のおれをよく助けてくれた。今でもそうだ。仕事の部分ではなにかと手伝って気を利かせてくれている。

ふう。

なんてこった。八方塞《ふさ》がりだ。

どうする。どうする？

追い詰められているこいつの立場と、どうしていいか分からずにうろたえている今の自分
……。

このおれの中で、なにが問題だ？

気づく。

フレームだ――。

だからおれは今、言い出せずにいる。

忌々しい。また、これなのか……それになんでいつも、この言葉が浮かんでくるんだ？

が、直後には軽くため息をつき、腹を括《くく》った。

分かっている。これしか解決法はない。

吉島に視線を戻し、恭一は口を開いた。

「その美人局には、おまえの家で会うんだよな」

「スペアの鍵、取られちゃいましたから。今ごろは部屋の中で待っていると思います」

「……よし。じゃあ、こうしよう。おれが今からそいつに会いに行ってくる」

「え？」

「だから、会いに行ってくる。おれ一人だ。おまえは来るな。当事者が来れば、よけい話がこんがらかる。だから、二十四時間営業のファミレスかなんかで待っていろ。その美人局野郎になんとか金を諦《あきら》めるよう、駄目元で話はしてみる。最悪、朝までかかるかもしれないが、それでも電話してきたりはするな。ファミレスからも動くな。話が終わったらおれから連絡を入れる。分かったな」

「あっ、ありがとうございます！」

吉島が大げさに頭を下げてくる。それを見て、恭一はさらに言葉をつづけた。

「それともうひとつ――。おれは、おまえが単に美人局に遭ったから助けようとするだけだ。おれは、おまえがそれ以前にサラ金から金を摘んでいることなど知らない――」

そう刻むように言って、吉島のほうに少し身を乗り出した。

豚は、妙な表情を浮かべている。恭一は苛立つ。情けなくなる。こいつは本当にバカだ。おれの言っている裏の意味が、ちっとも分かっていない。

ええい、面倒くせぇ。とにかく確約だけさせとけ――。

「いいか、おれはおまえの借金のことなど知らない。聞いたこともない。これだけは約束しろ。おれの言っている言葉は、分かるよな」

「ええ……分かります」

「じゃあ約束しろ。じゃなかったら、おまえを助ける話はなしだ」

不意に吉島の目がちろりと光った。直後に湧いた、なんとも言えぬ微妙な表情。ようやく理解した。

「分かりました、坂脇さん。たしかにおれは助けてもらうだけです。だから坂脇さんは、それ以上余計なことは知らない」

「だよな」

「はい」

話は決まった。

「おれだってうまくやれるとは限らんが、とにかくできるだけのことはやってみる」

「ありがとうございます！」

吉島のそのはしゃいだ声にふたたびウンザリする。まるでこれですべてが解決したとでも言わんばかりの喜びようだ。不安になり、さらに念押しする。

「言っておくけど、うまくいかない可能性のほうが高いんだぞ」

「はいっ。感謝してます！」

こいつ……やっぱりなにも考えていない。とことん不気味な能天気デブ。

この件が終わったら、さっさと縁切りしよう。

十分後、恭一と吉島は店を出た。

駅の北口ロータリーに向かって歩き出しながら、恭一は口を開いた。

「ところでその美人局、なんて名前だ？」

「はい……たしかイチハラとか言ってました」

「あ？」

恭一は思わず立ち止まった。

「市原ぁ？」

6

この、大間抜け——。

週末からの二日間、腹の底でどれだけこの下司野郎を罵倒したことだろう。

頬の腫れはずいぶん引いてきたものの、触るとまだ飛び上がるほどに痛む。口中の切り傷も、すでに口内炎になっている。

目の前には市原がいる。午後十一時。約束の時間はとうに過ぎている。なのにあのデブ島はまだ帰ってこない。ベッドに腰掛けたまま、もう一時間近くも無意味な貧乏揺すりをつづけている。明らかに苛立っているその様子。

この、能無しが――もう一度、腹の底で毒づく。

ここまであたしを痛めつけておいて当日には一円も取れなかったというのだから、あきれてモノが言えない。


土曜の夜、帰ってきた市原から事情は聞いた。

愕然《がくぜん》とした。あのデブ島は、もうどこのサラ金からも一万円も借りられないほど、金を借りまくっていたのだという。

〝まったく二十歳《はたち》やそこらで、とんでもねえガキだ〟

市原はそう言って、激しく舌打ちした。

あのデブ……やられた。

が、あらためてそう言われてみると、なんとなく思い当たる節があった。

この地方にしては高価な賃貸マンションで一人暮らし。買ったばかりのクルマ。おまけに週に二、三回は飲んでいると本人も言っていた。圭子も数年前まで働いていたから分かる。

二十歳やそこらの給料では、たしかに無理な生活だ。

〝じゃあなに〟思わず圭子は口を尖らせた。〝結局はタダ働きだったってこと?〟

あたしをここまで殴っておいて、このやろう——。

〝おれはな、そんな能無しじゃねえ〟歯軋《はぎし》りするように市原が答えた。〝あいつに、懇意のヤミ金屋から金を揃えてくるよう、充分に脅しておいた〟

〝でも、そのお金もどこにもないじゃない〟

〝期限は、月曜だ〟

〝なんでそのあとも連れ廻して、今日のうちにそのヤミ金で揃えるようにしなかったのよっ〟ムカついて圭子は喚いた。〝あの七・三野郎の二の舞になるかもしれないじゃん!〟

〝うるせえっ〟負けずに市原も喚き散らした。〝言っとくがな、あの時間じゃどこのヤミ金だってシャッター下ろしちまってるよ!〟

〝あんた、バカなの〟思い切り蔑《さげす》みをこめ、圭子は鼻先で笑った。〝その知り合いの携帯電話ぐらい知ってるでしょ。なんで電話してすぐに金を用意してもらわなかったのよ〟

途端に蹴りが飛んできた。あっと思ったときには圭子の脇腹にめり込んでいた。肋骨《ろっこつ》の痛みに耐えかね、思わずうずくまった。

〝このアマぁ、イチイチおれに指図すんなっ〟

頭上から市原の罵声《ばせい》が降ってくる。直後には背中に鈍痛。一瞬息が詰まる。二度目の市原の蹴り。つい先ほどは顔を殴られ、今度は蹴りを見舞われる。

うぅ――でも涙さえ出ない。そんな時期など、もうとうの昔に過ぎ去った。

こいつは鬼畜だ。もう嫌だ。なんであたしがこんな目に遭わなくちゃいけないのか？　もうこれ以上、絶対に嫌だ。自分でもぞっとする。この二年で、心がすさみきってしまっている。どんどん壊れてしまっている。崩れていってしまっている。

こんなあたしなど、消えてなくなってしまえばいい。

殺してやる。呪《のろ》ってやる。

うずくまったまま、必死にそう願いつづけた――。

そして今、圭子はあのデブ島の部屋にいる。

市原がちらりと腕時計を見て、激しく舌打ちをする。

「遅《おせ》え、遅すぎる。あの野郎」

圭子もちらりと壁の時計を見る。

十一時も十五分を廻っている。

ばーか。だから言ったじゃねえかよ。

圭子は内心で思う。あいつにすぐに金を借りさせるよう段取りを整えなかったから、こんな間抜けなことになるんだ。こいつはホントにしょうもないチンピラだ。

忍び笑いを嚙み殺す。

そう、こいつは電話一本でそこいらのヤミ金屋一人も呼び出すことのできない最低ランクのチンピラなのだ。だから二日前、そこを指摘したあたしを激怒して蹴り上げた。

死ねよ、このやろう——。

「逃げたんだよ。やっぱりバックレたんだよ」圭子は捨て鉢に言った。「腹を決めるまでは帰ってこないんじゃない」

「腹を決めるって、どういうことだ」

「だから、諦めて金を払うか、断固突っぱねるかの、どっちかの覚悟ってこと」

市原が鼻先で笑った。

「あのデブに、突っぱねる根性はねえよ」

「なんでよ」

「借金まみれだってことをおれが会社にチクれば、やつは間違いなくクビだ。突っぱねる根性はねえよ」

「へえぇ？」

「それにな――」と、市原は不意に鼻息を荒くする。「同じ会社の人間相手に、一度もしくじるわけにはいかねえんだよ」

その意味は分かる。デブ島が勤めている会社――JAC旅行会社。偶然にも、市原が以前脅し上げようとして失敗した相手のいる会社だ。だからなおさら意固地になっている。バカな男だ。

「もう一回、携帯鳴らしてみれば？」

「駄目だな。何度呼び出してもあのデブのは繋がんねーんだよ」

市原がそうため息をついた直後、玄関のドアのチャイムが鳴った。

＊

不思議に恐怖や不安はない。所詮は他人事《ひとごと》だ。

おう、入れっ――。

ドアの内側からそんなくぐもった声が聞こえてきた。やはり聞き覚えがある。

恭一はつい笑い出しそうになる。

この美人局野郎が。馬鹿ヤクザが。しょーもねー稼業のくせに威張りくさりやがって。

扉を開け、玄関に入り込む。奥に見えるワンルーム。ベッドに腰掛けている美人局の背中が見えた。

「散々待たせやがって。遅すぎるぞ、この野郎っ」

喚きながら男がこちらを振り返った。やはりあの腐れヤクザ。

相手の表情が一瞬にして怒りから驚き、そしていっそうの憤怒《ふんぬ》へと変わる。

「なんだ、てめぇ！　なんでおまえがこんなところに顔を出しやがる！」

ヤクザが喚く。対して、意外に冷静な自分。玄関で靴を脱ぎ、フローリングに上がる。部屋の全体が視界に入ってくる。

市原の隣でカーペットの隅にだらしなく横座りしている若い女。片手にセーラムの吸い止しを持っている。こちらを見上げてきた。

途端、愕然とした。

相手もそうだ。つん、とやや上向き加減に尖った鼻頭。切れ上がった眼が呆気《あっけ》にとられ、大きく見開かれたまま恭一を見上げている。

几帳面《きちょうめん》だね。投げ捨て禁止？

貸しね。

褒美の貸し。覚えといて。

恭一も笑った。女も笑って手を振っていた。

——間違いなく、あの女。

彼女だってしこたま殴られてたんですよ。鼻血も出てたし——吉島のセリフ。

だが、なんのことはない。

少し痣《あざ》の残ったその左頰——単に美人局の片割れ、しかもこんなヤニくさい中年ヤクザの連れ合いときた。

だから夜遅く、あんな場所でしばしば頰杖をついていた。おそらくはカモを漁るために。

「おらっ、なんとか言いやがれっ」

直後、女は恭一から顔をそむけた。その横顔に髪がかかり、表情が消えた。

——幻想だ。期待するほうが愚かなんだ。現実なんてこんなものだ。

「他人事に口突っ込むんじゃねえっ。ノコノコ来やがってこの野郎！」

理屈では分かっている。

それでも真っ黒な怒りが噴き出てくる。いつだってそうだ。おれの周りは泥まみれだ。美しいものなどなにひとつない。死ぬまで抜け出せない。こういうクズどものせいだ。

気づくとずかずかと男に歩み寄り、その襟首《えりくび》を摑んで引き摺り上げていた。

「ざけんじゃねえぞ、てめえ」

そのしわがれた声は自分のものだった。

＊

消え入りたい。

目の前で二人の男が暴れている。お互いに取っ組み合うようにして横に斜めにとドタバタ暴れ回っている。それでも圭子はあの男を直視できずにいる。恥ずかしかった。惨めだった。情けなかった。市原の喚き声が聞こえる。

相手が部屋に入ってきた瞬間、ぎょっとした。すぐにあの男だと分かった。

男も愕然とした表情を浮かべていた。次いでその瞳が、情けないような憐れむような、なんともいえぬ軽蔑の光を湛《たた》えた。市原がさらに怒声を上げた。

耐え切れず、視線を逸らした。直後、この男は突如として怒りを爆発させた。

ざけんじゃねえぞ、てめえ。

そう怒号を発し、市原に摑みかかった。その声を聞いたとき、膝頭《ひざがしら》がガクガクと震えるのを感じた。直感が囁く。この男は怒っている。しかもものすごく。市原に対してではない。

あたしに対してだ。そしてそんな下らぬ女に、束の間でも付き合った自分に対してだ。

耳を塞ぎたかった――消え入りたい。恥だ。あたしの存在など、恥そのものだ。

「おめえなんぞが出る幕じゃねえ！」市原が怒鳴り散らし、逆に男を殴りつける。「さっさとあのデブ、連れてこいっ」

男がベッドに吹っ飛び、尻餅をつく。間髪《かんぱつ》を入れず馬乗りになろうとした市原の股間に、男の蹴りが飛んだ。

「！」

声にならぬ悲鳴を上げ、市原が一瞬棒立ちになる。

男がベッドから跳び起きる。股間を押さえたままの市原に摑みかかっていく。その髪を鷲摑みにしたかと思うと、いきなりその腕を引き下ろした。

「なにすんだ！」

市原の半身が泳ぐ。

「やめろっ」

ゴッ。

その額が足元のテーブルの角に吸い込まれ、鈍い音を立てた。

「死ねよ」

男の狂ったようなつぶやきが聞こえる。

「くたばれ。死ね」

そう言って何度も市原の顔面をテーブルの角に打ちつける。頬骨から鼻梁《びりょう》からこめかみから、骨の潰れるような鈍い衝撃音があたりに響き渡る。それでも男は機械のように同じ動作を繰り返している。

圭子は見た。市原はぐったりとしたまま白目を剝いている。鼻の孔から、口の端から、鮮血が流れ出ている。ぞっとして思わず声を上げた。

「やめてっ。やめてよ！　死んじゃう！」

*

黒い狂気。

その悲鳴で恭一はようやく我に返った。

目の前のカーペットに男が転がっている。ぐったりとして白目を剝いている。

連れ合いの女。這《は》うようにして近づいてきて、そろそろと男の顔に腕を伸ばす。女の手が男の顎を摑み、左右に揺する。直後にはその手を離す。男の頭部が力なく傾く。鼻の孔から新たな血がとろりと流れ出て、襟元に血溜《ちだま》りを作る。男の顔はその血溜りのほうに傾いたままだ。

ひっ。

女が小さな悲鳴を上げ、尻餅をつく。

恭一と視線が合った。

「死んでる――」恭一の顔を見上げたまま女がつぶやく。「……死んでるよ」

一瞬、その言葉の意味が理解できなかった。

爪先《つまさき》で男の脇腹を蹴った。一瞬、男の全身が力なくたわみ、ふたたびピクリとも動かなくなる。

「――ねえ、死んでるよ」女の顔が恐怖にゆがむ。オウムのように同じ言葉を繰り返す。

「死んでるんだよっ」

急に現実感が襲ってきた。

背筋《せすじ》に悪寒が走る。男の身体に摑みかかり、激しく揺すってみる。反応はない。白目を剝いたままの両目が虚空を睨《にら》み、首だけががくがくと虚《むな》しく揺れる。

とんでもない――。おれはとんでもないことをしでかした？

どうする？　どうすればいい？

指先が小刻みに震え出す。脳の中が混乱しまくっている。女が喚き声を上げる。

「ねえ、なにか言ってよっ。死んでいるんだよ！」

「うるせえっ」死体を放り出し、思わず怒鳴り返していた。「静かにしろ」

言いつつも、今にも泣き出しそうになっている自分がいる。女もすでに半泣きになっている。唇をぶるぶると震わせ、両目には涙の薄い膜が張り始めている。だが同情などできない。かわいそうだとも思わない。

こいつのせいだ――恭一は思う。こいつさえいなかったら、おれは怒りに自分を見失うこともなかった。余裕綽々《しゃくしゃく》でこの女衒野郎と話を進められた。ぜんぶ、全部こいつが悪いんだ。

「おまえのせいだぞ！」

思わずそう口走る。

「はあ？」女が信じられないといった表情を浮かべ、次の瞬間には泣きながらも烈火の如《ごと》く怒り出す。「なんであたしのせいなのよっ。殺したのはあんたでしょっ」

「原因はおまえだ」

「あたしは関係ない！　人殺しはあんたよっ」

「黙れ！　この売女《ばいた》っ」

喚き散らしながらも必死に思考をまとめようとする。どうする。どうすればいい？

目の前の死体。相手はヤクザ。仲間が絶対に仕返しにくる。おまけにこの女という証人もいる。吉島も今日おれが会ったことは知っている。

……逃れようはない。不意に悟る。

そう。腹の底からひやりとしてくる。

自首？

……自首するしかない。

相手はヤクザだ。殺そうと思って殺したわけじゃない。昔、新聞で読んだことがある。ヤクザ者の命は、一般人に比べ、はるかに軽い。正当防衛さえうまく証明できれば、もともと悪いのはこいつらだ。おれは人助けしようとして、この騒ぎに巻き込まれただけだ。多少の過剰防衛があったとしても、すぐに自首すれば、執行猶予付きになる目もある。当然会社はクビになるが、このままお尋ね者になって警察とヤクザの仲間から半永久的に追われる身になるよりも、はるかにマシだ。

そうだ。……そうしよう。

自首するのが、一番だ。

自分でも意識しないうちにポケットに手を突っ込み、携帯を探していた。ない。思わず舌打ちする。クルマの中に忘れてきていた。ちくしょう。まだ指先が震えている。早く、早く警察に連絡しよう。決断が鈍る。

目で室内の電話を探す。あった。隅のカラーボックスの上に、電話機がある。立ち上がり、ゆっくりとその電話に近づいていく。

「ねえ、なにするつもり？」

背後から女のか細い声が呼びかけてくる。

「決まってるさ」ざらついた声で恭一は答えた。「こうなった以上、警察に連絡するしかねえだろ」

「駄目よっ、そんなの」女がいきなり過剰な反応を示す。「あんた刑務所に入っちゃうのよ！」

「しかたない」電話機は目の前だ。恭一はため息をつき、受話器を手に取った。「それにうまくいけば、かなりの減刑も望める。一種の正当防衛だ。こうするしかない」

「あんたはよくても、あたしはどうなんのよっ」さらに女が噛み付いてくる。「そうなればあたしだってタダじゃすまない！」

「なぜだ？」心はすでに静まり始めている。受話器を手に持ったまま、恭一はつい失笑した。「殺したのはおれだぜ。おまえだってさっき、そう喚いたばっかりじゃないか」

「駄目っ。あんたはそれでよくても、このあたしだって調べられる！」女はもう半狂乱だ。

必死になって恭一の行動をやめさせようとしている。「今までの、このバカとの――」と、死体になった男を蹴り上げ、「組んでやってきた悪事がバレる。金を巻き上げたことも自白させられる。あたしだってタダじゃすまないっ」

そう喚き散らした。

この期《ご》に及んでも、物事をとことん自分本位にしか考えられない女――心底、あきれた。

「その程度、おれの罪に比べればなんてことないだろうが」

「かもしれない。でも、捕まるのだけは嫌なの」

ふと思い至る。この女、なにかを隠している――たぶん、ほかになにか警察に知られてはまずいこと。クソ。だがそれがどうした？　おれの知ったことじゃない。

「とにかく電話する。邪魔すんな」

言い捨ててプッシュボタンに指をかけた。

「言うわよっ。証言してやる！」女がさらに声を張り上げる。「あたしが止めるのも聞かずに、こいつの頭をガンガン打ち付けたって。正当防衛なんて夢のまた夢よっ」

思わず指先が固まる。両手を振り上げて喚き散らしているこの女に、自分の都合しか考えていないこのバカ女に、一瞬殺意さえ覚える。

「舐めたこと言ってんじゃねえぞ」ぶん殴ってやりたい衝動を必死に堪えながら恭一は答え

た。「おまえ、おれがこんなことしでかして、逃げ切れるとでも思ってんのか」

「だってあたし以外、誰も見てないわ」ぞっとするようなセリフを平気でまくし立ててくる。

「このボケナスは組の中でも鼻つまみものだから、いなくなってもしばらくは誰も心配しない。もともとたいした稼ぎがあるわけでもないし。あたしとあんたが口をつぐむ覚悟さえ決めれば、誰にもバレない。死体さえうまく処理できれば、こいつがどこかにトンズラしたように組事務所に思わせることができれば、あんたも今までどおりの暮らしをつづけられる。それをすすんで前科者になること、ないじゃない」

「…………」

「ねえ、お願いよ」涙を流しながら女は訴えてくる。今や、鼻水も垂れ始めている。「……あたし、コカの軽い中毒なの。粘膜摂取だからホントにそんなひどくはないんだけど、今すぐ捕まればアパートの金庫にはコカがある。身体から陽性反応も出る。恐喝罪に麻薬の保持使用でも罪が加算される。売春をやっていたこともバレる。絶対に、刑務所に入れられちゃう」

絶句する。

このバカ女、美人局の片棒を担いでいる上に、ジャンキーの売春婦とは——。

あまりのくだらなさに、直後には笑い出したくなる。

　これが、現実ってもんだ。吉島、殴りつけた昔の上司、節操のない生まれ故郷の大人たち、荒れ放題だった中学時代のクラスメート……いつだっておれを取りまく世界はクソまみれだ。そう。それはおれがクソそのものだからだ。

　女のお喋りは、もう止まらない。聞きたくもない言い訳を、さらにまくし立ててくる。

「ねえ、聞いてよ。あたし、これを機会にこの男からようやく自由になれるの。分かる？　この一年半、美人局の片棒を無理強《じ》いされて、散々玩具《おもちゃ》にされて、ずっとずっと逃げようと思っていたの。ようやく自由になれるのよ」

「なぜだ？」それでも思わず恭一は反応していた。「そんなに嫌だったら、どうしてその間、折を見て逃げ出さなかった？　少しぐらい機会はあったはずだ」

「あんた、ヤクザってものを知らないのよ。親の居所まで知られていたもの。犯されたときのビデオまで持たれていたもの。逃げられるわけ、ないでしょ！」ついに女は大声を上げて泣き出した。指先でカーペットを掻《か》き毟《むし》るようにして訴えてくる。「あんたとあたしさえ黙っていればだいじょうぶなのに。死体さえうまく始末しちまえばなんとかなるのに。あんただって今までどおりハッピーにいられるのにっ」

　たしかにそうかもしれない――。ふと、そう考えている自分がいる。

　吉島にも今晩中はファミレスから出ないように言ってある。ヤクザもこの女の話が本当なら、しばらくは心配ない。

知っているのは、おれとこの女だけだ――。

女がぐずぐずに溶け出したマスカラの目で、ふたたび恭一を見上げてきた。

「覚えてる？　いつかあたしと約束したこと」

「…………」

「あまりにもチンケな貸しだと思うけど、それでもお願い。ようやくこれで自由になれるの。刑務所なんか絶対に嫌だ。あのときの貸し、お願いだからこれで返してよっ」目の前の女。その顔が興奮に醜くゆがんでいる。右目の下に青痣もある。「お願いです！　お願いしますっ」

両手をつき、涙と鼻水にまみれながら、なりふり構わずに土下座を繰り返し始める。

お願いですっ。お願いしますっ！

貸しね――。

あのときのフラットな感覚。今はもう、どこにもない。

虚しい。ただ虚しさがあるだけだ。

……なら、狂えばいい。狂いきってこの世界から、クソを振り落とせばいい。

7

午前一時——。

おんぼろセドリックは、クルマの途絶えた山あいの田舎道を疾走している。五分ほど前に、郊外に向かって延びた幹線道路を外れた。トランクにはこのクルマの持ち主だった市原を押し込んである。ヘッドライトの先に、粗い舗装のアスファルトが浮かび上がっている。凸凹《でこぼこ》にざらついて見える。その両側には鬱蒼《うっそう》とした雑木林が覆い被《かぶ》さり、うねうねとつづく闇をボンネットの先の二つの光源が切り裂いていく。

圭子の横で、男がハンドルを握っている。車内の薄闇の中、右足はアクセルを踏みつづけ、空いている左足が、絶えず貧乏揺すりを繰り返している。時おり意味もなく、激しく舌打ちをする。その度に圭子は怯える。男は明らかに苛立っている。怒っている。

名前は坂脇。坂脇恭一——。ここへやって来る途中、クルマの中で聞いた。

デブ島の部屋の血を拭きとり、死体を運び出すとき、坂脇は聞いてきた。

「で、そのビデオとコカインは、間違いなくアパートの部屋にあるんだな」

「金庫の中」ようやく落ち着きを取り戻し、圭子は答えた。「それさえなくなれば、あたしも自由になれる」

「当然、解錠番号は知らないんだろ」

「でも二人がかりでなら、なんとか運び出せると思う。どこかに移動させたあとで扉をこじ開ければいい」

坂脇は黙ってうなずいた。

エントランスにおんぼろセドリックを横付けし、ホールが無人なのを見計らって、毛布に包んだ市原の死体を二人がかりでエレベーターから引き摺り出した。

「まず郊外まで出向いて、こいつの死体を山の中に埋める」クルマを出しながら坂脇は言った。「そのあと、この死人とおまえが住んでいたアパートに行き、金庫ごと運び出す。身の回りの物と貴重品も、この死人の持ち物も含めて全部運び出す。組の連中に対して、おまえとこの死人がどこかに行ってしまったように装う」

圭子はうなずいた。

「最後にこのクルマを近くの港まで持っていく。ナンバーを剝《は》ぎ取った上で、埠頭《ふとう》からダイブさせ、海底に沈める……証拠はどこにも残らない」

もう一度黙ってうなずいた。うなずきつつも少し安心した。冷静な男だと感じた。一時間前のことだ——。

　クルマはさらに深い闇の中へ突入していく。右手の雑木林に一瞬見え隠れした標識。瞬く間に後方に飛び去っていく。

「今、河西村に入った。県道51号。地図を見ろ」

　運転しながら坂脇がつぶやいた。

　このボログルマにはナビなどという気の利いたものはない。慌てて室内灯を点け、地図を取り出す。県道51号が河西村に接するところ……。急いでページをめくる。あった。

「集落とは離れた林道を見つけろ」

　圭子の反応を見て、さらに坂脇が言う。地図上で必死に無人の山林地帯をトレースする。見つけた。顔を上げる。ヘッドライトの先、分岐点がすぐ目の前に迫っている。

「そこっ——」圭子は慌てて指先で示した。「その砂利道を入って。一キロも行けば、小高い丘を越える。人家はないみたい」


　五分後。

　人気のない林道の奥。そこからさらに十メートルほど入った雑木林の中に、二人はいた。叢《くさむら》にしゃがみ込んだ圭子の目の前で、坂脇はスコップを両手で握り、足元の湿った地面を掘り返している。横には市原の死体が転がっている。その死相を、雑木林に向けられたままのセドリックのヘッドライトが、うっすらと照らし出している。

圭子は両手を二の腕に廻し、坂脇の顔を見ている。

十一月の夜だというのに、坂脇のこめかみには汗が伝っている。

しばらく黙々と穴を掘りつづけていた坂脇がふと手を休め、ぽつりとつぶやいた。

「こんなことやって、おれら地獄に落ちるな」

「ここが、地獄よ」自分でも思ってもみなかったセリフが、つい口をついて出てきた。「いつだって、今が最悪」

なにも期待はしていなかった。だが、意外にも坂脇はその言葉に反応してきた。

「違いねえや」

そう鼻先で笑い、ふたたびスコップを手にした。

直後だった。

う……。

小さな唸り声が叢から湧いた。ぎょっとして死体を振り返る。薄闇の中、ぴくりとその指先が痙攣《けいれん》したのが分かった。

う、う……。

次いでその首がかすかに廻り始める。

信じられなかった。心底ぞっとした。あろうことか市原が息を吹き返しつつある。

腰を抜かし、思わず地べたの上に尻餅をついた。坂脇も呆然《ぼうぜん》としたまま市原の様子に見入っている。パンティーの中が生暖かくなる。知らぬ間に失禁している。……嫌だ。

絶対に、嫌だ。

不意に思う。

こいつには、こいつにだけは死んでもらう。じゃなければあたしの未来はない。

「殺してっ」気づいたときには力の限り叫んでいた。「早く！　早くもう一度殺してっ、絶対に息の根を止めてっ。あたしたちがやられる！」

弾かれたように坂脇が反応した。

意味不明の喚き声を上げ、スコップを振り上げた。振り下ろす。ゴッ。蘇生《そせい》しかけた市原の頭部をめがけ、何度も振り下ろす。ジッ。ゴツッ。ジャッ――。皮膚が割れ、肉が潰れ、頭蓋に亀裂《きれつ》が入るような生々しい音――恐怖にまた小水が漏れ出す。パンティーの中を尻の穴まで伝い、とめどもなく流れ出てくる。

坂脇はなにかに憑《つ》かれたかのように同じ行動を繰り返している。しつこくしつこく、市原の頭部だけを滅多打ちしている。その度に市原の身体が小刻みに揺れ動く。

見たくない。

思わず目を閉じ、頭を抱えて丸くなった。見たくない。なにも見たくない——。

涙が溢れ、鼻筋を伝っているのが分かる。嗚咽《おえつ》も漏れている。自分でもどうしようもない。

う。うぅ……もう嫌だ。あたしには関係ない。消えてなくなりたい——。


どれくらいそうしていただろう？

気づくと周囲は、しん、と静まり返っていた。おそるおそる目を開けた。

すぐそこに、肩で荒い息をしている坂脇の姿がある。痴呆《ちほう》のように突っ立ったまま、足元を見下ろしている。市原の頭部はその足の陰になって見えない。それでいい。金輪際《こんりんざい》、絶対に見たくない。

坂脇が、ゆっくりとこちらを振り返った。

青白く、能面のような顔がヘッドライトに照らし出される。

「…………」

あらためて圭子の存在に気がついたように、一歩、二歩と、ふらふらとした足取りで近づいてくる。片手にぶら下げたスコップは、だらしなく地面を引き摺ったままだ。ガリガリと耳障りな音を立てている。

そのカーキ色の綿パンの裾《すそ》から太腿にかけ、黒い体液のようなものが細かく飛び散っている。脳漿《のうしょう》――そんな言葉が一瞬にして脳裏を駆け巡り、圭子はつい喚き散らした。

「嫌だ！　こっちに来ないでよっ。あたしには関係ない！」

途端、相手は覚醒した。その顔が憤怒にゆがんだ。

「ふざけんな、このやろうっ」

ずかずかと目の前まで来て、いきなり圭子の太腿を蹴り上げてきた。

痛っ！

「てめえのせいだ！　てめえなんかと関わり合いにならなかったら、こんなことにはならなかったんだっ」

毛根の痛覚。いきなり髪を鷲摑みにされた。そのまま無理やり引き摺り起こされる。目の前に坂脇の顔がある。直後、視界が大揺れに揺れた。目の端に火花を感じ、鼻頭がつん、ときなくさくなる。こいつ……あたしの頰を張った。

「おまえだ！　おまえが殺せって言ったんじゃねえかっ。この淫売《いんばい》！」ガクガクと相手の顔が揺れて見える。坂脇が圭子の両肩を摑み、力の限り揺さぶっている。「それをどんな面下《つら》げてあたしには関係ないって言いやがる！　ぜんぶ、全部おまえの蒔《ま》いた種だろうがよっ」

ふたたび衝撃。後頭部がぐらり、とくる。今度は首筋を叩かれた。

「言えよ。言ってみろよっ。この疫病神《やくびょうがみ》！　この売女っ。とことん下司な生活しているからこんなことになるんだよっ！　おまえのせいだっ。悪いのは全部あたしだって、言ってみろよっ」

気づくと、いつの間にか坂脇が抱きついてきていた。

背中に廻ったその指が、小刻みに震えている。耳元にぴったりと寄り添った坂脇の口元から、かすかな嗚咽が漏れている。

「言えよ……これは事故だって。おれたちはそんなつもりはなかったんだって――」

こいつ――泣いている。

心細くて、この常軌を逸した空間に、死ぬほど怯えている。不意に圭子も泣き出したくなった。なぜかそうしてやらなければならない気がして、この憐れな男を抱きしめた。

「ごめん――」そうつぶやいた。「ごめん。あたしが悪いんだ。悪いのは、あんただけじゃない」

「ふざけんなっ！」

男が突然突き飛ばした。自分への安易な同情。男の拒絶。感情が軋《きし》む。圭子は尻餅をついたまま相手を見上げる。

「おりゃあな、おまえのおかげでこんな目に遭っている――」

つぶやきながら坂脇は綿パンのボタンを外す。ジッパーも下ろす。股間に両手を持っていく。その意図するところを直感で悟る。

「――やめてよ。いったいなにするつもり？」

「同情なんぞいらん。そんなもんはクソだ」どこか西の地方のイントネーション。つぶやきながら男はペニスを摘み出した。「吸えよ。しゃぶれよ。だったらせめて気持ちよさで、おれを救えよ」

「…………」

「どうした？　早くやれよ。義理があるだろ？」

男の頬に、汚れた涙の跡がくっきりと見える。萎《しぼ》み切った一物《いちもつ》をだらりと股間にぶら下げたまま、バカのように突っ立っている。惨めだ。無様だ。

不意におかしさがこみ上げてくる。もう、おかしくてたまらない。駄目だ。あたしも狂っている。恐怖がヒトを狂わせる。

――なら、望みどおり気持ちよくしてあげよう。それで束の間でもこの男が恐怖から逃れることができるのなら、そうしてやろう。

男の足元までにじり寄り、その尻に両手を廻しながらペニスを口に含む。

ちゅぽっ――。

完全なるフニャチン。恐怖に竦《すく》み上がっている。饐えた臭いもかすかに感じる。一日中つけていた下着。体液もつく。あたしのヴァギナと同じようなものだ。

柔らかな亀頭に吸い付いたまま、ゆっくりと唾液を含ませていく。そのまま前後運動を始める。

ゆっくりと、男根の硬度が増してくる。男はかすかな呻《うめ》き声を上げ、両手で圭子の頭部を摑んできた。

「もっと強く。強くしゃぶれよ」

希望どおりそうする。カリを舐めまわし、強く吸い出しながら、陰茎に軽く歯先を立ててやる。男が吐息を漏らし、その両手にさらに力が入るのを感じる。圭子も少しずつ興奮し始める。逃れたいのは、今のこのすべてを忘れたいのは、このあたしも一緒だ。

忘れたい。恥骨の手前がうずうずと蠢く。男の臀部に廻した両手に、つい力が入る。

唐突に男が圭子の顔を男根から引き剝がした。

ちゅぱっ。

亀頭から唾液が糸を引き、一瞬にして途切れる。

「くそっ」男はつぶやいた。「やらせろよ」

毛布が地面に落ちている。どす黒い血がついている。市原の死体を包んできたあの毛布。

その上に乱暴に転がされた。間髪を入れず男が覆い被さってくる。圭子の股間をまさぐってくる。不意にその手が止まる。薄闇の中、相手の白目が細くなる。

「漏らしたのか」

「そうよ」自分でも不思議なほど、率直に答えた。「ジーンズまで染み出してる。悪い？」

いや、と男はかすかに笑い声を上げた。

「おれだってそうだ。少し漏らした」

そうつぶやき、いきなり圭子の口を吸ってきた。唇を割り、舌に吸い付いてくる。少し、痛い。胃酸の味もかすかにする。だが不快ではない。相手の首根っこに左腕を廻す。舌を絡ませたまま、男の腕が懸命に圭子の腰元をまさぐってくる。ジーンズのボタンを外そうと躍起になっている。

忘れたい。この恐怖を。我慢できない。右手で自らのボタンを外し、ジッパーを引き下げる。

興奮しきった相手がパンティーごとジーンズをずり下ろすのに十秒とかからなかった。固くなったペニスがぴとりと内腿に触れた。つい腰を捩らせて要求した。

「早く、早く」

すぐ傍に市原の死体が転がっている。濃厚な血の臭いを漂わせている。早く。早くしないと、また恐怖に呑《の》み込まれてしまう。快楽。快楽がすべてだ。愉悦に身を任せれば、束の間でもすべてを忘れられる――だから腰を浮かせ、進んで受け入れようとする。

濡れそぼった膣内《ちつない》に、男根がぬめるようにして滑り込んできた。思わず吐息を漏らす。馬鹿馬鹿しい。まだワンストロークなのに、膣内の襞《ひだ》感覚が過剰なほどに反応する。気持ちいい。男の腰が前後し始める。時おり亀頭の先が、子宮口にまで達してくる。相手にしがみつき、声を上げた。

悪魔の囁き。忍び寄る血の気配。

――まだだ。まだ。まだ狂気が足りない。恐怖が振り切れない。現実を置き去りにできない。

「突いてよ。もっと突きなさいよっ！」

その声で相手も我を失った。吹っ切れた。粗暴、と言ってもいい腰遣いで、一気に突きまくってくる。優しさなど欠片《かけら》もない。

痛いっ。気持ちいい。痛い――。

男の首に両腕を廻し、唇に思い切り吸い付く。根元から舌を絡め合い、唾液を吸い合う。間抜けそのものだ。男は狂ったように腰を動かしつづける。快楽。恐怖。苦痛。愉悦。戦慄《せんりつ》。その一切を排した狭間《はざま》に漂っている、放下《ほうげ》の感覚――。

ら、らら……。

あ、れ？

ららら〜ら♪

あの旋律。はっきりと聞こえる。とうとう脳味噌までおかしくなってきている。溶け出してトリップしてきている。

だけど、それがどうした。

今、圭子の体の上で男が猛《たけ》り狂っている。汗を滴らせ、唸り声を上げ、歯を食いしばり、そこまでして今を置き去りにしようとあがいている。自由な空間にさまよい出ようとしている。

鮮やかな月夜に浮かぶ、塵芥《じんかい》のように。あたしも一緒に味わいたい。

PHASE 3
情欲の冬

1

この二ヶ月、新聞の社会面を隅々まで読みつづけた。

いつ見つかるかもしれないという恐怖。

最初の数週間は、それこそ吐き気を催しながらも必死になって文字を追っていた。

だが、郊外の山林の中から腐乱死体が発見されたという話は、どこにも載っていなかった。

薄れていく不安感。

代わりに頭をもたげてきたのは、不遜《ふそん》な思いだ。

世の中など、システムなど、所詮《しょせん》はこんなものだ。たぶん、はみ出した者勝ちだ。懼《おそ》れることなどない。馬鹿にしていい。

怖いのはむしろ、自分の心だ……。


一月。

書面上ではその一日付をもって、人事異動があった。

昨年十二月の半ば過ぎに、すでに内示はあった。

恭一はそれまでの個人旅行受付窓口業務《カウンター》から、四階にある団体営業部に所属することになった。社内での通称は『一般団体営業』。企業や、ロータリークラブやライオンズクラブなど地域企業団体や同業種組合などを顧客とした、団体旅行の企画営業だ。

前任者からの引き継ぎ顧客を、年始の挨拶廻《あいさつまわ》りで支店長と共に廻った。

どうだ、恭一。気分は――。

支店長の松浪は、そう言って笑った。

どうもこうもない、と恭一は思う。

新任早々、恭一が与えられた半期の収益目標は、一千万。

売り上げ目標が、ではない。あくまでも収益なのだ。顧客への売値から、飛行機代やホテルの仕入れ価格などの総仕入れ額を差っ引いた粗利を、半年間で一千万積み上げるということだ。

対して引き継ぎ顧客から今期見込める収益は、三百万。

つまりは残り七百万の収益を、新規開拓していく顧客から生み出さなくてはならない。この業界で初めて営業をやる人間への目標としては、かなり厳しい数字だった。少なくとも恭一はそう思う。

そんな恭一の気持ちを知ってか知らずか、さらに松浪は相好《そうごう》を崩した。

「以前にも言ったが、いくら未経験とはいえ二十七にもなるおまえが、年下の営業マンより収益目標が下っていうのもカッコ悪いだろう」と気楽に言い放ち、恭一の肩を叩《たた》いてきた。

「ま、おれもおまえの立場には気を使ってるんだぜ」

ふざけた男だ。

たしかにそういう理由もあるだろう。

……が、たぶんそれだけではない。

恭一は時おり、松浪という五十男の、現在の置かれた状況をぼんやりと考える。

左遷されたとはいえ、支店長のポストのまま定年を迎えるというのは、今のこの不景気を考えれば決して恥ずかしくはないサラリーマン人生だ。家庭も安定しきっている。はるか昔に職場結婚した妻との間に、息子が二人。長男も次男もすでに大学を卒業し、親元を離れて在京の企業に就職している。

なにも、問題はない。

とはいえ見方を変えれば、やはりそれまでの生き方だ、ともいえる。恭一は思う。この松浪のような人間を成り立たせている核は、果てしない欲望と好奇心の塊《かたまり》なのではないか、と。常に、もっと、もっとと貪欲《どんよく》に志向し、それを諦《あきら》めた時点で、精神がゆっくりと淀《よど》み始める。

だからこそ彼自身も退屈しきっている。少なくとも恭一にはそう見える。滅多なことでは顔の下半分に浮かべた笑みが目元まで及んでくることはない。

ところが、ごくまれにその瞳《ひとみ》に愉快そうな表情が浮かぶときがある。たとえば今がそうだ。恭一という面白そうなオモチャを手に入れ、それをどういじって楽しもうかという印象を受ける。

——やはり、とんでもないオヤジだ。

午前九時の朝礼中。

今、恭一をはじめとした社員の前で、松浪が恒例の一分間スピーチを披露している。

今朝会社に来る途中、松浪が目撃したという小話。公園の池から野鳥が一斉に飛び立ち、瞬《また》く間に天空に吸い込まれていったらしい。あるいは作り話かもしれない。が、二十人からの団体営業スタッフは両手を前で組んだまま、真面目《まじめ》腐った顔つきで支店長の話を拝聴している。

松浪は話しつづける。

「まあ、私たちは背中に翼がついているわけではありませんが、それでもちゃんとした二本のアシがあります。しかもエリアはこの市内のみ。というわけで、今日も頑張って営業に励みましょう」

そのとってつけたような屁理屈《へりくつ》に、恭一は思わずため息をつきそうになる。笑い出しそうになる。くだらねえ。くだらなすぎる――この五十男を、蹴《け》っ飛ばしてやりたくなる。

しかし、やったことはといえば、他の営業マンと同じようにしごくもっともらしくうなずくこと――それだけだった。

「以上で、朝礼を終わります」

日替わりの朝礼担当の声が聞こえる。営業マンたちはそれぞれの実務にとりかかる。朝イチのアポを取ろうとすぐさま受話器を手に取る者。パソコンから企画書を打ち出している者。見積もりを覗《のぞ》き込んだままペン先を咥《くわ》えている者。

そして、午前中の飛び込み営業へと鞄《かばん》を持ち、ただちに席を立つ者。これは、手持ちの仕事に比較的ゆとりのある若手営業マンが多い。むろん恭一もそのぺーぺー社員の一人だ。

廊下の奥まで進み、外階段へとつづく扉を開ける。スチール製の階段を下りていき、ビルの裏手にある駐車場へと向かう。

一階の踊り場まで来たとき、カウンターの裏手のドアが不意に開き、西沢が姿を現した。両手に半透明のゴミ袋を持っている。シュレッダーにかけられた大量の書類。昨夜の残業の残滓《ざんし》。

「よう、坂ちゃん。オハヨー」

そう言って西沢は笑う。恭一もなんとなく笑みを返す。

「どうよ。四階に移ってから」

つい肩をすくめてみせる。

「どうって……毎日ドブ板営業だよ」

西沢はふたたび笑った。ただ笑っただけだ。敢《あ》えてもっともらしいセリフを吐こうとしない。言葉のための言葉を繋《つな》ごうとしない。

この同僚のこういう部分に、恭一はやはり好感を覚える。

先ほどの朝礼でささくれ立った気分が、ゆっくりと静まっていく。

ふと気になり、口を開いた。

「ところでカウンターのレジ、その後も合わないわけ？」

西沢は真面目な表情に戻り、やや小首をかしげた。

「まあ、週に一回ぐらい」

「相変わらず万単位で？」

うん、と西沢は口元をへの字に曲げた。

「先週は、三万合わなかった」

吉島のたるんだ顔——盗《ぬす》っ人《と》野郎。おそらくは間違いない。胃の粘膜がじわりと捩《よじ》れる。

だが、もうおれには関係ない。関係を持ちたくもない。

「それはともかくさ、たまには前みたいに飲みに行こうよ」西沢が誘ってくる。「カウンターのみんなも言ってるよ。坂ちゃん四階に上がったっきり、ちっともカウンターに顔を出さなくなったって。冷たいって」

つい笑う。カウンターに顔を出さないのは、吉島の顔を見たくないからだ。あんな借金漬けのデブなど、なるようになればいい。

たしかにあの一件が露見する不安は薄れた。が、おれはあいつのせいで、越えてはならない一線を越えた。

枠《フレーム》がある。

その枠を越えられない自分に苛立《いらだ》ち、行動した結果があれだ。どうしようもない。救いようのないバカだ。自分のことでもあり、吉島のことでもある。

「まあ、そのうち」

そう言い残し、ビルを廻り込んだ先にある駐車場へと向かう。

向かいながら、十一月のあの事件の翌日のことをぼんやりと思い出し始めた。

……事件の翌日、昼休みに吉島を喫茶店に呼び出し、前夜の経緯を簡単に話した。

むろん真《ま》っ赤《か》な嘘《うそ》を、だ。

警察を呼ぶぞって脅したら、あのヤー公、おまえから金を取り立てるのを止《や》めるってさ。だからもう安心していい――。

そう説明してやると、吉島はたちまち喜色満面となった。

「いやーっ、ありがとうございます！　坂脇さん、すごいですね。ありがとうございます！」

ちっ。

度し難い大間抜けだ。サラ金地獄もどこ吹く風の極楽トンボだ。

自分で作り話を披露しておきながらも、そう感じた。

だいたい恭一程度のしがないサラリーマン風情《ふぜい》が脅しすかしを試みたところで、そうすんなりとヤクザが引っ込むものか。

それを疑いもせず、むしろ恭一の作り話にむしゃぶりつくようにして飛びついてきたこのデブの神経が信じられない。

このやろう――。おれがいったい今、どういう気持ちでいるのか分かっているのか。なんだったらここでその首根っこを思いっ切り絞り上げて、真実を――あのときに味わった毛穴という毛穴が広がっていくぐらいの恐怖を、喚《わめ》き聞かせてやろうか。

が、やはり止めた。

こいつは間違いなく脳味噌《のうみそ》の毛細血管までコレステロールにまみれている。鮮血が行き渡らない大脳持ち。おまけに骨の髄までの色ボケ野郎ときた。

そんな人間に真実を打ち明けることなど、恐ろしすぎて到底できない。

だから、怒りを押し殺したまま黙っていた。

そんな恭一の沈黙をいいことに、この太っちょはなおもはしゃぎつづけた。

挙句、図に乗ってとんでもないことを口にした。

「いやー、でもこんな簡単に事が済むんだったら、あのリサって女の子ともう少しよろしくやっておきたかったなって気分も、なきにしもあらずですね。けっこういい女だったしなぁ」

リサ——圭子。

一瞬、この粗チン野郎に殺意さえ覚えた。

容易に想像できる。このデブとあのバカ女が素っ裸で抱き合っている構図。おそらく舌ぐらいは吸い合っただろう。そこに、あのろくでなしのヤクザが乗り込んできた。

かろうじて堪《こら》えた。

代わりに芽生えたのは、苦い思いだ。苦くて、舌の奥が疼《うず》いた。

……奇妙なことに、それは自分への屈辱感のようだった。

なぜそう感じたのかは自分でも分からない。

もう、二ヶ月近くも前のことだ。


それ以来、恭一は意識的に吉島を避けている。その姿を見るだけでムカつくからだ。

年末の一ヶ月間、カウンターにいたときもそうだった。職場でも徹底的に目を合わせないようにしていたし、話しかけてこられても、そう、とか、ふうん、とか、そりゃよかった、などの気のない返事に極力努めた。むろん、世間話をすることも一切なくなった。

この前の新年会でもそうだった。懇意にしているホテルの、畳敷きの宴会場で行われた。吉島がそそくさと寄ってきて隣に腰を下ろそうとした瞬間、恭一は立ち上がり別の宴席に腰を下ろした。そのあからさまな拒絶の態度に吉島はひどく傷ついた表情を浮かべたが、構うものかと思った。

もう二度と、関わり合いになりたくない――。


ビルの裏手に廻り込み、五十メートルほど路地を進んで、月極駐車場に着く。

一番奥の駐車スペースに、泥埃《どろぼこり》にまみれた白いセダンが停《と》まっている。会社から貸与された恭一の営業車。千五百ccのサニー。このクルマのリース代と燃料代も、恭一の稼いだ収益から捻出《ねんしゅつ》することになっている。

今後半年間の営業成績を見られて、稼ぎが悪ければ営業車は取り上げられる。そうなれば徒歩かバスでお客の間を動くことになる。

会社の方針ではない。この支店での支店長のやり方。働かせ方。

松浪は笑って言った。

——他の営業マンの手前もある。そんな薄みっともない目には遭《あ》いたくないだろう。え、恭一？

おまけに、あの朝礼でのわざとらしい小話。

ドアを開けながら、つい笑いがこみ上げてくる。

やっぱり、いつか蹴っ飛ばしてやろう。たぶん辞めるときに。

憎悪ではない。軽蔑《けいべつ》でもない。その行き着く先は無関心だ。関わり合いになりたくないという心持ちだ。

運転席に座り、シートベルトをつけてもう一度笑った。

自分でも分かっている。

……おれは、あの支店長が気に入っているらしい。

2

近所に、昔からの鄙《ひな》びた商店街があるという。

だから今日、圭子は買い物に出かけてみた。

クルマ使うんなら、使いなよ。

坂脇……恭一はそう言って、圭子にRX－8のキーを渡してきた。でもクルマは使わない。地図で見ると徒歩十分ほどでその商店街には着く。だから歩いていった。

幅五メートルほどの市道の両側に、個人商店が軒を連ねている。その軒の連なりは、長さ百メートルぐらいで終わる。そこから先は住宅街になる。こぢんまりとしたものだ。

その店先を、いかにも所帯じみた地元民が行き交っている。農協の買い物袋をぶら下げた、でっぷりと太った金歯のオバサン。自転車の後部荷台に幼児を乗せ、ハンドルをゆっくりと押している若い主婦。平日の日中はそのほとんどが女性だ。

軒先から様々な呼びかけが聞こえてくる。

はーい。ぎゅっと身の詰まった冬大根、八十九円。安いよー。

三陸沖のサンマ、サンマぁ。三匹たったの二百円！　今日限りのお買い得だよっ！

……なるほど、たしかに安い。あいつ——恭一の言ったとおりだ。

その呼びかけに誘われるようにサンマと大根を買う。蓮根《れんこん》と白ゴマ、唐辛子も買う。夕食の献立が次第に頭の中で固まっていく。

やがては郊外の大型量販店やバイパス沿いの大手スーパーに呑《の》み込まれていく運命の、小さなコミュニティ。地場の商店街など、どこもそんなものだ。

あらかたの食材を調《ととの》えたあと、ゆっくりと商店街を戻り始めた。辻角《つじかど》にある冴《さ》えない化粧品屋。ショーウィンドウに貼《は》られたポスターの笑顔はすっかり色あせ、時代から取り残されている。

そのショーウィンドウ奥のくすんだミラーに、買い物袋をぶら下げた自分の姿が映った。

黒髪のショート。襟足《えりあし》から思い切りよく刈り上げられている。白いピーコートに身を包み、ユニクロで買った茶色のコットンパンツと、足元はナイキの黒いシューズ。

「…………」

以前までの自分——。肩口まであるライトブラウンに染めた髪と、冬場ならばエアテックジャケットかユーズドウォッシュのGジャンを羽織り、足元はリーヴァイスのブーツカット。

それが普段着の定番だった。

二ヶ月前とはまるで違う印象の自分が、そこには映っている。

そうしろ、と恭一に言われた。それがここにいてもいい条件だ、と。

だからヘアサロンでばっさりと切り落とし、髪を染め直した。持ってきた服もすべて処分し、それまでとはまったく趣味の違う服を買い漁《あさ》った。メイクもナチュラル風なものに変え、ブルーのアイシャドウも唇のグロスも止めた。

恭一は言った。

「以前の知り合いと偶然すれ違ったとしても、それと知って見なければ別人と思えるように装ったほうがいい」

意味は分かった。

恭一の住まいは、駅の南側に広がる住宅街の中にある。対して市原と住んでいた安アパートは、駅の北口から一キロほど大通りを上っていき、ごみごみとした住宅街の裏手にあった。組事務所は、その場所からさらに二キロほど北の歓楽街の中にある。

同じ市内とはいえ明らかに商圏は違うから、まず道で行き合うことはないが、それでも万が一の用心だった。

市原は郊外の山林の中に埋まっている。冬場とはいえ、今ごろはすでに腐乱死体になっているだろう。組事務所の人間はもう二ヶ月も市原の顔を見ていない。連絡も取れない。アパートを見に行ったところで、すでにもぬけの殻だ。稼ぎもロクになかった冴えない中年ヤクザとはいえ、組事務所も奇異に思って多少は捜索しているだろう。

そしておそらくは、市原の手がかりを得るために圭子のことも捜している……。

だから恭一は、こうも念押しをしてきた。

「駅の北側はしばらく行かないほうがいい。できればこの南側でも、必要のないときはあまり出歩かないほうがいい」

それでこの二ヶ月というもの、圭子はこの南口周辺の、しかも必要最低限の場所しかうろついていない。

スーパーとレンタルビデオ屋と、ドラッグストア。

しかも二日に一度しか外出しない。

平日の日中、恭一は家にはいない。だからほとんどの時間を家の中に籠《こも》りきりで、大量に借りてきたDVDやビデオを見ることに費やす。

テレビドラマはほとんど見ない。昔から苦手だった。ストーリーやセリフを追うのに疲れるからだ。挙句の果てに、ふやけた家族愛や、清く正しく生きていればいつかは幸せになれる、などというろくでもない結論を押し付けられる。

だからバラエティ番組ばかりを借りてくる。『ダウンタウンのガキの使いやあらへんで!!』や、『銭形金太郎』――。

話し相手もいない。フローリングに寝そべり、じっとブラウン管を見つめる。

時おり笑う。あまりの退屈に、しばしば死にそうな気分になる。

だが、言いつけは守らなければ、と思う。

あたしの居場所は今、ここしかないのだから――。


買い物袋を交互に持ち替えながら、アパートまで戻ってきた。

四階建ての鉄筋コンクリート造り。アパートというよりは、賃貸マンションという風情だ。恭一の部屋は、その四階の右から二番目にある。ワンルームとはいえ、フローリングの室内は十二畳もあった。勤めている会社からいくら給料をもらっているのか知らないが、それでもけっこうな家賃だろう。

階段を上り、四階へと着く。鍵《かぎ》を取り出し、ドアを開け、玄関へと入る。

荷物を下ろし、室内の置時計を見た。午後四時半。

恭一の帰りは遅い。飲んでこない日でも、いつも九時を過ぎる。旅行代理店というのはどうやら忙しい職場らしかった。

食材を手早く冷蔵庫にしまったあと、束の間《つかま》迷ったが、すぐに夕食の下ごしらえを始めた。

蓮根を切り、酢水に浸《ひた》す。唐辛子を細かく刻んだあと、フライパンに火を入れる。充分に温まってからゴマ油を引き、唐辛子を入れる。その後、水切りした蓮根を炒《いた》め始めた。醬油《しょうゆ》、味醂《みりん》と砂糖で味を調え、時おり箸《はし》でかき混ぜる。

ぼんやりと油と水の爆《は》ぜる音を聞いている。

料理はできるが、好きではない。共働きの両親。しがない居酒屋を夫婦で経営していた。自前の店ではなく、テナントだ。夕方から深夜まで不在の両親に代わって、幼かった妹たちの晩ご飯をよく作らされていた。

嫌でたまらなかった。

競馬狂いの父親。似合いもしないのにブランドの服が大好きだった小太りの母親。店の売り上げはそこそこあったにもかかわらず、家計はいつも火の車だった。

客の付き合い酒に酔って帰宅した両親は、圭子たち子供が寝ているのにもお構いなく、お互いの浪費癖のことでしばしば言い合いをした。最後には決まって大声で罵倒《ばとう》し合う。挙句、父親が母親を殴る。母親も金切り声を上げながら、そこらじゅうにあるものを父親に投げつける。怯《おび》えて泣き出す弟。圭子にしがみついたまま不安そうな目をしていた妹。

これが、原風景。あたしにとっての家庭だ。親子で笑い合うホームドラマの世界など、どここにもない。嘘っぱちだ。

子供にこんな惨めな思いをさせるぐらいなら、最初から産むんじゃねーよ。

ウンザリだった。

地場の百貨店に就職が決まったのと同時に、逃げるようにして家を出た。当時、妹と弟は十六歳と十四歳。自分の面倒はもう充分自分でみられる。

高校時代にコンビニでバイトして貯《た》めた二十万円。家賃四万のレオパレスを借りた。

音。感覚で分かる。もういい。あとは余熱で火が通る。

これで一品――。

けれどあと数品は準備するつもりだ。この食費だって恭一の財布から出ている。部屋の掃除も、三日に一回はやるようにしている。洗濯物もその種類ごとに分別してきっちりと洗っている。別に同棲《どうせい》気分を味わっているわけではない。あの男への愛着でもない。

そんなもの、嘘っぱちだ。あたしには分かっている。味わいたくもない。

役に立たなければ。あの男が快適なようにしなければ――。

まだ放り出されてはならない。

二ヶ月前のあの夜……人を殺した。

圭子もあの男も恐怖に狂っていた。

市原の死体を横に、恭一は意味不明のつぶやきを漏らしながら圭子の膣《ちつ》を突きまくってきた。

圭子も無我夢中でしがみつき、恭一の舌を吸っていた。

やがて恭一は一声呻《うめ》き声を上げ、全身を震わせた。

射精。膣壁の襞《ひだ》を伝い、ゆっくりと流れ落ちる体液——それでもまだ恭一にしがみついていた。

直後、自分の口中から、ぬるりと舌が引き抜かれるのを感じた。恭一の首に絡ませていた圭子の両腕も無造作に引き剝《は》がされた。

狂気の時間は去った。

萎《しぼ》んだペニスをしまい込み、すくっと立ち上がった恭一の表情は、ヘッドライトの逆光になってよく見えなかった。下半身剝《む》き出しのまま寝転がっている自分。むしろ、転がされているような気がした。

恭一は死体の方角に顎《あご》をしゃくった。

「……手伝えよ。死体を埋める」

その突き放したような冷たい声音。

分かった。突きつけられた。肉の交わりから生まれる親愛など、欠片《かけら》もない。

恥じている。ウンザリしている。

あたしの存在を。そしてそんなあたしのせいで、下司《げす》な事件に巻き込まれてしまった愚かな自分のことを。

……でも、殺したのは、実際に手を下《くだ》したのは、おまえだぞ。

身勝手なやつ。男など、どいつもこいつも同じだ——。

急激に腹の底が冷えてきた。直後には圭子も立ち上がり、小便にまみれたジーンズを引き上げ、ジッパーを上げた。感じる。子宮口から膣襞を伝い、精液がどろりと垂れてくる。

二人で交代しながら、藪《やぶ》の中に深々と穴を掘った。血まみれの額に亀裂《きれつ》の入った市原の死体を、その穴の中に投げ込む。泥を被《かぶ》せていく。被せ終わる。その泥の上を恭一が踏み固め始めた。黙々と両足を上下させている。その泥の下で、市原の身体《からだ》が押し潰《つぶ》されていく——。

おい、と恭一が呼びかけてきた。

「なにを見てる。おまえもやるんだよ」

嫌だ、と一瞬答えそうになり、思いとどまる。言えばこいつはまた怒る。さっきのように
あたしを蹴り上げてくる。

だから仕方なく恭一の傍《そば》まで行き、両足を一緒に上下させ始めた。

「…………」

心なしか、靴底の裏の感触が頼りない。ぶよぶよしている。泥の下にある体液の袋を直接踏みつけているような錯覚に陥り、吐き気を催す。

が、それでも踏みつづける。胃液が喉元《のどもと》まで上がってくる不快さを、必死に我慢する。

泥の表面を、ある程度固め終わった。

恭一がため息をつき、口を開いた。

「じゃあ、次だ。重たそうな木片とか石とか、そういうものを集めよう」

思わず言った。

「え？　もうこれで終わりじゃないの」

薄闇《うすやみ》の中に、不意に白い歯が覗いた。

「万が一野犬や狐《きつね》が臭《にお》いを嗅《か》ぎつけて掘り返したりしたら、どうする？」恭一は言った。

「そうさせないためにも、この上に重いものを大量に載せておく」

言い終わったときには、早くも藪の中に踏み込んでいた。慌てて圭子もそのあとを追う。

雑木林の中から拳大《こぶしだい》の石ころや木片を拾い集め始める。拾い集めながらも、ふと疑問に思って聞いた。

「こういうこと、前にも経験したわけ？」

「は？」

「……だから、死体を埋めたりとか、そういうこと」言いながらも自分でアホらしくなってくる。「妙に知恵が廻るし、手馴《てな》れてそうだし」

途端、相手は背中で乾いた笑い声を立てた。

「バカを言え。せいぜい飼っていた犬を埋めた程度だ。死んじゃったからな。で、そのときに変な動物に掘り起こされないよう、懸命にいろんなものをその上に載せた。子供にでも分かる理屈だ」

悪い人間ではない――そう思いかけた自分に、危うく噴き出しそうになる。

あたしはなにを勘違いしているのだ。もし人殺しが悪い人間じゃなかったら、世の中のほとんどの人間など、天使同然だろう。

雑木林の中まで何度も往復して、市原を埋めた場所の上に、拳大の石ころと太い木の枝を大量に積み上げた。

よし、と恭一は、泥まみれの両手を上げて額の汗を拭《ふ》いた。気づく。あたしの両手も、胸元から腹部にかけての洋服の表面も、泥だらけだ。

気のせいだ。錯覚に過ぎない。それでも束の間安心する。緒に悪事を働いた仲間意識のようなもの。

恭一の言うままに急いでセドリックに乗り込んだ。市内へと戻り始めた。

深夜の田舎道《いなか》。すれ違うクルマなどほとんどなかった。暗い。ただひたすらに暗い。

午前二時半に、市原の安アパートに着いた。

なにかの事情で急いで夜逃げしたように見せかけなければならない。

すぐさま部屋中の引き出しという引き出しをひっくり返し、二人して金目のものを探していった。

でも、生前にロクな稼ぎもなかった市原。六畳の居間と四畳のキッチンしかない狭い部屋の中に、そんなものはどこにもなかった。

ピチョン——。

台所の蛇口から水滴が垂れ、シンクに重なったままの汚れた皿の水溜《みずたま》りに落ちる。

洗面台も兼用だった台所の流し……汚水の臭いも上がってきている。

恭一があきれたようにため息をついた。

「ったく。あんたもずいぶんとシケた野郎と住んでいたんだなあ」

耳たぶまで熱を持ち、赤くなってくる自分が分かった。

これがあたしの暮らしてきた現実……最低の生活。

そう。あたしはこんなしょーもないクズ野郎に、意のままに操られていた。美人局《つつもたせ》の商売道具として、性の愛玩品《あいがんひん》として弄《もてあそ》ばれていた。

消え入りたいほど恥ずかしい。

この男、おそらくあたしのことを安上がりのくだらぬ女だと腹の底から思っている――。

気を取り直したように恭一はつぶやいた。

「とにかく、この金庫を部屋の中から運び出しちまおう」

そう言って、奥の板張りの上に据え付けられていた金庫を片足で蹴った。

一辺が八十センチほどある立方体の金庫。中には圭子の免許証とビデオ、コカインが入っている。以前に市原から聞いた。五十キロほどの重量があるという。

おまえ一人じゃあ、到底持ち出せない重さだ。

そう言って圭子を嘲笑《あざわら》った。

恭一が、その金庫の前の片側にしゃがみ込んだ。

「あんた、そっちを持てよ」

「分かった」

二人がかりで金庫に手をかけ、ゆっくりと持ち上げる。重い。よろめきながらも一歩一歩部屋の中から運び出していく。

一階の軒先に停め置いたセドリックの前まで来て金庫を下ろし、それから後部座席のドアを開け、強引に放り込んだ。ギッ、と後部座席のシートが軋《きし》み、リアタイヤが沈み込む。時計を見る。午前三時十五分――建て込んだ住宅街の中は静まり返っている。明かりの点《つ》いている窓もないし、新聞配達が来るにもまだ早い時間帯――。

だけど万が一のこともある。こうして夜の底で蠢《うごめ》いているあたしたちの姿を、誰かに見られたくはない。

恭一と共に急いでセドリックに乗り込み、市原の安アパートをあとにした。

さいなら。もうたくさんだ。

心の中で捨てゼリフを投げつけた。

もう二度と、来ることはない――。

ふたたびデブ島の賃貸マンションまでやって来た。

マンションの横の路上。メタリック・ブルーのクーペが停まっていた。そのすぐ後ろにセドリックを停車し、恭一はあらためて前のクルマに顎をしゃくった。

「おれのクルマだ。これからあんたはこのクルマ、おれはあのクルマに分乗して海に向かう。……そうだな。やっぱり海はやめよう。海漁師《うみりょうし》の朝は早い。誰かに見られるかもしれない。涸沼《ひぬま》って大きな湖があったろ。そこまで行って、適当な船着場を選んでナンバーを外し、このセドリックをダイブさせて湖底に沈めよう」

圭子はうなずいた。

「そこまでの道は分かる？」

「おれのクルマにナビがついている。それで船着場を見つける」

言うなり恭一はセドリックのドアを開けた。ブルーのクーペに歩み寄っていく。圭子もギアボックスを跨《また》いで運転席に移動した。クーペが発進する。圭子もすぐにドライブギアにシフトし、そのあとを追った。

市街地を出る。暗いバイパスをまっすぐに郊外へ向かって南下していく。ダッシュボードの時計を見る。午前三時半――幹線道路とはいえ、行き交うクルマはまだまだ少ない。

前方を疾走していくクルマ。恭一のクーペ。

元ヤンキーの圭子は、女とはいえクルマにはそこそこ詳しい。マツダのRX－8。瀬戸内の片田舎にある自動車メーカーが、十数年ぶりに新設計したロータリーエンジンを載せたクルマ……。カッコ悪くはない。むしろ全体として見れば、流麗なボディラインとも言える。とはいえ、クーペのはずなのに四枚の観音開きになるドア。つまりはハーフセダンということだ。その割り切りのなさに、クーペにもセダンにもなり切れないコンセプトに、このクルマの細部のデザインの破綻《はたん》を見る。こうして後方から走りながら観察してみるにつけ、よく分かる。

昔、ヤンキーの仲間が言っていた。

クルマのチョイスにはそいつの美意識が、ようく出るんだぜ——。

その言葉を思い出し、ひとり笑った。

この男も破綻している。一見マトモなリーマンのふりをしながらも、あの市原を半殺しにしたときに見せたどす黒い狂気。死体を埋めるときにあたしに向けてきた剝き出しの憎悪。そのくせに泣いた。

同情なんぞいらん。そんなもんはクソだ——。

泣きながらズボンの中からペニスを摘《つま》み出した。

吸えよ。しゃぶれよ。だったらせめて気持ちよさで、おれを救えよ——。

あの瞬間、圭子の中のなにかが、前方のクーペを駆るこの男の感覚にシンクロした。

同情ではない。すまなく思う気持ちでもない。

そう——。

あたしも狂っている。心のどこかが、バランスを崩しつづけている。そこから逃げ出したくて、今のままでは息苦しくて、でもどうしようもなくて、物心ついたときからずっと喘《あえ》ぎつづけている。

結果、心の闇が共振を起こした。他人とは思えなかった。

だからこの男に泥の上で抱かれた。体液まで受け止めた。自分を心底軽蔑しているであろう、この男の精液。

ふたたび薄く笑う。

あたしは馬鹿だ――だが、それがどうした。

四時前に涸沼に着いた。

前方のRX－8は湖畔べりの県道から外れ、一面の暗い田んぼの中に入っていく。その赤いテールライトを追う。

田んぼの中を進む狭いセメント道は、やがて砂利敷きの未舗装路に変わった。前輪の撥《は》ね上げた小石がオイルパンを三度目に打ったとき、RX－8のブレーキランプがひときわ赤く輝いた。

恭一が車外に降り立つ。圭子もそれに倣《なら》った。

目の前に、夜明け前の暗い湖畔が広がっている。ヘッドライトに、その黒い水面が浮かび上がっている。岸辺の右手に、朽ちかけたセメント造りの桟橋《さんばし》があった。半分沈みかけた漁船の残骸《ざんがい》も数艘《そう》見える。そこを指差し、恭一は言った。

「昔のシジミ漁船の残骸だろう。その桟橋の上からセドリックをダイブさせる」

圭子はうなずいた。

「その前にナンバープレートを外し、金庫をおれのクルマに移し替える」

もう一度うなずいた。

恭一がＲＸ－８のトランクから車載工具を取り出した。二人で手分けして前後のナンバーを外し始める。プレートを固定している一つ目のネジを外す。ついで二つ目のネジを外しにかかる。黙々と作業をつづけていく。

ふと気になり、口を開いた。

ねえ、あんた。と、恭一に呼びかけた。「もともと、漁師町かなにかの育ち？」

一瞬遅れ、ボンネットの向こうからくぐもった声が返ってきた。

「なぜだ？」

その警戒するような声音に、思わず怯《ひる》む。

「……だってさ、さっきだって『海漁師の朝は早い』って言ってたし、今だってボロ船を見て、『シジミ漁船の残骸だろう』ってすぐに分かったみたいだし……普通なら、そんな言葉とっさに出てこないよ」

返事はしばらくなかった。

が、やがてかすかな舌打ちが聞こえた。

「そんなこと、あんたに関係ないだろ」

むっとする。一緒に人殺しまでしておいて、しかもそのあとあたしの上にのしかかってきて慰み物にしたくせに、この冷たさはいったいなんなのだ。

「………」

前後のプレートを外し終わった。次いで二人がかりで金庫をセドリックの後部座席から運び出し、ＲＸ－８のトランクに放り込んだ。

「よし」恭一が満足そうにつぶやいた。「あとはこのクルマを沈めるだけだ」

恭一が運転席に乗り込み、セドリックを桟橋の袂《たもと》まで移動させた。圭子も小走りにそのあとを追いかける。

「二人でそこらあたりから石を見つけてこよう」

追いついてきた圭子を運転席から見上げ、恭一はそう言った。

「石？」

「両手で抱えられるぐらいの石だ。五キロもあれば充分だろう」

「？」

わけも分からぬまま砂利道の畦《あぜ》から石を探し始めた。少し離れた場所で恭一も茂みの中をうろついている。

「あった」

しばらくして恭一が声を上げた。振り向くと、見るからに重たそうなゴロリとした石を両手に抱え上げている。

石を持ってセドリックまで戻った。

運転席と助手席のドアを手早く開け、恭一がやり方を説明してきた。

「このクルマはオートマだ。ギアをドライブに入れたままでもきっちりとサイドブレーキを引き上げておけば、動き出すことはない」

「うん」

「おれは右、あんたは左のドアからクルマの中に半身を乗り入れてスタンバイする。まずあんたがサイドブレーキを下ろす。おれはアクセルの上に石を転がす。すぐにドアから身を引く。クルマは急発進する。桟橋の突端まで三十メートルぐらい。たぶんそこそこのスピードは出ている」

「うん」

「クルマは桟橋から飛び出し、湖面に着水する。ドアは半開きだからすぐに湖底に沈んでいく。問題は湖面からの深さだ。でも船着場ってのはふつう湖でも海でもある程度の深さの場所に造るもんだ。船底でも傷つけて穴でも開けたら大変だからな。だから、潮の満ち引きや旱魃《かんばつ》のときの水面低下のことも考えた水深は、充分にとってあるはずだ」

「――うん」

「おまけにこの涸沼の水は濁っていて透明度が低い。誰にも見つけられない――これで、どうだ。穴はないよな？」

「……だいじょうぶだと思う」

そう答えながらも、内心別なことを考えていた。

この男、ひどくカッコよく見える――。

泥埃まみれの額。ついでに言うと頬《ほお》には涙の流れた跡もまだくっきりと残っている。それでもいい男だと感じる。こんな状況に陥っても懸命に脳味噌を働かしつづけ、なんとか問題をクリアしようとしている――。

圭子は昔から、アタマのいい男が好きだった。

あのくだらない両親の子供だということもある。勉強だって一度もできたことはなかった。自分自身アタマが悪いことは、嫌というほど知っていた。ないものねだり。自分の持っていないものに憧《あこが》れる。

小学校時代、クラスの男の子にラブレターを出した。将棋の得意な子だった。休み時間はいつもクラスメートと将棋を指していた。バスケやハンドボールをやらせると、まだ十歳そここなのに見事なフェイントをしかけ、相手の攻撃をかわしてみせた。

いつも静かな男の子――。カッコいいと思った。

ドキドキしながら下駄《げた》箱に手紙を入れた。

翌日。下校するときに、自分の下駄箱に手紙が入っていた。相手の、ではない。圭子が書いた手紙が、封を切られないまま突き返されていた。

ショックだった。悲しかった。そして猛烈に吐き気がした。

クラス中の噂《うわさ》になる。みんなに散々からかわれる。

それから数日間は、クラスメートの視線に怯えて過ごした。

だが、結局は何事もなかった。噂にもならないまま時間だけが過ぎていった。

男の子は、誰にも言わなかった。ただ黙って手紙を返してきただけだ。いつものように休み時間になると将棋を指していた。

心底ほっとした。ありがたかった。その男の子のことをもっと好きになり、悲しくなった――。

「どうした。ナニぼんやりしている？」

その声にはっと我に返る。恭一が怪訝《けげん》そうな表情で圭子の顔を見ている。それで、自分が相手の顔をぼうっと見つめたまま物思いにふけっていたことを知った。

「──あ。なんでもない」と、慌てて返した。「じゃあ、やろうよ」

恭一は繰り返した。

「あんたがサイドを下ろし、身を引く。直後におれが石を置き、身を引く」

圭子もうなずき返した。

恭一がセドリックに乗り込んだ。小刻みにハンドルを切り返しながらボディを前後させ、ボンネットが桟橋の突端に向かって一直線になるよう調整していく。

ギギッ、と、サイドを力強く引き上げる音。それからクルマを降り、石を両手で持ち上げた。ふたたび圭子を見てきた。

「じゃ、やるぞ」

うん、と圭子はうなずき返した。

不意に恭一は笑った。

「あんたのほうが少しは早い。だいじょうぶだ」

つまりクルマが動き出してから身を引くタイミングが、ということだ。だから落ち着いてやってくれ──そう言いたい。圭子もなんとなく笑い返す。

二人ほぼ同時に車内に半身を入れた。運転席のフロアの上、恭一が石を持ち上げたままうなずいてくる。圭子もうなずき返し、サイドブレーキに手をかけた。

恭一と、目を合わせたままタイミングを計る。

いち。

に……。

さん――。

ボタンを押したまま一気にレバーを押し下げる。咄嗟《とっさ》にドアから身を引く。直後、エンジンが高らかに唸《うな》り、セドリックが急発進を始めた。走り去った車体の向こうに尻餅《しりもち》をついた恭一の姿。すんでの差で身をかわした。無人のセドリックは桟橋の突端へ向けて急加速していく。フェンダーが突端に差しかかった。軽く跳ねるようにして宙に舞った。抑力から解放され、サスの伸びきった四つのタイヤ――かと思うと急激に失速し、その腹を見せた。桟橋から十メートルほど先の湖面に、盛大な水しぶきを上げながらボンネットから突っ込んだ。

半開きのままの両側のドア。水が流入し始め、ゴボゴボと水面に気泡が浮き立ち、すぐに湖底へと沈んでいった。

恭一を振り返った。すでに立ち上がっていた恭一も、圭子のほうを見てきた。

「ま、こんなもんだろ」

相手はそう言って少し笑った。

罪悪感など少しも覗かせない――割り切っている。やはりクールだと感じた。

しかし、相手に感じていたそこはかとない親近感も、この男の賃貸マンションまで一緒に戻ってきたときに、消えた。

というか、断ち切られた。

午前五時。十一月の下旬ということもあり、東の空はなお暗かったが、街にはゆっくりと朝の気配が近づいてきていた。二人で苦労して金庫を部屋まで運び込んだ。十二畳のフローリング。シンプルな家具。部屋はきちんと片付いていた。女の気配は感じられない。

「金庫を開けよう」

恭一はそう言って、その扉の隙間《すきま》にマイナスドライバーを捻《ね》じ込んだ。横倒しになったままの金庫に両足をかけ、両手でドライバーの柄を引っ張り始めた。だが、金庫の扉はビクともしない。何度やっても隙間に傷さえできなかった。

「駄目だな」ドライバーを放り出し、恭一は舌打ちした。「ちゃんとしたバールを買ってくる必要がある」

今日はもう火曜だ――。圭子は口を開いた。

「十時にはあたしの知っている日曜工具の店が開くけど」

「おれは今日、仕事だ」恭一は返してきた。「夜まで帰ってこられない」

「じゃあ、あたしが買いに行って、このまま部屋で夜まで待っていようか」

圭子は意識していない。なんとなく、しばらくはこの部屋に居候させてもらうことを前提にしたセリフ。

恭一はしばらく宙を睨《にら》んだままだった。

やがて口を開いた。

「……いや。待つ必要はない」

そう言って急に立ち上がったかと思うと、部屋の隅まで歩いていき、クローゼットの扉を開けた。

「？」

恭一がこちらに向き直ったとき、圭子はぎょっとした。

え――？

その片手に、分厚い札束が握られている。ゴム留めした札束が、四つ――。

「これを、あんたにやる」恭一はそう言って、圭子の目の前に札束を突き出してきた。「四百万ある。常磐線《じょうばん》の始発はもう動いている。今すぐ東京にでも逃げろ。落ち着いたら住所を知らせてくれ。金庫の中身をあんたに送る」

「え――」

と、圭子は呆《ほう》けたように同じ言葉しか言えなかった。今の目の前で起こっている現実が信じられない。

「……でも、なんでそんな大金？」

相手は冷たい目をしたまま、口の端をゆがめた。道端ですれ違った他人を見遣《みや》るような視線。

「どうせあぶく銭《ぜに》だ。おれには必要ない」そう言ってもう一度圭子に札束を押し付けてきた。

「さあ、今すぐ出ていってくれ。会社に行くまでに、少し寝ておきたい」

圭子は突っ立ったまま、自分でも知らぬ間に下唇を嚙《か》んでいた。

——屈辱。

こいつはあたしを追い払おうとしている。しかも、四百万という大金をはたいてまでも、今すぐに追い払いたい。追い払って、すべてをなかったことにして、早く、早く自分の穏やかな日常の世界に戻ろうとしている。

あたしを鬱陶《うっとう》しいと思っている。厭《いと》っている。ヤクザの情婦。下司で、美人局の片棒まで担いでいた。挙句に人殺しにまで巻き込まれた。最低の疫病神《やくびょうがみ》だと思っている——。

じわり、と腹の底が熱くなった。

「分かった——」

そうつぶやいたときには四百万を受け取っていた。

割り切る。考え方を変える。

……そうだ。むしろありがたいと思えばいいんだ。いったい世の中の誰が、フルネームも知らない相手に、ポン、と四百万もの逃亡資金をくれるというのか。気前がいいことこの上ない。このけったくそ悪い土地ともおさらばできる。

そう――。これは滅多にないラッキーなんだ。

そう思うことにした。事実、そのとおりだった。

市原のアパートから急いで衣類を詰め込んできたボストンバッグ。その中にさらに札束を捻じ込み、立ち上がった。

「ごめん。いろいろとありがとう」そう言って相手を振り返った。「じゃあ、落ち着き先が決まったら連絡する」

相手がメモ書きを手渡してきた。

「おれの携帯番号。留守電になっていたら、住所を吹き込んでおけばいい」

つまり、これ以降は直接話をする必要もないということだ。

圭子は相手の顔を見たままうなずいた。相手もかすかにうなずき返し、それから少し苛立ったように口を開いた。

「どうした。早く行ったほうがいい。今なら駅にもあまり人はいない」

その一言で、まだぐずぐずしていた自分を知る。余計な存在。厄介払い。

「うん。分かった」

そそくさと部屋を出た。

「さいなら」

そう言い残し、階段を下る。路上へと出る。

手首を返し、腕時計を見た。もうすぐ朝の六時。自分の手のひらに、乾いた泥がこびりついているのにあらためて気づく。袖口《そでぐち》もそうだ。茶色く変色している。ジーンズの股間《こかん》もまだ湿っている。最低だ。

東の空が白み始めていた。

街灯に照らし出されている薄暗い闇の中を、大きなボストンバッグを引き摺《ず》るようにして歩き始めた。通りにはまだ誰もいない。左右に通り過ぎていく家々の、台所と思《おぼ》しき窓にともった明かり。主婦たちの朝一番の仕事——旦那《だんな》や子供たちのために朝食やお弁当を作っている。

住宅街から駅へと向かう、橋を越えた。

南口ロータリーからの階段を上り、まだ人気《ひとけ》のない駅のコンコースに着いた。

料金表を見上げ、値段を確かめる。上野まで千八百九十円。財布を取り出し、乗車券だけ買い求める。改札を抜け、新しい服に着替えるため、トイレに入る。狭い個室の中でジーンズを下ろし、パンティーを脱いだときに気づいた。パンティーの股間の部分に白く粘つく体液が付着している。泣き出したくなった。

六時九分発の、上野行き通勤快速の電車に乗り込んだ。

カタン、コトン、カタン、コトン……カタコト、カタコト——カタタタタ。

列車が次第に速度を上げていく。軽い音だ。軽い車両。まだ乗客が少ない時間だからだ。

圭子は誰もいないボックス席に腰掛け、窓際の桟に頰杖《ほおづえ》をついていた。車窓の外に広がる一面田んぼだらけの世界。その世界の向こうから、ゆっくりと朝陽《あさひ》が顔を出し始めていた。

石岡を過ぎ、土浦に到着したあたりから次第に車内が込み始めた。七時過ぎ。女子高生たちの弾《はじ》けるような笑い声。ひときわ高く響いてくる嬌声《きょうせい》。

口元だけで笑った。年齢の問題ではない。くすみきった自分とはもう無縁の、明るい世界——。

八時過ぎに上野に着いた。

駅を出て浅草通りまで来たとき、もう一度乾いた笑い声を上げた。

あたしはバカだ。とりあえず不動産屋に駆け込んで安アパートの住まいを確保するつもりでいたのだが、まだどこも開いていない。当たり前だ。

徹夜明けの朝。とにかくどこか静かなところで少し眠りたくなった。マクドナルドでモーニングセットをテイクアウトし、二十四時間営業のカラオケボックスに潜り込んだ。夕方の四時までフリータイム千四百円。料金を先払いし、がらんとした店内の廊下を進んでいく。平日の朝からカラオケをやろうなどという酔狂な人間はほとんどいない。

通されたボックス部屋は、狭い四人用。ヤニの残り香がしていた。

扉を閉め、ロックをし、窓にロールカーテンを下ろした。静まり返った薄暗い室内で、もそもそとマフィンを頬張《ほおば》り、コークで流し込む。

笑い出したくなる。ふたたび泣き出したくなる。

あたしはいったいなんなのだ。

殺人の片棒を担いだ挙句、その共犯者にまで一緒にいることを拒否される。徹夜明けの身体を引き摺って百二十キロも離れた東京までやって来たのに、どこにも行き場がなく、こうして冴えない街の片隅の、これまた薄暗いカラオケボックスの中で一人、マフィンを齧《かじ》っている。

最低だ。だけど、これがあたしの人生だ。

――それに、最低だけど最悪ではない。

なぜなら、バッグの中には現金が唸っている。

そう。今のあたしはついている。初めて手にした四百万もの大金。金さえあれば、なんとかなる。……しょげる必要なんて、どこにもないじゃないか。

しばらく横になろう。

そう思い、ソファに横になった。ビニール張りのソファに顔をつけかかり、思わず眉《まゆ》をひそめる。この表面にも饐《す》えきったヤニの臭いが染み付いている。

仰向けに横たわり、両膝《ひざ》を立てた。目をつむった。静まり返った室内に、空調の音だけが響いていた。すぐに泥のような眠りに落ちた。


寝汗にまみれて目覚めた。

……どこからか、何枚もの壁を通って響いてくる音楽。ＳＭＡＰの『夜空ノムコウ』――。

客が入り始めたのだ。

時計を見る。すでに午後一時を過ぎていた。

住まいを、探しに行かなくちゃ。

ソファから身を起こし、セーラムに火を点けた。ぼんやりと煙をくゆらしながら今後の計画を立てる。

まずは住まいを見つけ、そのあとで仕事を探す。ここまでは、オーケイ。ただ、すぐに見つかる仕事は水商売くらいしかないだろう。それでもいい。売春までしていたことを思えば、金のために男にべたべた身体を触られることぐらい、ぜんぜん平気だ。

だからまず、不動産屋で適当な部屋を見つけ、住民票を——そこまで考えて、愕然《がくぜん》とする。

なんてことだ。違う場所で本格的に生活するためには、当然引っ越したあとに住民票を移動させなければならない。

パチンコ屋や旅館の住み込み従業員になるつもりなら、移動させる必要もないかもしれないが、そんな生活の場まで他人と一緒に過ごすのは、自分には死んでもできないと思った。息苦しすぎる。同居は市原のクソ野郎のときだけで充分だ。

でも住民票を移動させでもしたら、あいつら——あの市原の所属していた組の連中が、行方不明の市原を捜し出す手段として、住民票の転出先を調べるかもしれない。

クソっ——苛立ち、つい爪《つめ》を噛んだ。

駄目だ。危険すぎる。やっぱりそれだけはできない。少なくとも一年かそれくらい、ほとぼりが冷めるまでは絶対に住民票は移動できない。しかし、そうなると知らない土地でまったく新しい生活を始めるには、いろいろと支障が出てくる。

ホテル暮らしをするか。いや、金がかかりすぎる。この先なにがあるか分からない。この金は、できるだけ使いたくない。

じゃあ、どうする。

どうする――？

……携帯。

三年前から使っている旧式のＪ－フォン。閃《ひらめ》く。高校時代のクラスメート。デパート時代の同僚。メモリーはそのまま残っている。……そのうちの誰か。一人暮らしをしている人間を見つけ、適当な理由をつけてしばらくの間居候させてもらう。金はある。もちろんアパート代は半分出すという条件で。薄暗いカラオケボックスの中で、さっそく行動を開始した。

だが――。

二十分後には軽いため息をつき、携帯をバッグの中に戻した。

全滅。

当然だと感じた。

この二年というもの、圭子は昔からの友達にぷっつりと会わなくなっていた。だいいちヤクザ者の慰み女として生活している身の上で、いったいどんな顔をして会えただろう。

だから、誰とも連絡を取らなかった。

かけてみた相手のうち、半数以上が携帯の電話番号を変えていた。繋がった昔の知り合いたちも、いきなりかけてきた圭子に、懐かしさ半分、驚き半分の反応を示してきた。

え、圭子？

しばらくぶりだねえ。どうしてた。

そして、そのいずれの相手も、すぐにかすかな警戒と不審げな声音へと変わっていった。

ところでさ、いきなりどうしたわけ。

……で、なんの用。

突然電話をかけてきた圭子に対して、明らかにかまえている。腹を探っている。

とても用件など切り出せる雰囲気ではなかった——。

「…………」

ふたたびセーラムに火を点け、長い煙を吐き出した。

気がつくと、壁面のハーフミラーに自分の顔が映っていた。その洞《うろ》のような間抜け顔を見て、今度は本当に一人で笑った。

どこにも行くところがない。

誰もあたしなど必要としていない。気にも留めていない——。

これが、あたしの現実だ。

午後十時。

結局はさんざん迷った挙句、下りの列車に乗り込み、恭一の賃貸マンションまで戻ってきていた。

扉の前の外廊下にバッグを置き、腰を下ろした。吹きさらしの四階は寒く、つい両肩を抱いた。うずくまったまま、じっとしていた。待つ間に鼻水も垂れてきた。

十時半を少し回ったとき、階段に人の気配を感じた。顔を上げると、階段から姿を現した恭一が一瞬驚いたような顔をし、立ち止まった。

圭子は立ち上がり、おずおずと笑いかけた。卑《いや》しい自分。けれど、それしかできることがない。

しばらくして恭一は軽いため息をついた。

それから近づいてきて、口を開いた。

「どれくらい前から、ここに？」

「三十分ぐらい前」

そう答えると、恭一はまた黙り込んだ。圭子も黙ったまま見返した。

恭一は――今度ははっきりと――ため息をついた。スーツのポケットから部屋の鍵を取り出し、もう一度圭子を見てきた。

「とりあえず、家に入ったほうがいい」

許された——受け入れられた。

安心感がどっと全身を襲った。もっと気に入られたい。思いつく。バッグの中からそそくさと札束を取り出した。

「これ、返す」

すると恭一は軽く笑った。笑って首を横に振った。

「それはもう、あんたのもんだ」言いつつ、部屋のドアを開けた。「腹が減っているんなら、カップラーメンぐらいはある」

……それが、二ヶ月前のことだ。

以来、圭子はこの部屋に居候させてもらっている。出ていけ、とは恭一は一度も言わなかった。暴言も吐かないし、暴力もふるわれたことはない。

圭子は冷蔵庫からサンマを二匹、取り出す。

ボウルの中に入れ、水道の蛇口をひねり、血のついている頭の部分を洗い流し始めた。

あの男はあたしを拒否しなかった。なんの得にもならないのに、あたしをこの部屋に置いてくれた。それどころか、あんな映像を見たあとでも、顔見知りの組の人間に見つからないよう、気まで使ってくれている。

だから、あたしも気を使う。あの男の気に入るように、ちゃんとしなければいけない。

今度は粗塩を取り出し、サンマを手早く揉《も》み洗いし始めた。

3

恭一は壁に掛かっている時計を見た。

午後九時半――。デスクの上を片付け、帰り支度を始める。

お、坂脇。なんだ、おまえもう帰りか？

新しい恭一の上司。団体営業部の課長がそう言って恭一の背中に声をかける。

はい、と恭一は答えた。「今日はもう帰ります」

帰るのかと聞かれて、帰ると答える。意味のない受け答え。それでも相手はかすかにうなずいた。

「来週のヨミ表、ちゃんと作っとけよ」

「週末に、家で作ってきます」

課長は満足そうな表情を浮かべ、その視線をデスク上の書類に戻す。

課長は、まだ右も左も分からぬ恭一のことを、いつもあれこれと心配してくれる。忙しい仕事の合間を縫って、なかなか数字にならない恭一の同行にも、なるべく付き合おうとする。その上で、後回しにした自分の仕事は連日十時過ぎまでやっている。

管理職という立場を差し引いて考えたとしても、やはりいい人間だ。ここ数週間で親しみさえ感じ始めている。

ついおかしくなる。この課長の実直そのものの顔を見ていると、ごくまれに危うく口走りそうになる瞬間がある。

おれ、人殺しなんですよ、と。

人を殺した挙句、なんの良心の呵責《かしゃく》も感じずに、こうして普通にリーマンやっているんですよ、と。

おそらく最初は信じない。なに冗談言ってやがる、と鼻であしらわれるのが関の山だろう。だが本当だと分かれば、それこそ椅子《いす》から転げ落ちんばかりに驚愕《きょうがく》の表情を浮かべるだろう。

想像しただけでおかしい。人殺しを餌《えさ》にしたイメージ。おれは、ろくでなしだ――。

会社を出て、北口の大通りに出る。一階のカウンターをふと見遣る。カーテンが閉まっているが、その隙間からまだ明かりが漏れている。残業……キャッシャーの金。吉島の素知らぬ顔が脳裏を過《よぎ》る。自分とはまた違った意味で、はるかにとんでもない野郎だと思う。いったいどういうつもりで、まだ金を抜きつづけているのか。どんな顔をして、キャッシャー担当の女の子の泣き声を聞いているのか。唾《つば》を吐きかけてやりたくなる。

駅のコンコースを横切り、南口ロータリーへと出る。右手にあるマクドナルドが目に付く。

ため息と共に思い出す。

二ヶ月前。あの女がふたたび戻ってきた晩のこと。まるで仔犬《こいぬ》のように外廊下にうずくまっていた。恭一が部屋に誘うと、明らかにほっとした顔をした。札束まで返してよこそうとした。

が、ヒトは仔犬ではない。

女と共に軽い夜食をとり、交互にシャワーを浴びたあと、気づいた。部屋の中にはベッドがひとつしかない。予備の寝具もない。

恭一は、その日知り合った女とでもペニスさえ立てば平気でセックスをする反面、よほど親しくならない限り、その相手と朝までの同衾《どうきん》はしない。その寝息、寝返り——一晩じゅう横の存在が気になるからだ。疲れるからだ。

そしてそれは、この相手も同じだろうと単純に考えていた。

だから寝る前に、女に念押しした。

悪いけど、同じベッドに寝ることになる。だいじょうぶだよな。

女は素直にうなずいた。

額面どおり恭一は受け取った。なんの期待もしていなかったし、期待するにはその前の晩からつづいた睡眠不足と極度の緊張で疲れ切っていた。だが、女は違うことを考えていたらしい。

電気を消し、互いに背中を見せ、ベッドの両端に横向きになって寝た。

どれくらい経《た》っただろう。うとうとしかけていた恭一の身体にがばりと覆い被さってきたものがあった。女の身体。首筋に荒い吐息が当たる。直後、恭一の口を吸ってきた。舌を入れてくる。恭一の身体にしがみついたまま股間をまさぐり、トランクスの中のペニスを掴《つか》んでくる。しごいてくる。恭一の口中で、相手の舌が蠢く。のたうち回る。

汚い——。

なすがままになりながら恭一はふと思った。

この女は汚物だ。汚物そのものだ。自分のことしか考えていない。プライドもない。だから追い出されたその日のうちに平気な顔をして戻ってくる。気に入られようと、与えた金まで差し出してくる。そしてこのたわけた行為——不安と怯えを媚《こび》と性欲に転化し、恭一までその世界に誘い込もうとしている。意識の共犯に仕立て上げ、ぬるい結びつきを求めようとしている。身体で安心を買おうとしている。

生まれたときからの売女《ばいた》なのだ。

負け犬は、その存在だけですべての不幸を呼び寄せていく。そういう意識の住人だからだ。だから美人局の片棒を担ぐような、肥溜《こえだ》め同然の境遇に嵌《は》まってしまう。

だが、今さら拒否などできない。それを承知で、結局は部屋に受け入れた。この女が背負う汚泥の世界も丸ごと。

気の弱さだ。分かっている。それでも恭一の意識の片隅――この女の暗い世界に、救いようのないいじけた魂に、心のどこかが共振をつづけている。

女が恭一のTシャツをまくり、胸に吸い付いてくる。乳輪にすっぽり吸い付いたまま、乳首を舌先で転がしてくる。しつこくしゃぶりついてくる。唾液《だえき》の音。その間にも恭一の睾丸《こうがん》を摑み、尻《しり》の穴まで指先が伸び、ペニスをしごきつづける。

えげつない手練手管《てれんてくだ》。欲望。地の底へと堕《お》ちてゆくような、ふわりとした快楽。ペニスがゆっくりと固くなってくる。

クソったれ――。

なら、丸ごと食ってやる。征服して、ぶっ壊してやる。

覆い被さっていた女の身体を撥《は》ね除《の》けるようにして、自分の身体の下に組み敷いた。期待に喘ぐ女の吐息。くねりと捩《ねじ》れる腰。シーツから懸命に尻を浮かせ、恭一の腹に吸い付いてくる。雌犬《めすいぬ》だ。パンティーを手荒く下ろして、陰部に触れた。ぐしょぐしょに濡れている。トランクスからペニスを抜き出し、そのまま突っ込んだ。満足そうな女の吐息。じわりと締め付けてくる膣襞。むかつく。快楽だけへの期待ではない。この女は自分がかまわれていることに、そういう自分の存在に、愉悦を感じている。おれの今の行為も、結局は自分を映し出す鏡――。自慰行為と同じことだ。

殺意さえ覚えた。女の髪を鷲掴《わしづか》みにして、ヴァギナを突いた。荒く、がんがんに突きまくった。優しさなど欠片もない。そんな必要もない。バカ女だ。その度に女の身体が仰《の》け反《ぞ》り、どんどんベッドの上部へと押し上げられていく。シーツの上をずり上がっていく。恭一はその身体を逃すまいと、いっそう女の髪を強く掴み、押さえつける。自分の手元へと引っ張り、力を籠《こ》めて手繰《たぐ》り寄せる。

いた、い――。

腰の振動。その振動に合わせ、途切れ途切れに女が呻く。おそらくは暗闇の中で苦痛に顔をしかめている。

いたい、よ。もっ、もっと優し、くし、て――。

なおも荒く腰を動かしつづけながら、恭一は笑い出しそうになる。

な〜にが優しく、だ。

自分に酔うのもいい加減にしやがれ。おまえみたいなカス女、これぐらいの扱いがちょうどお似合いだ――。

だが口には出さない。代わりに唇を吸ってやる。舌を差し入れ、相手の舌を求めてやる。案の定、すぐに吸い付いてくる。両手で恭一の顔を挟み、夢中になって舌を吸ってくる。だから舌先に唾液を含ませてやる。その唾液ごと吸い取り、喉《のど》を鳴らして嚥下《えんか》する相手がいる。その様子に残酷な愉悦を覚える。悲しくなる。息苦しさに気が狂いそうになる。恭一も相手の首筋に舌を這《は》わせ、唇を求める。蠢く肉体。汗が滲《にじ》み、吸い付いてくる肌の感触。シンクロしていく……このおれも、似たようなものだ。下司野郎だ。

じわじわと締め付け、亀頭を搦《から》めとってくる膣腔。腰を動かす度、ヴァギナも溢《あふ》れ出した体液でぴしょぴしょと音を立てている。早く出せと、早く頂点に昇れと、恭一をせっついている。もう、爆発寸前だ。

ふと気づく。ナマで挿入している。そういえば昨日の夜も、ナマでこの女の膣の中に放出した。ぞっとする。孕《はら》む危険性。こんな最低な女に、子種を宿す可能性。真っ平だと思う。ペッサリー。ピル。ちゃんと避妊はしているのだろうか。確信はない。

だが――。

窓から漏れてくる街灯の明かり。その薄闇の中に照らし出され、恭一に突かれるまま、仰け反っている女の顔がある。めくれ上がっている上唇。唾液にてらてらと滑《ぬめ》り、その膨らみがぽってりとして見える。上向きになった、輪郭の整った二つの鼻孔《びこう》。肉の愉悦に膨らんでいる。鼻にかかった喘ぎ声。誘ってきている。強くなってくる雌の体臭。開ききった毛穴の中から放出され、誘ってきている。貪欲《どんよく》さ。強欲さ。今抱かれていることによる安心感と、女特有の計算高さ。いやらしい。

——逃れられない。

そう思った瞬間、恭一は果てた。女の膣の中に、溜まった憤懣《ふんまん》を、どす黒い狂気を、思い切り放出した。

南口のロータリーからつづく橋を渡った。

大通りを百メートルほど南下して、最初の信号を左に曲がる。新興住宅街の中の市道を進んでいく。

見えてくる。恭一の住んでいる賃貸マンション。周囲は戸建てばかりなので、かなり遠くからでもその全景を拝むことができる。四階の自分の部屋を見上げた。

西向きに面した窓に、カーテンが引いてある。その隙間から、明かりが漏れ出している。

ふと微笑《ほほえ》む。

恭一にはあまりカーテンを引く習慣がない。留守のときも一人で部屋にいるときもそうだった。息苦しさを感じるからだ。戸建ての住宅街の中にある四階だし、誰かに部屋を覗き見られる心配もない。

しかし、あの女は必ずカーテンを引く。昼はレースのカーテンを、夜になればその上から遮光《しゃこう》のカーテンを必ず引く。いつもきっちりと閉めている。

聞いたことはない。聞いてどうなるものでもない。だがそこにあの女の、どう考えてもあまり恵まれてはいなそうな生い立ちを思う。籠りきった意識――消しようがない。

……あの腐れヤクザを殺した週末、金庫をこじ開けた。

それまでに恭一は、ほぼ毎晩あの女と寝ていた。肌が馴染《なじ》み、情が移りかけてきたころ。掃除、洗濯、晩飯の用意もこまめにやってくれる女――この共同生活者の存在に、少しずつ心を許し始めている自分がいた。

日曜の昼間、女は不在だった。恭一にうながされるまま、髪を切り、新しい服を買い求めに隣町まで電車で出かけていた。その留守の間に、買ってきたバールで金庫をこじ開けた。中から出てきた女の保険証、免許証。田所《たどころ》圭子――女の本名。いかにもこの土地の地元民らしい、土くさい名前。

透明な液体の三百ccほどの瓶が、三つ……。

そして、その奥から出てきたビデオテープ――。

女の言葉を思い出した。あのとき、大泣きに泣きながら、鼻水も垂らしながら、恥も外聞もなく訴えてきた。

（親の居所まで知られていたもの。犯されたときのビデオまで持たれていたもの。逃げられるわけ、ないでしょ！）

束の間迷った。

……人間のすることではない。

だが、結局はデッキの挿入口にそのテープを送り込んでいた。

すぐに映像が現れた。全裸のまま、両手を後ろ手に縛られている茶髪の女。ほっそりとした姿態。尻を椅子の座面にがんがん打ちつけながら、泣き叫んでいる。解《ほど》いてくれと訴えている。涙の伝っている両頬は今より若干ふっくらとしていて、まだ幼さが垣間《かいま》見える。二年近く前の映像。

画面の外から聞こえてくる男たちの野卑《やひ》な笑い声。

と、画面の右手からパンチパーマの男が、画面の左手からあの市原が、姿を現した。

パンチパーマは右手に小瓶を握っている。市原が女を縛り付けている椅子の背後に廻り込み、嫌がる女の両太腿《ふともも》に手をかけ、強引に引き上げる。その股《また》を大きく割った。

それまで恥毛の中に埋もれていた陰部。ズームしていく映像。周囲を大陰唇に縁どられた膣腔から陰核まで、丸見えになる。女がさらに泣き叫び、激しく抵抗を示す。腰を捩り、その度に恥部の輪郭が左右にゆがむ。その中央の、赤く蠢く粘膜。

粘膜？

――あの女の言葉。

（……あたし、コカの軽い中毒なの。粘膜摂取だからホントにそんなひどくはないんだけど――）

まさかと思った。コカだと聞いていた。だから、てっきり鼻腔から摂取するものだとばかり思っていた。映画の中だけの豆知識。

が、現実は違った。

女は市原に股を割られ、局部が丸見えになったままだ。パンチパーマの男が小瓶の蓋《ふた》を開け、中の透明な液体を指に取り、それを女のヴァギナに塗りたくっていく。陰核、小陰唇、そして膣の中にまで指を差し入れ、塗布していく。

わずか一、二分で、女は反応を示した。

かすかな呻き声を漏らしたかと思うと、まるで小水を必死で我慢しているかのように、盛んに内股を開いたり閉じたりし始めた。ふたたび周囲から、男たちの嘲《あざけ》るような笑い声が湧《わ》く。

自分の内股をムカデでも這っているかのように、女は腰を捩りつづける。くねくねと動かしつづける。声を出すまいと、歯を食いしばっている。

もう、充分だな――。

男のつぶやきが聞こえた直後、下半身を丸出しにした市原が画面に現れた。ズームしていく。分泌液に濡れそぼった赤いヴァギナと、半立ちのペニス。市原は女の腰を摑み、一気にそのペニスを突き入れた。

あっ。

女がたまらずに、吐息ともつかぬ叫び声を漏らした。二度、三度と市原の腰が動く。その度に女の声が大きくなっていく。市原は顔にゆがんだ笑みを貼《は》り付かせたまま、腰を動かしつづける。女の声音に、はっきりとした愉悦の色が混じるようになる。

荒くなってくる腰遣いと、仰け反ってゆく女の頭部……。

と、市原がペニスを浅く挿入したまま、不意に腰を止めた。直後、女が慌てたように椅子に沈み込む。ペニスを深く咥え込もうとして、無様な格好で必死に腰を突き出す。男たちの嘲笑《ちようしよう》。

やがてパンチパーマの男が縄を解くと、女は腰を動かしつづける市原に自ら抱きついていった。にやついている市原の顔――下の歯にヤニがこびりついていたことを思い出す。その口を、女は夢中になって吸い始める。塞《ふさ》がった口。唾液に濡れている。膨らんだ鼻孔から漏れ出す欲情の吐息。

市原が女の尻を摑んだかと思うと、そのまま立ち上がる。女は一瞬市原の首にぶら下がったような状態になり、直後にはベッドに放り出された。覆い被さる市原の身体。すかさず腰を浮かしてそのペニスを受け入れようとする女。

市原は女を組み敷いたまま、荒く腰を動かしつづける。女は市原の身体に手足を巻きつけ、獣のようなあさましい声を上げている。

思い出す。女は言っていた。

(今すぐ捕まれば、身体から陽性反応も出る)

つまりはそういうことだ。

イメージ……おそらくは市原を殺したあの日にも、コカを摂取していた。あのセコい部屋で、こんなどうしようもない中年ヤクザを喜んで受け入れ、今のような痴態を汗まみれ精液まみれで繰り広げていた。たぶん毎日のようにバコバコやりまくっていた。

――汚らしい。

そんな汚い身体のまま、あの雑木林の中で叫んでいた。

殺してっ。早く！　早くもう一度殺してっ、絶対に息の根を止めてっ。

そう言って、何度も肌を合わせたあの男を殺すことを、懇願してきた。

あつかましい――。

画面の中、市原の動きが一瞬止まり、呻き声を上げた。射精。膣内への放出――女は市原にしがみついたまま、ひくひくと全身を痙攣《けいれん》させている。

かっときた。

自分とのセックスで、あの女はこんな事後の狂態を見せたことはない。あんな大声を上げたこともない。

市原と入れ替わりに、パンチパーマと坊主頭の二人が女にのしかかっていく。四つん這いになった女の口と膣に、同時にペニスを突っ込む。パンチパーマに背後から激しく突かれ、がくがくと頭部を揺らしながらも、目の前のペニスを夢中でしゃぶりつづける女。脇腹が痙攣をつづけ、時おり耐えかねるようにして口元からペニスを外し、快楽のよがり声を漏らす。ズームしていくレンズ。濡れそぼったペニス。その亀頭から圭子の口元まで唾液が糸を引いている。

――そんなに気持ちいいか、おい？

そう、心の中でつぶやいている自分に気づく。

こんな最低なチンピラたちに無理やり犯され、3Pまでやらされて、マンコから本気汁垂らしまくるほど、そんなに気持ちいいか——。

圭子がパンチパーマの腹の上に馬乗りになり、立っている坊主頭のペニスにふたたびしゃぶりついたところで、恭一はビデオを止めた。

しばらくそのままぼんやりとしていた。

テーブルの上の透明な液体……コカの溶液。その横の煙草《たばこ》を取り、窓を開けた。ベランダに出て火を点ける。

眼下に広がっている、セコい新興住宅街。

ふと、中学時代のことを思い出す。覚醒《かくせい》剤で捕まったあの女。少女A……。

誰も、なにも疑っていない。フレームを意識することさえない極楽トンボの時間の流れ。その中で、なにも考えずに就職をし、セックスをし、結婚をし、ガキを作り、なんの疑問も持たずに三十五年ローンのマイホームを持つ。

その空間の前を、火口《ほくち》から流れ出す煙が横切っていく。

ぼんやりとしつづけた。なにも考えていなかった。

圭子が買い物から帰ってきたとき、恭一はすでに、金庫を開ける前の状態に戻していた。相手に悟らせないためだ。ただし、コカの溶液はベッドの枕《まくら》の下にこっそりと隠し、テープはデッキの中に入れたままにしておいた。

圭子が作った晩飯を、素知らぬ顔をして食った。風呂に入り、寝る時間になった。

ベッドの中で裸になり、相手への前戯を始めた。馴染みかけてきている肌。体位を入れ替えるときに、ごく自然にそれと分かる相手の次の動き。指先に感じる。すでに粘液でベトベトに濡れている膣腔と陰核。

笑い出しそうになる。

クソったれ。

誰にでも股を開く。どんな下司野郎が相手でも、すぐに濡れて肉の喜びに夢中になる。

やはり、この女は生まれながらの淫売《いんばい》なのだ。

——なら、それに見合う扱いをしてやろう。

女が両腕を恭一の首に廻し、腰をわずかに捩って誘ってきたとき、枕元の溶液に手を伸ばした。暗闇の中、相手の頭の上でキャップを外し、人差し指を突っ込む。ひやりとした感触。

恭一の身体の下では、圭子が早くもペニスを握り締めている。キャップを閉め、相手がそれと気づかないうちにすばやく陰核に塗り、その指を膣内に滑り込ませた。

あっ、と女が驚きの声を上げた。恭一の身体の下で激しくもがいた。

なにっ？　今なにした！

恭一は片手で相手を組み伏せたまま、もう一方の腕で素早くリモコンのスイッチを入れた。テレビ、オン。ビデオ、オン——。

薄闇の中に浮き上がる画面。激しい喘ぎ声が両側のスピーカーから聞こえてくる。二人の男に犯されている圭子の狂態が丸映しになる。

画面の照り返しに愕然とした表情を浮かべている女の顔。恭一の身体の下にある。が、直後には我に返ったようだ。

やめてっ。やめてよ！　テープを止めてよっ。

喚き散らし、恭一の手に持ったリモコンを奪い取ろうとした。一瞬早く、恭一は床にリモコンを投げ出していた。

なんの真似《まね》よっ。これっ！

女はふたたび怒鳴り散らし、恭一の顔を叩き、鎖骨を殴ってきた。腹部を蹴り上げてきた。

どういうつもりよっ！

今度は本当に少し笑った。

どうもこうもねえ。ありのままのおまえを見せてやっているだけじゃねえか——。

思わずそう毒づきそうになる。残酷な愉悦に背筋《せすじ》がぞくぞくする。気づく。ペニスが恐ろしく固くなっている。なおも腕の中で暴れつづける女のヴァギナに、強引に突っ込む。

小さい悲鳴を上げ、女が顔をしかめる。当然だ。効き目が出るにはやや早いのだろう。怒りも手伝い、膣内は乾き始めている。構わず奥まで挿入していく。そのまま腰を動かし始める。

映像の中で愉悦にのたうっている女の姿態。それと同じ身体が今、自分の下にある。さっきまでとは打って変わり、腰を激しくもだえさせ、なんとか恭一のペニスを拒否しようとしている。

あぁーっ。

ビデオの中の圭子が、間抜けそのものの声を上げている。下から突き上げまくられ、髪を振り乱しながらパンチパーマの身体に抱きついている。

恭一はなおも腰を振りつづける。圭子のしかめっ面《つら》が胸の下にある。気づいた。目尻に悔し涙を浮かべている。腰を動かしつづける。ざまあみろ。

コカも塗った。条件は同じだ。

さあ、喚けよ。吼《ほ》えろよ。もっとおれを嫌悪しろよ。スケベ汁垂れ流しながら雌犬みたいに発情しまくれよ。

画面の中で男の口を吸っている圭子――。

だから恭一もそれをなぞる。顔を圭子へと近づけていく。相手が顔をそむける。左右にそむけつづける。断固として拒否しようとする。

気取りやがって――むかっ腹が立った。冗談じゃねえぞ。おまえなんぞ所詮は痰壺《たんつぼ》女じゃねえか。相手の顎を押さえつけるようにして固定し、強引にその口を吸った。歯を食いしばり、必死に舌を入れさせまいとしている。背中を力の限りに叩いてくる。脇腹でも、拳《こぶし》が激しく肋骨《ろっこつ》を突いている。痛い。そして、さすがにうざったい。

両腕で女の攻撃を抑え込む。脇で相手の両腕の動きを塞いだ。結果として、女を強く抱きしめるような格好になった。壊してやる。ぶっ壊してやる。抱きしめたまま、なおも腰を動かしつづける。その口を吸いつづける。

不意に膣内の滑りがよくなった。濡れてきている。抵抗が弱まってきている。

ビデオの中の女は、なおも獣のような喘ぎ声を発しつづけている。胸元に汗を滲ませながら、パンチパーマの上で自ら腰を振っている。

歯の間が開いてくる。舌先を滑り込ませると、おずおずと舌を絡ませてきた。吸ってやる。その舌の根元から吸い上げてやる。

いつの間にか女の両腕が自分の背中に廻っていることに気づく。その足先も自分の踝《くるぶし》に絡み付いてきている。女は今、恭一の舌を懸命に吸い始めている。

感じる――。

画面の中の圭子。もう一方の男のペニスをしゃぶりながら、なおも激しく腰を動かしつづけている。快楽に溺《おぼ》れている。

かたや、自分の身体の下に組み敷いている女。映像の中の圭子に負けず劣らず、声を上げている。口元から垂れかけているよだれ。背中に爪を立てている。腹の肉が、太腿が、時おり激しく痙攣を起こしている。……肉欲だけではない。

救いを求めている。さまよっている。忘れようとしている。それまでの自分を、一瞬でも置き去りにしようとしている。

――が、
まだだ。まだ。狂気が足りない。

女を腹の下に置いたまま、もう一度コカの溶液を手に取る。蓋を開けている途中で女が気づく。女がその容器を奪い、恭一が一瞬拒否されるのかと思ったのも束の間、自らキャップを開け始める。溶液にその指の腹を浸し、自らのヴァギナと、半ば入ったままの恭一の陰茎に塗りたくっていく。

今度ははっきりと感じる。軽く痺《しび》れるような感覚。じわじわとペニスの表皮から皮下まで浸透し、蠢いてゆく愉悦。相手の股をさらに大きく割り、恭一は深く突いた。亀頭の先が子宮口の奥に当たる。女の上げる声が部屋中に反響する。もっと深く挿入させようとして、滅多やたらに腰を振り上げてくる。突く。ただひたすらに突きまくる。女は猿のように恭一の身体にしがみついてきている。大声を上げつづける。恭一もまた種馬のように腰を動かしつづける。あさましく貪欲な世界。まるで獣だ。だが恭一が望んだことだ。

悦楽のその先にあるもの――あるいは、それ以上のなにか。

自由な空間。拡《ひろ》がっていく地平。

――恭一はいつものように帰り道を歩いて、マンションの前に着いた。女の居候している自分の部屋へと、階段を上り始める。

おれは、抜け出せるのだろうか？

その先へ。

4

晩ご飯が終わった。

おいしかったのだろうか？

テーブルの上の皿を片付けながらも、圭子はちらりと恭一を見た。その相手はと言えば、両手を床につき、足を投げ出したままテレビに見入っている。相変わらず特に反応はない。映っているテレビはニュース番組。一緒に暮らすようになってから気づいた。この男は、ニュース番組以外、ほとんど見ない。いつもはただぼうっとニュース番組を見ているだけだが、時おり、ばーか、ふざけんじゃねえ、とか、始末に負えねえな、とか、小さくつぶやいている。

圭子にはその様子が奇異に映る。

そんなに苛立つなら、見なければいいじゃないか。

だけど、黙っている。

無口だが、この男には優しいところもある。

たとえば圭子がバラエティ番組を見たいときに、おずおずとそれを口に出すと、あ、いいよ、とすぐに自分の見ていた番組を変えて、彼女の見たいチャンネルにしてくれる。

といって、自分も一緒に見るわけではない。圭子がその番組を見ている間、男はベッドの上に寝転がって、本を読んでいたりする。

画面に見入りながらも、なんだかそんなとき、この男は毎週決まったバラエティ番組を見ているようなあたしを、内心密《ひそ》かに軽蔑しているのではないかと思う。不安に感じる。無言の存在を、背中に意識する。

あたしはそんなにバカじゃない――。

恭一が不在の昼間、部屋の片隅に積まれている本を、ある時期、集中的に開いてみたことがある。ルイス・セプルベダ、イタロ・カルヴィーノ、トルーマン・カポーティ、パウロ・コエーリョ……外国人の名前ばかり。一冊ずつ、毎日手に取ってみた。

この男がなにを考えているのか知りたかった。

しかし、どの本もその書いてある字面《じづら》は分かるのだが、さりとて、その文字の羅列《られつ》が全体としていったいなにを言わんとしているのかというと、どういう世界を書いているのかというと、さっぱり分からなかった。

それでも我慢して読んでみようとする。が、読めば読むほどますますわけが分からなくなり、そんな自分に苛立ちを感じた。あの男に対する引け目を感じた。

あたしはやっぱりバカなのか。それが分かっているから、あの男はあんまりあたしに話しかけようとしないのか。単なる肉の繋がりで、関わっているだけなのか。

それ以外では、相手にされていないのか。

……たぶん、そうだろうと思う。

悲しかった。自分がひどく汚く愚かなものに思えた。

だから、それまで以上に恭一に気を使うようになった。

あたしを必要としてほしい。どこかでそう思い始めている自分がいた。懸命に家事をやり、今では数日に一回になったセックスのときも、相手が気持ちよくなってくれるのならと思い、尻の穴から足指の股まで舐《な》め上げた。愚かな行為だとは、自分でも思う。

この男もお返しのつもりなのか、以前にもまして圭子に奉仕してくれるようになった。圭子が充分に満足するまで舌先で陰核を転がしたり、蟻《あり》の門渡《とわた》りから尻の穴まで舐めてくれる。変な言い方だが、そのときだけは自分が認められているような気がした。

今晩も、そうなった。

前戯を終え、お互いのペニスとヴァギナにコカを塗り、接合。我慢できず、いつものように吼え声を上げる。精神が崩れていく。動物になる。

恭一はたいがいの場合、そんな圭子の狂態を好んでいるようだった。なぜかは分からない。

分からないが、その雰囲気は伝わってくる。

だから圭子は、安心して喚き声を立てることができる。恥さらしな痴態を臆面《おくめん》もなく晒《さら》すことができる。

薄闇の部屋。テレビは点いていない。ビデオテープはもうない。

圭子が踵《かかと》で何度も踏みつけ、壊してしまった。

あの晩、圭子は死にたいとさえ、思った。

画面の中の自分の狂態を無理やり見せつけられ、恭一に半ば犯されるようにしてペニスを突っ込まれた。あんな仕打ちをされるとは夢にも思っていなかった。屈辱。あまりにもひどい。この男は、本当にひどい。あたしを人間として扱っていない。殺してやりたい。呪《のろ》ってやりたい。腹を蹴り上げ、脇腹を殴った。悔しくて、悲しくて、自然と涙が流れ落ちた。それでも必死に抵抗をつづけた。

恭一が顎を摑んできた。拒否しようと懸命に首を左右に振った。さらに顎を押さえつけられ、口を吸われた。歯を食いしばり、相手の顔から逃れようとした。

直後、抱きすくめられた。締め上げてきた。その力で、自分の背骨がゆがみ、関節が音を立てた。

そのとき、悟った。

この男は、たぶん悲しい。だから怒り狂っている。あたしがいない間にこのテープを見て、自分への屈辱と感じた。許せないと思った。だから、こんな仕打ちをあたしにしている。

あたしが、悪いのだ——。

濡れてくる。

舌を受け入れた。自分から絡ませていった。

許そうとしている。この男はあたしを無茶苦茶にすることで許そうとしている……。

翌朝、まだ恭一は隣で眠っていた。そっとベッドから降り立ち、デッキからテープを引き出した。床に置き、踵でじわりと踏みつけた。

踏みつけた瞬間、猛烈な怒りが腹の底からこみ上げてきた。

気がつくと無我夢中で何度も何度も踏みつけていた。砕けたプラスチックの破片が足の裏深くに刺さり、痛みが全身を駆け巡る。それでも構わず踏みつけ続けた。

ケースが壊れ、中のテープが剝き出しになった。

思わず、ほっとした。

これでもう、二度と見られない――。

終わりだ。壊れた。昨日までの自分。画面の中にいた自分。

後ろを振り返った。

恭一はベッドで半身を起こしたまま、じっとこちらを見ていた。圭子もその顔を無言で見返した。

やがて恭一は軽くため息をつき、立ち上がった。素っ裸のままクローゼットまで歩いていくと、扉を開け、小箱の中からエイトバンを取り出してきた。

恭一に呼ばれるままベッドに腰掛けると、圭子の足の裏を手に取り、丁寧にエイトバンを貼ってくれた。

その同じ手のひらが、今、圭子の尻を手荒く摑んでいる。突いてくる。恭一の亀頭。子宮口まで届いてくる。安心する。セックスをしている間は、この男の意識はあたしのものだ。どこにも行かない。なにを考えているのかは分からない。それでも、あたしの周りに浮遊している。

去年のクリスマスイブ。十二月の二十四日――。

恭一はその日も仕事だった。午後遅く、圭子は夕食の買い出しに出かけた。財布から出る金。あたしの金ではない。

――でも。

スーパーで散々迷った挙句、小さなクリスマスケーキをひとつ買った。

十時に恭一が帰ってきてから、晩ご飯を食べた。食器を洗い終わってケーキを冷蔵庫から出したとき、心臓がどきどきしていた。

拒否されたら、どうしよう。

なんだよ、これ？――。

時おり見せるあの冷たい目つきで、言われたらどうしよう。

いらないよ、こんなもん――。

だが、その心配は杞憂《きゆう》に終わった。

ケーキをテーブルの上に載せたとき、恭一はやや驚いたような表情を浮かべた。それからほんの少しだけ、はにかんだような笑みを漏らした。

ケーキを食べながら圭子は聞いた。以前に、山陰にある漁村がこの男の故郷だとは聞いていた。

お正月、どうするの。帰るの？

いや、と恭一は首を振った。「ここで、過ごす」

「どうして？」

「帰りたくないから」相手は無表情に答えた。「こっちに出てきてから、二度しか帰ったことがない」

こっち、とは関東という意味だろう。

でもさ、と恭一はふたたび口を開いた。「あんたが帰りたいのなら、べつにおれに遠慮しなくてもいい」

圭子はつい笑った。

「会いたいような、親じゃないもん」

すると恭一も少し笑った。

それからお互いに黙りこくったまま、ケーキを食べつづけた。

結局、二人きりで正月を過ごした。

新年を迎えた住宅街はしん、と静まり返っていた。マンションにもあまり人の出入りする気配がなかった。ぼんやりと見るテレビの中にだけ、正月のにぎやかな雰囲気があった。

——恭一の腰の動きが速くなってくる。
圭子ももうずいぶん前から完全に腰にきている。
ヴァギナに溢れ出た粘液。お互いの股が擦《こす》れる度に、ぴしょぴしょと卑猥《ひわい》な音を立ててい
る。膣の奥が疼きつづける。四度目の頂点を迎え始める。膣襞から生まれた愉悦が、漣《さざなみ》のよ
うに全身に広がっていく。
もう何度、この男と性交をしたのだろう。数え切れない。ある時期から、恭一はいく直前、
必ず外に出すようになった。圭子の腹部に飛び散る精液。
……この男は二ヶ月が経った今でも、あたしのことを名前では呼ばない。これだけ汗まみ
れ精液まみれの行為を繰り広げても、あんた、としか呼ばない。

もっとも、それは圭子も同様だ。この男のことを名前で呼んだことはない。いつも二人きりだから、そうする必要もない。ねえ、とか、あの、とか声をかければ、恭一は必ず圭子のほうを振り返る。

壁がある。お互いにそれぞれまで、あまりにも違う世界に住んでいた。唯一、人殺しで繫がった。それ以外なんの共通点もない。

でも、それでいいのだと思う。

半年か一年か、ほとぼりが冷めたころに、あたしはここを出ていく。たぶん、この男は引きとめようとしない。

あ、そう。じゃあ元気で――そう言うぐらいがせいぜいだろう。

あーっ。

と圭子が一声上げた瞬間、恭一は怒張しきったペニスを抜いた。膣の内圧が消える。空虚感に気が狂いそうになり、思わず身を捩る。

腹部に飛び散る精液。明日には繫がらない。身体だけの関係。そんなものだ。

――が、その翌日の土曜日。

昨日の晩、妙に冷えると思っていたら、住宅街の屋根にうっすらと雪が積もっていた。

その照り返しで、窓から差してくる光が妙に白っぽい。

その二月の明るさに包まれたまま、窓辺に座っていた恭一は口を開いた。

あんたの昔の男に会いに行こう、と。

それが誰か圭子には分かる。というか、その男の話しか恭一にはしたことがない。デパート勤務時代、二股をかけられていた男。

ぎょっとして、つい反射的に尋ねた。

「なんでそんなこと、言い出すわけ？」

「会う必要がある」

「は？」

「必要だから。あんたにとって」

「ヤだ。絶対に嫌だ」

「どうして？」

「逆に、なんで今さら会う必要があるわけ？」憮然《ぶぜん》として圭子は答えた。「会ったところで、今さらなにが変わるわけでもないでしょ」

そう言うと、この相手は明るく笑った。

「でもさ、きっかけはそいつが作ったろ。あんたがあんな生活でのたうつ遠因を作った。それがおれを引き合わせ、人殺しに繋がった。貸しは取り戻さなくちゃいかん」

「貸しって……まさか叩いたり脅し上げたりするわけ？」

恭一はなおも笑いながらうなずいた。思わず大声を上げた。

「やめてよ！」

「駄目だ。借りは返してもらう」

ぞっとした。市原を殺すときに見せたあの狂気。ビデオを見ながらあたしを犯し、辱《はずかし》める。だいたいあたしが裏切られたことと、人殺しにはなんの関係もないではないか。そんな簡単な理屈も分からないのか。前から時おり感じてはいたのだが、やはりこの男、どこかおかしいんじゃないのか。

「とにかく、そんなことやめよう」必死に圭子は繰り返した。「そんなことしても、今さらなにも変わらないよ」

「駄目だな。それに、なにも変わらないということはない」

「あたしは、絶対に嫌だ」

するとこの男は腰を滑らせるようにして、圭子の前までいざり寄ってきた。かと思うと、圭子のおとがいに指をかけ、口を吸ってきた。一瞬だけ強く唇を吸ったかと思うと、すぐに顔を離した。圭子をまじまじと見てきた。

「……なに？」

その強い視線に臆し、つい問いかける。

「恥じているのか」

「え？」

「みっともない真似を晒したくないのか。一度は好きだった男だ。ヤー公に手籠《てご》めにされ、美人局の片棒を担がされ、挙句そいつまで殺しちまって、今はその共犯者と一緒に暮らしている。そんな自分を見せるのが、嫌なのか」

「…………」

たしかにそうなのかもしれない。たとえ具体的な事実を知られないとしても、あたしはこんな自分を、昔の知り合いには誰にも見せたくない。こんな気持ちで、状況で、誰にも会いたくはない——。

「我慢しろ」男はさらに言った。「なにも変わらないということはない。ちゃんと見ろ。昔の自分と今の自分を、ちゃんと見据《みす》えろ。そうすれば今見えている世界も、少しは違ってくる。現実は現実だ。が、それを見るおれたちの世界は、少し変わる」

そして最後に、こう言ってきた。

「あんた、おれのこと、少しは好きか？」

一瞬考える。たぶんそうだ。だからうなずいた。さらに男は聞いてきた。

「昔付き合っていた男と比べたら、どうだ？」

そう聞かれて初めて分かる。認識する。一度は結婚まで考えたあの男。

でも、あの男より、こいつのほうが、今のあたしははるかに好きだ。こいつの残酷さ。こいつの冷たさ。こいつの救いようのない狂気。それらすべてのものが、一見マトモな生活を送っているこいつの中に巣くっている。危ういバランスの上で同居している。

でも、こいつのそういうところが、おそらくあたしはたまらなく好きだ。

とてもリアルだ。リアルに生きている。決して目に見える世界をごまかそうとしない。その憂鬱《ゆううつ》そうな横顔を見るだけで、ぞくぞくする。

けれど、それを言葉にはできない。相手もそこまでは期待していない。あくまでも説得の材料として聞いてきているだけ。そこまで寄りかかれば、この男は拒否するかもしれない。

だからそっけなく答えた。

「たぶん今は、あんたのほうが好き」

それでも恭一は、ニヤッと笑った。

「だったら、おれの言うことを少しは信用しろよ」

そう言って、ふたたび窓際に戻っていった。ジーンズにハーフジップ姿の男。暖房が効いている部屋の中とはいえ、フローリングの床に靴下も穿《は》いていない。男に冷え性は少ない。思い出す。

ゆうべはとても寒かった。セックスが終わって布団に包《くる》まっているとき、あたしの足が温まるまで、黙って両足で挟み込んでくれていた。


出かけたのは、夜になってからだ。

午後八時過ぎに、恭一のRX－8に乗り込み、郊外へと向かった。相手の男の実家は、今でも覚えている。デートのとき、何度かその前を通りかかったことがある。

……そういえばあの男は、一度も実家にあたしを上げてくれたことがない。最初からそのつもりはなかったのだと、あらためて思う。

だから、かえって不安になる。

今さらのこのこ出ていったところで、相手には奥さんもいる。おそらくは子供もできている。親とも同居していて、田舎の家族としてのカタチは完全に完成されている。そしてその延長線上にある、予定調和の未来。崩しようもない。響きようもない。

たぶん鼻先であしらわれるのがオチだ。

恭一の運転するクルマは、郊外へと出た。フロントガラスの向こうに、両側を畑に挟まれた暗い県道がつづいている。

「――ねえ」圭子はつい弱音を吐いた。「やっぱり、行くの、やめない？」

が、恭一は黙ったままだ。黙りこくったまま運転をつづけている。

やがて、つぶやくように言った。

「負け犬根性丸出しだ」と、圭子をちらりと見てきた。「あんたのことだ」

「…………」

「おれが一人でそいつの家に行く。話をつけて、待ち合わせ場所を決める。あんたはクルマの中で待っていればいい」

一面の畑の中、その先に見えてきた集落。暗い世界の中、軒先の明かりがその周辺にだけ固まって見えている。あのころ。楽しかった。何度も見た風景。やはり胸が締め付けられる。懐かしさに駆られる。

未練だ。

出てくるときに、そう恭一は釘《くぎ》を刺した。あんたはそのころの自分を懐かしがっているだけだ。相手をじゃない。ただ、ごまかしているだけだ。

そして、そんなもんはクソだ、と――。

その民家の前に、恭一はクルマを停めた。外塀が巡らされ、大きな門構えのある家。かつては豪農だったと聞いたことがあった。恭一は無言でクルマを降り、その門の中に入っていった。

助手席で待っている間、いつあいつが昔の男を引っぱり出してくるのかと思うと、気が気ではなかった。喉の奥がからからに渇き、息が苦しくなってくる。心臓が乱れ打ちをつづけ、思考も千々《ちぢ》に乱れ、こめかみの脈動も痛いほどに感じた。

こんな状況にあたしを追い込んだ恭一――とんでもないやつだと思う。いったいどういう神経をしているのか。やっぱりどこかマトモじゃない。狂っている。

……だから余計に心配になる。

もし騒動が起きたらどうしよう。殴り合いが始まったら、どうしよう。相手に軽くあしらわれた挙句、恭一が怒り狂い、咄嗟に殴りかかってゆくイメージ……でもたぶん、一人じゃ負ける。あの男には、たしか兄弟もいた。

もしそうなったとき、あいつを助けなきゃ。たった一人なのだ。助けてあげなきゃ。

だが、やはり門の中に入っていく勇気はない。たぶん家族全員に、まるで生ゴミでも見遣るかのような冷たい視線を投げかけられる。その視線に耐えられる自信がない。

でも、今あいつは一人でその視線に耐えている。

うまく言えないが、あいつには必要とあれば、糞便《ふんべん》でも鷲摑みにする覚悟がある。

さっき、あいつは言った。負け犬根性丸出しだ——そのとおりだ。あたしには覚悟がない。だから、こんなくすんだ時間をずっと過ごしている。

ドアの縁に手をかけては引っ込める。そんな無意味な動作を、そわそわとつづけていた。

五分後、何事もなかったように恭一は帰ってきた。

「九時に、この近くの森林公園の駐車場」乗り込んでくるなり、恭一は言った。「絶対に、来るそうだ」

一瞬ためらった。それでも聞いた。

「なんて言って、相手を呼び出したの？」

すると相手は少し笑った。

「あんたに泥を塗られて会社を辞めたことで、あの女はこの数年、ずいぶんな目に遭ってきたって。恥ずかしいとは思わないのかって」

「…………」

「もし来なかったら、今度は女を連れて職場に乗り込むぞって、脅した」

白々とした街灯に照らし出された森林公園の駐車場に、クルマは一台もなかった。

そのスペースの一番奥に、恭一はＲＸ‐８を停めた。

ダッシュボードの時計が九時きっかりを示したとき、駐車場の植え込みの向こうの道路から、ヘッドライトが見えてきた。

ふたたび心臓が高鳴ってくる。ガチガチに緊張してくる。

もう、今すぐにでも逃げ出したい。

「具体的なことはなにも言っていない」駐車場に入ってくる白いオデッセイを見ながら、恭一はつぶやいた。「ヤー公に手籠めにされたことも、美人局の片棒を担がされていたことも。言い方はあんたに任せる。どんな方法でもいい。貸しは、返してもらえ」

オデッセイが近づいてくる。なにかに縋《すが》りたい。恐怖に気が狂いそうだ。サイドブレーキの上の恭一の手。うなずく代わりに、ついその手を掴んだ。直後の自己嫌悪――やっぱりあたしには勇気がない。

気づくと、相手が圭子の手を握り返してきていた。

「あんた、なにを恥じることがある」そう囁き、指に力を込めてきた。オデッセイが十メートルほど先に停車する。「おたおたすんな。なにも悪くない。みっともなくもない。壊してやれ。吠《ほ》え面《づら》をかかせてやれ」

なにを恥じることがある。

――この男の言うとおりだ。

……弱いのは、恥じゃない。怖がって逃げることこそ、みっともない。

もう一度恭一の手を握る。ふたたび相手が握り返してくる。

ゆっくりと気持ちが落ち着いてくる。覚悟を決める。

オデッセイのヘッドライトが消える。運転席から長身の男が降り立つ。それとほぼ同時に、恭一と圭子もクルマの外に出た。

相手が近づいてくる。街灯に浮かび上がる顔の輪郭。少し、太ったようだ。昔はもうちょっと顎のラインがすっきりしていた。やがてその顔全体が、明かりの下に晒された。

知らぬ間に、自分でも驚くほど冷静になっていた。

圭子はまじまじと、かつて付き合っていた男の顔を見つめた。

意外だった。

ただ単に、二十代後半の、標準よりはややましな男の顔立ちが、そこにはあるだけだった。見るからにのっぺりとした安手の優男《やさおとこ》――記憶の中にあるこの男とは、まったく違う。

急におかしくなった。

何度か夢に見たことがある。ふたたびこの男と会う瞬間。もっと取り乱すと思っていた。喚き散らし、怒り狂い、泣き出すと思っていた。

――が。

懐かしさはない。臆してもいない。だから、この男にはもう甘えを感じない。

そう感じた直後、相手がまず恭一を睨み、次に圭子に視線を移し、それからためらいがちに口を開いてきた。

「どういうつもりなんだ、圭子……何年も経つのに」

威嚇《いかく》と不安がないまぜになった声音。表情もそうだ。こんな顔つきだったのか。こんな話しぶりをする男だったのか。しょぼいこと極まりない。

笑い出しそうになる。

「今さら、恨み言を並べられる関係でもねえだろ。……言われたっておれも困るし」

今度はかすかに声を上げ、本当に笑ってしまった。

こいつ以上に、かつてのあたしはしょぼかった。だからこんな田吾作《たごさく》に夢中になった。堪えようとする。しかし、やはり笑ってしまう。

相手がぎょっとした顔をしている。おそらくはあたしの笑い顔を見て、この異常な状況に死ぬほど怯えている。挙句、早口で口走ってきた。

「なあ、黙っていないで、なんとか言ったらどうだ」

その狎《な》れた言葉遣い。カチンときた。けれど、直後には醒《さ》める。

気づいたときには勝手に口が動いていた。

「なんであんたなんかに、なあ、なんて呼ばれるわけ。このあたしが？」

そう、自分でもあきれるほど穏やかに言ってのけていた。

そのたった一言で、男は崩れた。いきなり両膝をアスファルトの上に折ったかと思うと、土下座の格好を取った。

頼むよ。

男はそう訴えてきた。

「おれにだってもう家族もあるし、会社での立場もある。あのときのことはこうして謝る。本当に、謝るっ。だから、勘弁してくれ！」

そう言うや否や、米搗《こめつ》きバッタみたいに、ぺこぺこと頭を上下させた。

こいつは――。

今度こそ、心底興醒めした。出合いがしらにジャブ程度に脅しをくれ、それが通じないと分かると、すかさず態度を翻《ひるがえ》す。あたしに悪いと思っているわけではない。この状況をとにかく一刻も早く抜け出したくて、なりふり構わず、思いつく限りの手段に訴えてきているだけだ。

――あたしのことなどどうでもいい。とにかく自分。自分だけが後生大事なのだ。

こんな男と何度も寝た。吐き気さえ、覚えた。

隣の恭一を振り返った。まるで汚物でも見るかのように、強張《こわば》った表情のまま男を見下ろしている。見ると、両拳を軽く握り締めている。

かわいい――ふと、そう感じる。

この男、いつもやせ我慢をしている。孤独でも、悲しくても、それを自己への憐憫《れんびん》に変えない。誰かに分かってもらおうともしない。常に鬱屈《うっくつ》した怒りへと転化させる。剝き出しの破壊衝動へと向かっていく。

その恭一が、こちらを向いてきた。

「どうする。思い切りぶん殴ってやろうか?」

この単純さ。この激しさ――怖い男だ。だけど、やっぱりかわいい。

「いいよ、もう。今、分かった」自分でも分からない。まるで憑《つ》き物が落ちたかのような気分。「こんな男――」と、目の前の相手に顎をしゃくってみせた。「殴るほどの価値もない。なんの中身もないんだもん。勿体《もったい》ないよ」

そうか、と恭一はうなずいた。

「――なら、これはおれからの気持ちだ」

言うなり、土下座したまま顔を上げていた男の肩口を、靴底で押し上げるようにして蹴っ飛ばした。男が仰け反るようにしてひっくり返る。アスファルトの上に尻餅をつく。恐怖に大きく見開いている瞳。まるでカエルが裏返ったような、その無様な格好。これがこの男の本質。

ついゲラゲラと笑い出してしまった。恭一も笑いながら言った。

「行こう。用は済んだ」

圭子もうなずいた。

5

森林公園を出て、五分――。

うねうねと畑の中をつづいた県道を抜け、RX－8を国道へと乗り入れる。

ヘッドライトに浮かび上がる標識。市街地まで十五キロ。

右手でステアリングを握ったまま、気がつくと左手でポケットを探っていた。煙草。煙草が吸いたい。自分も、多少緊張していたらしい。ナチュラル アメリカン スピリットのパッケージを取り出す。前方の道路を見たまま、指の腹で中身を探る。パッケージが見事にへこむ。舌打ちしたくなる。空だ。一本も入っていない。

「あたしの、吸う？」

気づくと、助手席の圭子がこちらを見ている。その手の中に、ボックスタイプの煙草がある。

「セーラムだけど」

恭一はうなずいた。圭子は一本抜き取ると、口に咥え、火を点ける。それから火口を逆手に持ち、恭一に差し出してきた。

「サンキュ」

答えつつも、内心思う。

この女――性格もいいとは言えない。育ちも悪い。臆病者でもある。モノの考え方も、とことん後ろ向きだ。

どうしてこんな女に、今夜のようなおせっかいを焼いてやったのか。

分からない。

ドアのスイッチを押し、パワーウィンドウを下げる。冷気が飛び込んでくる。吸い止しを外に出す。瞬く間に、灰が後方に飛び散っていく。

――いや。おためごかしだ。おせっかいを焼いたのではない。

この女は、おれに気を使う。今、煙草をすぐに差し出してくれたように、おれがなるべく快適なように、日常生活でも気を利かせてくれる。反面、たいがいの女がそうするようには、その気遣いの代償は求めてこない。ベタベタしてこない。馴れ合いの延長線上から、こちら側の領域に踏み込んでこようとしない。一緒に住むこと以上のものを、求めようとはしない。

でも、それは節度からではない。

たぶん自信がないからだ。自分が拒否されることを常に想定している女。本当の意味で、育ちが悪い。

シンクロする。

理解などいらない。共感も同情もいらない。そんなものは無意味だ。ただ、快適さを与えてくれればいい。この女も、たぶんそう思っている。

この女の怯え。それは世界への恐れだ。飛び出していけず、自分を受け入れてもらえるとはとても思えず、いつもひねこびた殻の中に閉じ籠っている。

そしてそれは、おれの壊れたどこかとシンクロする。おれとはまた違う意味の、フレーム
……過去の記憶が、ヒトを縛る。

ほんの少し、自由にしてやりたい。自分にできること。自分ができること。

この女のためではない。自分のためにやったことだ。

だからこんな馬鹿げた真似をけしかけた。

あの男が土下座したとき、女は少し笑った。男に会うまでの怯え方が、嘘のようだった。

いいよ、もう。勿体ないよ――。

そう、あっさりと答えた。

なら、このおれもすっきりしたい。そう思って男を蹴飛ばした。

女はさらに笑った。

今夜、この女の記憶からひとつ、恐れが消えた。ほんの少し、自由になる。

見えてくる。市街地まで、あと十キロの標識。

東側に広がっていた丘陵地帯が途切れた。遠くまで一面田んぼの景色が広がり、その東の空から、ほんのりとした光が車内に差し込んできた。

二月の、月光。

雪が降った翌日の、凍《い》てついた東の夜空に輝いている。

満ちている――黄金の月。

人を殺したあの晩も見た。この女と一緒に。

PHASE 4

覚醒の春

1

悪事など、ばれるときはあっさりとばれるものだ。

その日の夕方遅く、恭一は添乗から帰ってきた。

駅前まで回送してきた貸し切りバスを北口のロータリーで降り、大通りを会社に向かって上り始めた。舗道に埋め込まれている桜並木。ソメイヨシノ。とはいえ、花は十日ほど前に散り、若葉が一斉に芽吹いている。午後七時過ぎの街灯の逆光に、葉の輪郭が黒々と揺れている。

右手に持った旅行用の鞄《かばん》が、心なしか重い。

市内の土建屋の、二泊三日の東北温泉旅行。新入社員の歓迎会を兼ねた職場旅行だった。初めての単独添乗業務で右も左も分からず、くたくたになって帰社した。

四階の職場に戻り、ただ今帰りましたー、と大声を張り上げる。添乗から帰ってきた者は、みなそうする。

が――。

いつもなら、
よう、おかえりー。

で、どうだった。按配《あんばい》は？

などと明るく迎えてくるはずの同僚たちの掛け声は、ない。奇異に思い周囲を見廻《みまわ》す。いずれの顔も妙に強張《こわば》り、場の雰囲気が重い。

奥のコピー機の前に西沢がいた。目が合った。西沢はするするとデスクの間をすり抜け、恭一の隣まで来て囁《ささや》くように言った。

吉島さ。

そう耳打ちしてきた。いつものように、あのデブ、とは言わなかった。そんな軽口を叩《たた》く雰囲気ではないようだ。

「今、奥のブースに支店長とあいつがいる。もう一時間近くになる」

「なんで？」

「分からない。けど、個人面談の時期には早いし、あいつが辞めたいなんて噂《うわさ》も聞いたことがない。だから、その類《たぐい》の話じゃないと思う」

予感が働く。西沢も、ひょっとしたらと思っている。

応接ブースを振り返る。天井まで仕切ったパーテーション。そのパーテーション越しに、ぼそぼそと低い話し声が漏れ聞こえてきている。なにを話しているのかは分からない。フロアの社員は、そこから漏れ聞こえる会話に聞き耳を立てるともなく立てているようだ。

西沢がふたたびコピー機の前に戻っていく。恭一も自分のデスクへ行き、腰を下ろした。

「お疲れ。坂脇」団体営業部の課長が小さな声で話しかけてきた。「どうだった、添乗は。特に問題なしか？」

と言われても、なにぶん初めてのことなので自信がない。

「いちおう幹事の人から、来年の旅行もあんたに頼むよ、とは言われました」

「だいじょうぶだったんだな？」

「おそらく」

ひとまずは満足そうな表情を浮かべた課長に、恭一は探りを入れた。

「夕礼、もう終わりました？」

「いや……まだだ」課長はかすかに顔をしかめた。「なんせ、あそこに籠《こも》ったまま出てこないんだ。やりようもないだろ」

「いったいなんの話なんです？」

「おれも知らん。六時過ぎまで支店長――」と、今度は困ったような顔になり、背後のデスクに視線を飛ばしてみせた。「今月の出勤簿に判子をついていた。つき終わってからしばらくして、一階の吉島を呼び出した。それっきりだ」

添乗精算を済ませ、残金と領収書、クーポン券各種を経理のデスクへと持っていった。

「お疲れ」

そう言って経理課長が受け取る。それから急に口の端をゆがめ、囁き声になった。

「坂脇。あれ、なにやっているか見当がつくか？」

と、奥のブースを目で指し示す。

分かりません、と答えた。相手は笑った。

「当たりなら、たぶん明日には分かるさ」

言わんとすることは分かった。そして、そんなセリフをどうしてこの相手が口にしたのかも……。

キャッシャーのレジが合わない当日はいつも、この課長はその立場上、個人旅行受付窓口《カウンター》の精算確認を手伝っていた。ずっとウンザリしていたのだろう。

デスクに戻り始めた瞬間、乾いた音を立て、応接ブースのドアが開いた。恭一をはじめ、四階にいた全員の視線がその開口部に集中する。

まず吉島が出てきた。真っ青な顔をしている。足取りも心なしかぎこちない。丸みのある背中が視界の中を通り過ぎ、誰にも挨拶せずに裏口の扉へと消えた。恭一は応接ブースのドアを振り返った。支店長はまだ出てこない。

予感がほぼ確信に変わる。間違いない。でも、犯人が吉島だとどうやって突き止めたのか。分からない。

直後、ようやく支店長の松浪がドアから姿を現した。四階にいる人間の視線が集中する。松浪はその視線を受け、あっさりと笑った。

「おー。みんな、遅くなったなあ。わるい悪い。じゃあ夕礼をやろう」

2

四月第三週――その週末の夜。

恭一にドライブに誘われた。

え、どこに行くの？

圭子は聞いた。

まあ、なんとなく。

そっけなく恭一は答えた。それ以上言おうとはしない。

それでも（ひょっとして？）と圭子は思った。

一緒に暮らし始めて五ヶ月になるが、どこかに行こうとあらたまって誘われたことなど、今までに一度もない。以前に金庫から取り出したあたしの免許証。その免許証を返してくれたときに、気づいてくれていたのかもしれない。

今日は、あたしの誕生日だ。

でも、この男のことだから、まったくそんなことなど考えていなくて、どこかにふらりと出かけてご飯でも食べたいだけなのかもしれない。

期待半分と、不安半分がない交ぜになった心持ち――だが言葉には出さない。一緒に暮らしているからといって、そんな狎《な》れた関係を、この男はたぶん嫌う。

だから誘われるままに、黙ってクルマに乗り込んだ。それでも、もう一度だけ聞いた。

「どこに行くの？」

「海のほう」

答えるなり、恭一はＲＸ－８を出した。

市街地を抜け、バイパスへと乗る。バイパスをしばらく東へ進み、鹿島灘《かしまなだ》へと至る県道に乗り入れる。車内には耳障りにならない音量で、ＭＤから音楽が流れ出ている。

何度か聞いたことがある曲。

二月のあの夜。

二十歳《はたち》の頃に圭子が付き合っていた男を、恭一が蹴《け》り飛ばした。その帰りの道でも車内で流れていた。

悲しいような、切ないような、それでいてどこか陽気な、肩の力の抜けたメロディ。唄《うた》い方もそうだ。悲しさを気楽に笑ってやり過ごすような、そんな人生への距離感を感じる。

以前に曲名を聞いたとき、恭一は答えた。

ジャヴァンってブラジル人の、『サンバ・ドブラード』って歌。

つい単純に言った。

「すごい。じゃあブラジル語、分かるの？」

すると相手は、やや恥ずかしそうに答えた。

「まさか。英語だってあやしいもんだ。曲の感じと唄い方が気に入ってるんで、よく聞く。歌詞の意味なんか知らないよ」

それでも妙に感心した。テレビのＣＭ、ＦＭ、レストランやショップのＢＧＭ。世の中にはこれだけ雑多な曲が溢《あふ》れ返っているというのに、この男はこういう曲を耳にしたとき、いったいどうやってそれを調べるのだろう。あたしなら、絶対に見つけられない。というか、偶然聞いたときには、あ、いい曲だな、とは思っても、次の瞬間にはすぐに忘れてしまう。目の前に次々と訪れる雑事にまぎれて、もう二度と思い出さない。

それが普通だと思う。

でも、この男は違う。本にしてもそうだ。気に入ったら、自分なりにその世界を追っていこうとする。他人の理解などいらない世界。そのことについての話し相手のいらない世界。自分だけの小宇宙。

そのとき、ちらりと思った。

恭一……今まで周囲の人間に、あんまり理解されたことがないのではないか。

気がつくと、海沿いの港町に出ていた。

港町の中を抜け、その先の埠頭《ふとう》へと向かう。

恭一がクルマを停《と》めたのは、その埠頭中央に最近建ったマリンタワーの前だった。RX-8を降り、恭一がタワーに向かってまっすぐに歩いていく。圭子もあとを追う。あとを追いながらも密《ひそ》かに満足を覚えた。

分かった。たぶんあたしの誕生日だから、ここからの夜景を見せてやろうと思ったんだ。

エレベーターに乗り、展望台に着くと同時に扉が開く。

直後には失望する。

目の前の大きな窓の向こうに、黒い海が広がっていた。暗い沖のほうに、漁船の明かりがちらほらと見えるだけだ。単なる田舎《いなか》の海の夜景。

なんだ。こんな景色だったのか――。

もっと期待していた。それでも気を取り直す。

この男は初めてあたしにこんなことをしてくれた。少しは楽しい思いをさせてあげようとしてくれた。感謝しよう。

なおも満足したふりを装ってさらに景色に見入ろうとしたとき、不意に袖《そで》を引かれた。

「なにしてる。そっちじゃない」

そう言ってエレベーターホールの裏手へすたすたと歩き始めた。慌ててついていく。

知らなかった。壁を廻り込んだ逆側が、なにかのエントランスになっていた。階段が下に延びている。入り口脇の金プレートが目につく。斜め文字で『Ristorante《リストランテ》 Perla《ペルラ》』と書かれていた。さらにそのレストラン名の下に、有名ホテルチェーンの名前が小さく彫り込まれている。その階段を恭一は下っていく。あとを追う。

展望台の階下が、展望レストランになっていた。

奥の壁一面のガラス窓から、海とは反対側の港町の夜景が視界に飛び込んできた。さらにその遠くに、圭子たちが住む県庁所在地の明かりが密集して見える。

受付で口を開いた恭一の言葉。

「八時に予約していた坂脇ですが。二名で」

感動した。

ウェイターに案内され、最も窓際の席に通された。天井から足元の床まであるガラス窓。さらに眼下の夜景が立体的に見える。三次元の世界。宙に浮いているような感じ。向かい合って座ったあと、ウェイターが去った。恭一は珍しく歯を見せて笑った。

「いつか、ケーキを買ってきてくれたろ。なんて言うか、今日はそのお礼」

この男の照れ。今日はあたしの誕生日だから、とは言わない。でも、間違いなくそう言いたい。

ウェイターがワインを持ってきた。ぽん、とコルクの跳ねる音。勘違い。シャンパンだと分かる。けれど、飲むのは初めてだ。

グラスを一口傾けたとき、危うく泣き出しそうになった。

二年前の誕生日。市原に髪を摑《つか》まれて引き摺《ず》られ、殴られていた。その暴力が怖くて、美人局《つつもたせ》の片棒を担ぐことを嫌々ながら承諾した。

去年の誕生日。閉店間際のマクドナルドで、出会い系サイトで引っかけた男を待っていた。事後に三万円を受け取り、深夜の大通りをアパートまでとぼとぼと帰った。

情けなかった。こんな自分など、消えてなくなってしまえばいいと思った。

――そんなあたしが今は、ここでこうしてゆったりと構え、食事が出てくるのを待っている。シャンパンの味など分からない。だけど、ひどく嬉《うれ》しい。

恭一は相変わらず無口だ。出てくるコース料理を、黙々と口に運んでいる。

たまに口を開く。他愛もない内容。

あそこに見えるビルに、最近営業に行ったんだ。

去年の台風で、あの河の護岸が壊れた。この前添乗で行った土建屋が、その修復工事をしたらしい。

この男の世間話はいつもこうだ。常に短く、うん、うん、と圭子がうなずくだけで済むような内容。圭子も自分からすすんでは、あまり恭一に話しかけない。なにを話せばいいのか分からない。変なことを言えば軽蔑《けいべつ》されるかもしれない。嫌われるかもしれない。そんな引け目を、いつも感じる。

一緒にいて楽しいと思ったことはあまりない。それでも、安心する。もっと一緒にいたいと思う。

分かる。

この男は無愛想だ。でも、あたしを傷つけたりはしない。絶対に。

あたしが原因で人殺しまでやってのけたのに、一緒に住んでからというもの、そのことであたしを責めたことは一度もない。たぶん本当はすごく苦しんでいる。夜に目が覚めたとき、何度かうなされている寝姿を見たことがある。それでも責めたりはしない。それどころか、こうしてあたしの誕生日まで祝ってくれている。

三皿目。魚料理が出てきた。

恭一が不意にフォークを止め、こちらに目を向けた。

「そういえば、吉島のこと覚えているだろ？」

一瞬、意味が分からなかった。吉島？　ようやく、あのデブ島のことだと思い当たる。楽しい気分が一気に四散する。

あの晩、あんなデブとあたしは寝た。いや、正確に言えば寝るまではいっていない。けど、この男は寝たと思っている……。

思わず恭一の顔から目を逸《そ》らす。とても顔を見たまま返事をする度胸がない。怒り混じりの悲しみ。自分が愚かなのは百も承知だ。でも、なにもそんな話題を、わざわざ今こんな場所で持ち出さなくてもいいじゃないか――。

それでも魚の身をほぐしながら、かろうじて答えた。

「で、どうしたの」

すると相手のかすかな笑い声が聞こえた。目を上げると、恭一はこちらを見て微笑《ほほえ》んでいる。

「悪い話じゃない。あいつ、今日正式に会社をクビになった」

「え？」

「だから、クビ」恭一はふたたび笑った。「あいつが借金まみれだったのは、知っていたろ？」

「――うん」

「ずいぶん前からにっちもさっちもいかなくなっていて、会社のキャッシャーの金に時おり手をつけていた。それがバレた」

この事実には驚いた。

「盗んでいるところを見つかったってこと？」

恭一は首を横に振った。

「じゃあ、どうして分かったの？」

「支店長が、ほぼこの一年、ずっと出勤簿を調べていたらしい。カウンターってのは休みなしで土日も営業しているから、毎日ほぼ同数の人員を確保するために、ローテーションで休みを取っていくんだ」

「それで？」

「で、キャッシャーから金がなくなっている日と、出勤簿を照らし合わせる。その日が休みのやつは容疑者から外れる。また金がなくなる。また出勤簿を照らし合わせる。そうやって、ゆっくりとこのコソ泥を絞り込んでいった。消去法だ」

なるほど、と思う。つい口にする。

「ってことは、つい最近、あの吉島一人にまで絞り込めたってことなのね」

恭一はうなずいた。

「そういうこと。あいつはその証拠を突きつけられて、とうとう自分がやりましたってゲロした。処分が下《くだ》るまで一週間の自宅待機があって、今日、正式にクビになった。今ごろはアパートを引き払っている。あいつはもう、この土地にはいない」

そう言い終わり、じっと圭子の顔を見てきた。

……つまり、彼はこう言いたい。

おれたち二人が一緒にいるところを見て、それと分かる人間はもうここからいなくなった。

悪い話じゃないだろ、と。

たしかにそうだ。

さらに圭子の空想は膨らんだ。

もしあたしたちが手を繋《つな》いで歩いていたとして、恭一の知り合いに出会ったとしても、恭一はあたしのことを彼女だと説明することもできる。もし組関係の人間以外なら、あたしの知り合いに出会ったとしても、あたしの彼氏だと言うことができる。誰も疑わない。二人で手を繋いで歩いてもいい。

勝手な妄想。同時に内心、失笑する。

あたしはこいつのことが、どんどん好きになっている——。

レストランで食事を終えエレベーターに乗り込んだとき、ふと気づいた。自分の立場からは言いにくい。だがやっぱり聞いていた。

「でも、あの吉島って人と、仲良かったわけでしょう？」

「おれ？」

相手が確認してくる。圭子はうなずいた。もどかしい。恭一のことを以前のように、あんた、と呼べなくなってきている。

「そう。だってあの場所に話をつけに来たってことは、仲良くないと、そこまではしてあげないでしょう」

「違うな」恭一は即座に否定した。「たしかに仕事のときのあいつは、いいやつだった。でもそんなに仲が良かったわけじゃない」

「じゃあなんで、わざわざ助けてやろうなんて思ったの？」

一瞬考え、ため息をついて恭一は口を開いた。

「おれ、知ってたんだよ。たぶんあいつが犯人だってこと」

「は？」

「だから、知ってたんだ。なんとなくだけど。もし市原に脅されて金が必要になれば、レジからもっと抜くようになる。でも確実な証拠がない以上、チクるような真似《まね》はできない。だからレジの被害のほうを減らそうと考えた」

「…………」

「正直言って、あいつに関わるのはウンザリだった。あの一件以来、嫌いにもなってたしな。せいせいしているよ」

それはあたしも同じだ。この男の視界から、あのデブ島は消えた。恭一があのデブを見て、あたしを連想する機会はなくなった。それが嬉しい。

エレベーターが一階に着いた。扉が開き、二人はほぼ同時に外へと出た。街灯に照らし出された駐車場を、クルマに向かって歩いていく恭一の存在。王子の右斜め前にある。少し歩調を速め、横に並んだ。

あのぅ、と、気づいたときには口にしていた。

「手、握ってもいいかな？」

しまった、と思う。

――が。

少し遅れ、意外にも答えが返ってきた。

「……うん」

心底ほっとした。相手の指先に手を伸ばした。触れた。そろり、と握った。相手も軽く握り返してきた。ふたたび嬉しくなった。

二人で手を繋いだままＲＸ－８まで戻った。

3

恭一は素っ裸のまま、ベッドの上に四つん這《ば》いになっている。

この女がそうさせた。いったん四つん這いになり、両肩の位置を低く、臀部《でんぶ》を高くせり出すような格好を取らされた。犬のような格好。間抜け極まりない。

その臀部の膨らみを両手で大きく開き、後ろからアナルに吸い付いている圭子がいる。臀裂を舐《な》め回し、吸い付き、尖《とが》った舌先で肛門に圧力をかけてくる。

やはり間抜け極まりない痴態。それでも鳥肌が立つ。堪《たま》らない。つい呻《うめ》き声を漏らす。

いもひぃい？

背後。尻《しり》の間に埋もれた圭子の口元。くぐもっている。

気持ちいい？――そう、聞いてきている。

恭一は肯定の声を上げた。いっそう硬くなった舌先が、さらに尻の穴の入り口を押してくる。舐め回してくる。

呻き声を上げながらも恭一は思う。分かっている。

セックスのときだけだ。セックスのときだけ、この女とおれとの距離は消える。お互いになんの遠慮もなしにふるまえる。共通の肉の喜びに、余計なことを考えなくなる。自分というものを一瞬忘れられる。そのときだけ、溶け合う。

この女も分かっている。だから懸命に恭一の尻の穴を舐める。いつもそうだ。恭一を喜ばせようとして、じっとしていると十分でも二十分でも舐めつづける。

つらい姿勢だ、と愉悦の中でもぼんやりと考える。首を上げたままの姿勢をとりつづける。舌を突き出したまま、前後左右に動かしつづける。

体位を入れ替える。女に股《また》を開かせる。内腿《うちもも》に吸い付き、陰核を転がし、膝窩《しっか》を舐め回す。足指の股に舌先を差し入れ、その一本一本の指を根元から吸い上げていく。

その足指の向こう。向こう脛《ずね》を通り、濡《ぬ》れそぼったヴァギナの先。そこから腹部がつづき、さらに両脇にこぼれ落ちそうになっている乳房がある。仰《の》け反《ぞ》っている圭子の顔。首筋からおとがいまでが剝《む》き出しになっている。薄闇《うすやみ》の中に、少し白い歯が覗《のぞ》いている。大きく膨らんでいる二つの鼻孔《びこう》。この女、綺麗《きれい》な顔をしている。

笑い出しそうになる。

おれはこの女の顔立ちが、顔つきが、ひどく好みだ。でなければ、去年の夏、マクドナルドの前でいきなり手招きなどしなかった。五分ほど話しただけで、口など吸わなかった。

そう。

最初から分かっていたことだ。

おれは最初にこの女を見た瞬間から、その顔立ちに完全に引き込まれていた。二度目に会ったとき、その男好きのする顔立ちの裏から、泥まみれの過去といじけきった性根が垣間見《かいま》えた。だから余計に怒り狂った。穢《きたな》い、と感じた。

あの男を殺したとき、この女を蹴り上げた。部屋に舞い戻ってきた夜も、半ば犯すように手荒く扱った。髪を鷲摑《わしづか》みにして、壊れるとばかりにヴァギナを突き上げた。

いた、い――。

いたい、よ。もっ、もっと優し、くし、て――。

そう言って苦痛に顔をしかめながらも、恭一に抱きついてきた。

優しくして。

この女の語彙《ごい》は貧弱だ。手垢《てあか》のついたセリフしか口にできない。いつも曖昧《あいまい》な意味しかとれない。

だが、今は分かる。

優しくして。あたしを理解して。

もっと大事に扱って。好きな相手に足蹴《あしげ》にされたくない。とても、悲しい――。

それでも恭一は、あのビデオテープを流しながら圭子を痛めつけた。陵辱《りょうじょく》した。大暴れに暴れ、目尻から悔し涙を流していたこの女。

ひどい人間だ。自分でも思う。

圭子が身を起こし、恭一のペニスにしゃぶりついてくる。

恭一の股間《こかん》に顔を埋《うず》めている圭子。懸命に顔を上下させている。

思い出す。先ほどまでいた展望レストラン。

金庫を開けたときから気づいていた。この女の誕生日。

なぜ祝ってやろうという気になったのか、自分でも分からない。考える必要もない。人殺しで繋がった関係。この女との間柄は永続的なものにはならない。

ただ、この女のためにいろんなレストランを調べ、電話で予約をしているとき、なんとなく楽しかった。

シャンパングラスを傾け、その中身を口に含んだときの女の顔を思い出す。

感動に、ほとんど泣きそうな表情をしていた。恭一はおかしさを必死に堪《こら》えていた。

二十四になったばかりの女。人生で一番楽しい時期だというのに、たったこれだけの扱いをされただけで、嬉しくて堪らないらしいその様子。いったいどういう生い立ちをしてきたのか。

しかし、そのはちきれんばかりの表情も、恭一が吉島の話を持ち出すとすぐに萎《しぼ》んだ。カックリとうなだれ、目の前の皿に視線を落とした。分かりやすい女。ふたたび笑い出しそうになった。

だが、そんなつもりであの話を持ち出したのではなかった。だから慌てて付け加えた。悪い話じゃない、と。

その上で事情を説明した。

案の定、女は少しずつ元気を取り戻した。そんな彼女をつい好ましく思う自分を意識し、気を引き締めた。

いけない。ほとぼりが冷めるまで同居するだけの間柄。深入りは禁物だ。

だいたい人殺しの共犯者との間に、どんな明るい未来が待っているというのか。

昔、『郵便配達は二度ベルを鳴らす』という映画を見た。

人を殺した男女が、最後にはお互いを裏切り合う。憎み合う。罵《ののし》り合う。当然だと思った。暗い過去は、人に言えない記憶は、心を蝕《むしば》む。その記憶を共有する相手を、憎むようになる。自分が憎いからだ。そして自分からは、逃れられない。だから相手を憎む。

この女とも、やがてそうなるだろう。

おれは、そんな苦界《くがい》で溺《おぼ》れ死にたくはない。だから距離を置くしかない。セックスはセックスでいい。所詮《しょせん》は快楽の手段だ。でも、それ以外の部分での深入りは禁物だ。理屈では分かっている。

――が。

食事を済ませ、マリンタワーから降りてきたとき、あのぅ、と女は口を開いた。

手、握ってもいいかな？

危険な領域。拒否しなければ。これ以上立ち入らせてはいけない。

しかし、彼女の誕生日を祝うため、すでにこんなことをしてしまった自分がいる……。気づいたときには、うん、と答えていた。

おずおずと恭一の手に触れてきた。まるで自分の手を振り払われるのを恐れるかのように、指の先だけで摑んできた。犬のように卑屈な女。

不意に腹が立った。いくら元売女《ばいた》だろうと、この女がこんなに惨めなふるまいをしなければならない理由は、どこにもない。

その手を握り返した。女も握り返してきた。伝わってくる安堵《あんど》感。歩調に合わせ、握った両手が前後に振れ始める。

相手の小躍りする心が、その手の振りからじかに伝わってくるような気がした――。

恭一の股間で、圭子がペニスをしゃぶりつづけている。

喉《のど》の奥まで深く咥《くわ》え込み、硬口蓋《こうこうがい》と舌の付け根で亀頭を搦《から》めとってきている。かと思うと、陰茎を吸い上げるようにして頭部を上下させてくる。根元まで濡れそぼった陰茎。その口元に唾液《だえき》の吸い込まれる音が響き渡る。時おりカリに歯先を立て、刺激を与えてくる。その亀頭部をなおも口に含んだまま、圭子がベッド脇の小瓶を取った。手早く蓋《ふた》を開け、指の腹を浸《ひた》したかと思うと、そのまま自分の股間に手を差し入れる。自ら膣《ちつ》内に塗布している。ペニスを咥えたままの口元から、吐息が漏れる。

クレイジーヘヴン。

この催淫剤《さいいんざい》の俗称。圭子から聞いた。セックスの度に常用して五ヶ月。今では最後の一瓶の容量も、残り少なくなってきている。だが、たとえなくなったところで、ひどい禁断症状が出ることはないという。中毒になるほどにはコカの成分が強くない。せいぜいニコチン一ミリグラムの煙草をやめたときほどの症状らしい。充分に我慢できる範囲だ。

圭子が恭一の上に馬乗りになる。股を大きく開き、ゆっくりと腰を落としてくる。恭一のペニスを自らのヴァギナの中に咥え込んでいく。陰茎が呑《の》み込まれるにしたがって、圭子の口元から漏れ出る吐息が、深くなっていく。

じわじわと締め付けてくる肉の感触。膣内の襞《ひだ》まで興奮しきっている。

なくなるのは、しかたのないことだ。

それでも時おり思う。もっとこのクスリがあればいい。もっとハッピーになれる。我を忘れて痴態を繰り広げることができる。恭一もこの女も、一瞬だけ忘我の彼方《かなた》へと赴く。

圭子が腰を動かし始める。ペニスを深く咥え込んだまま、股間を中心に弧を描くようにして腰をくねらせ、上下させる。

おれとこの女の繋がり。心の闇の共振と、肉の繋がりでしかない。

圭子が恭一の体に覆い被《かぶ》さってきた。近づいてくる女の顔。薄闇の中で光っている白目。

くっきりとした鼻梁《びりょう》。女の首に腕を廻し、引き寄せた。圭子の表情。欲情に弛緩《しかん》している。薄闇の中、間抜け面《づら》を晒《さら》している。見る度に劣情をそそられる。斜めから交差するように近づいてくる。その唇が恭一の口を塞《ふさ》いだと思うと、いきなり圭子の首筋に力が籠るのを感じた。猛烈な勢いで舌を吸ってきた。少し、痛い。我慢する。首筋と背中に廻した腕で、力の限り引き寄せてやる。圭子の背骨の軋《きし》む音がかすかに響く。

ふぅぁあー。

恭一の舌に吸い付いたままの圭子の口の端から、くぐもった呻き声が漏れる。腹部に接した内股に、力が籠るのを感じる。腰を沈み込ませ、恭一のペニスを深く包み込み、肉襞で絞り上げてくる。包み込もうとしている。

危険信号——心の中でチカリと光る。深入りは、禁物。

クソっ。それがどうした？

堕《お》ちていけばいい。そうしたい。

4

月曜日。午前十時——。

恭一はいつものように会社へと出かけていった。

楽しかった週末。この二日間、恭一はいつもより優しかった。手つきがとても優しかった。

あたしの誕生日だったからだ。

だからこの午前中、自分の中では恒例となった掃除にも、自然と気合が入る。

この部屋に掃除機というものはない。恭一に以前そのことを訊《たず》ねたとき、この男は言った。

ビービー電気音のするものは嫌いだ。うるさい、と。

やっぱり変わっている。

窓を開け放ち、ベランダに掛け布団を干す。箒《ほうき》と塵取《ちりと》りで板張りの埃《ほこり》や塵を掃き取っていく。雑巾《ぞうきん》がけに切り替える。玄関から廊下を伝い、四つん這いになったまま部屋の隅々までせっせと拭《ふ》いていく。ベッドの下にも潜り込んで、拭く。そうしているうちに、額に汗がじんわりと浮き出てくる。

なんとなく誇らしい気分。誰かのために、自分ができること。定期的に綺麗になっている部屋。少しずつバリエーションが増え始めている料理。図書館から、こっそり料理の本も借りてきた。

恭一は思ってても口には出さない。でもたぶん感じてくれている。

最後にテレビ台の下を拭き終わり、掃除は終わった。

箒と塵取りを仕舞うためにクローゼットを開ける。下の段の内壁に立てかけ、扉を閉めようとしたとき、上の段に吊《つ》るしたままの冬物のスーツが目に留まった。四月に入ってから、恭一は一度も袖を通していない。

どうしよう？

気を利かせてクリーニングに持っていったほうがいいのか？

でも、それはやりすぎかもしれない。現に恭一は、今までも季節の入れ替えのときは自分で出しに行っていた。差し出た真似だと思われるかもしれない。女房気取りだと取られるかもしれない……。

でも直後には、慌ててひとり首を振る。

それとこれとは、別だ。

あたしは、やがてここを出ていく。一緒に住み始めたときから覚悟はできている。

ただ、まだほとぼりが冷めていないだけだ。まだ組関係の人間が市原の居所を、そしてその延長線上で、あたしを捜しているかもしれない。だからここにいるだけだ。

それでも恭一に出ていけと言われれば、いつでも出ていく。当然だと思う。

いろいろと不都合が起こるかもしれないことを承知で、あたしをかくまってくれた。誕生日だって祝ってくれた。だからせめて、それぐらいの潔さは見せたい。少しはきりっとした女に思われたい。

少し笑う。

やはり、クリーニングに出そう。休みの日の恭一の手間が少しでも減れば、それはそれでいい。恭一はその分、ゆっくりできる。快適になることができる。

自分がどう思われるかなどと考えるのは、あたしの勝手だ。黙っていればいい。恭一には関係ない。

それが、あたしの愛し方だ。

5

夕方。

営業先での打ち合わせを終え、恭一は営業車に乗り込んだ。乗り込みつつ、自然と笑みがこぼれる。担当者からの感触。八割がた、うまく契約できそうな気配だ。しかも収益が三百万は確保できる。デカい契約。エンジンをかけ、会社への帰路を急ぐ。

最近、昔より穏やかになっている自分に気づく。

あの女のおかげだろうか？

運転しながらひとり笑った。

理解などいらない。もっともらしいことなど、言ってほしくもない。肉の優しさがあればいい。人間なんて、所詮はそんなもんだ。それで充分だ。

郊外のバイパスから、駅南の大通りへと出た。煙草《たばこ》をくゆらせながら店舗の連なる通りをのんびりと運転していく。大型電器店舗。ガソリンスタンド。銀行のビル。その前に延びる歩道を、通行人がゆっくりと歩いている。この街の人間はいつもそうだ。東京のように急ぎ足で歩むということがない。昔からの城下町。田舎だからだ。

通りの先にあるクリーニング屋の角。近づいてくる。

歩道の通行人の中に、その後ろ姿を見つけた。

見覚えのある茶色のコットンパンツに、黒いナイキの靴。圭子だ。両手にぱんぱんに膨らんだ紙袋を提げ、底を引き摺るようにして歩いている。なにをしているのかと思う。

クルマが真横に並ぶ。その紙袋の上から黒い洋服がはみ出している。恭一のスーツ。圭子は恭一の営業車に気づかない。うつむき加減のまま足を進めている。

クルマが圭子を追い越す。サイドミラーの中、恭一は小さくなっていく圭子の顔を、なおも捉《とら》えている。

遠目にも、顔立ちのバランスが取れている。こうして普通のOL風のメイクをした彼女の顔を見ると、一見、とても聡明に見える。

ヒトの顔立ちは、その本来持っている知的な能力に比例する、と恭一は密かに思っている。潜在能力《ポテンシャル》、と言い換えてもいい。だから磨けば磨くほど光っていく。考え方の方法論さえ身につければ、今見えている世界が、もっと明らかになる。もっと自由になる。

たぶん、圭子の頭はもともと悪くない。それがいろいろな要因で、ああいう生き方をせざるを得なかった。結果として磨かれなかった。くすぶり、錆《さ》び付いたままになった。

もっともっとあるはずの能力。可能性。闊達《かったつ》に笑えるはずだった未来。

ミラーの中、点になりつつある圭子が両手に袋をぶら下げたまま、クリーニング屋に入っていく。

つい、ため息をついた。

おれにもある。自分の時間を思うように生きられず、無為に過ごしているかのような切なさ。苛立《いらだ》ち。圭子にも感じる。

圭子は外に出たとき、常にうつむき加減の歩き方をする。顔を正面から見られまいとして、無意識にそうしている。知り合いに見つかりたくない。誰にも知られたくない。だから周囲さえ満足に見渡せない。この半年足らずの間に、もう完璧《かんぺき》に癖になってしまっている。

ふと思う。

あの女をこうも卑屈にさせてしまった現状――それはあいつらのせいでもある。

市原は死んだ。でも彼女を弄《もてあそ》んだ残る二人への仕返しがまだだ。その背後にある蛆虫《うじむし》たちの組織。圭子はまだそれに怯《おび》えている。

なら、この前の公園でやったように、その恐怖を取り除くしかない。

おれ自身も気がすまない。あのビデオを見たとき、急激に湧《わ》き上がった怒り。今でも思い出す度にじわりと腸《はらわた》を焦がしている。おれの心も踏みつけにされた。泥まみれにされた。

借りは、返さなければならない。

だが、どうやって？

仕返しとはいえ、まさかあのヤクザ二人を殺すことまではできない。人殺しなど一回で充分だ。あんな泣きたくなるような恐怖を引き摺るのは、もう二度とご免だ。

……ふと思う。

残り少なくなっているコカの溶液――クレイジーヘヴン。

そうだ。

思わずひとり、ほくそ笑む。

組事務所からコカをあるだけ盗み出せばいい。盗んで仕返しをすればいい。

おれたちも、また楽しめる。やつらへのしっぺ返しにもなる。所詮はこんなもんだと思うことができる。また少し、自由になれる。

6

……分かる。

膣の中の恭一のペニス。思い切り膨らんでいる。深く、子宮口まで突いてきている。もう限界だと悲鳴を上げ始めている。

薄闇の中で恭一がいきなり立ち上がった。顎《あご》筋から滴《したた》り、飛び散る汗。あっ――。直後に気づく。その一滴が、白分の目に飛び込んできた。ものすごく沁《し》みる。でも時間がない。目の前にある恭一の腰元に慌ててしがみついていく。怒張しきったペニスを口に含み、きつく吸い上げながら懸命に前後運動を始める。

あーっ。

恭一が圭子の髪を鷲摑みにしたまま、大声を上げる。両手を廻していた臀部の筋肉が、ぴくぴくと痙攣《けいれん》するのを感じる。

放出。

恭一の体液。口の中にどっと満ち溢れてくる。舌全体に広がっていく。苦い。それでも尿道に残っている精子を最後の一滴まで吸い出そうと、必死に吸引していく。摑まれている髪の根元が痛い。手加減を忘れている。痛みに似た快楽の頂点にいる。

頭部から不意に恭一の指の力が消えた。毛根からの痛みも消えた。

直後、圭子はペニスを口に含んだまま、口中に溜《た》まった精液を嚥下《えんか》した。喉元を、どろりとした液体が通り過ぎていく感触。粘りつくような苦さ。

それでも口中の残滓《ざんし》をもう一度嚥下し、なおもペニスをしゃぶりつづける。

ややあって、恭一の手のひらが自分のおとがいに伸びてきた。ゆっくりと、圭子の口中からペニスを抜きにかかる。圭子はなすがままに任せている。

肉の交わりのあと。……お互いの距離感が戻ってくる。離れていく。恭一は恭一の世界に。あたしはあたしの世界のまま。

籠っていく。離れていく。いつもそうだ。

目の前で素っ裸のまま胡坐《あぐら》をかいて座った恭一――全身に噴き出た汗が、滑《ぬめ》るように光り輝いている。

ふう、と吐息を漏らし、圭子を見上げてきた。

「顔をしかめている」恭一は言った。「ごめん。苦かったろ」

いったんはうなずきかけ、それから慌てて首を横に振った。

「だいじょうぶ」圭子は答えた。「さっき、汗が目に入ったからだよ」

恭一は軽い笑い声を上げた。それから圭子の目の前まで擦《す》り寄ってきた。

「涙の跡がある」

言うなり、圭子の右目尻をぺろりと舐め上げてきた。つい恭一の身体にしがみついた。相手の肩に歯を立て、吸った。なんとなくそうしたかった。萎み始めたペニスを、ぎゅっと握り締めた。

時おりカーテンが揺れ、開け放った窓から五月の夜風が忍び込んでくる。

ゆっくりと、熱気がとれてゆく室内。

……ふと気になって、時計を見た。

テーブルの上のデジタルクォーツが、青白い燐光《りんこう》を放っている。午前一時二十分。もう三十分以上もこうしている。

圭子の横で規則正しく上下している恭一の胸。クォーツの燐光を受けているその肌の表面には、もう先ほどまでの濡れたような光の滲《にじ》みはない。汗は完全に引いてしまっている。

相手はまだ眠っていない。圭子には分かる。眠り込むと、恭一は決まってかすかな寝息を立てる。

……恭一の寝顔を——たまにだが——そっと身を起こし、上から覗き込むことがある。眠っている間だけの無防備な表情が、そこにはある。つい眉《まゆ》とか耳たぶに触りたくなり、手を出しかけては引っ込める。そんな動作を何度か繰り返す。そうすると、なんとなく満足する。安心する。この時間の恭一だけは、あたしのものだ。

今夜も、どういうわけかそうしたくなった。恭一が寝込んでいる間に、思う存分その顔を拝んでいたい。いじる真似事をしてみたい。

早く眠ってくれないかな、と密かに思っている。

と、薄闇の中に恭一のつぶやきが湧いた。

「眠れないのか」

ギクリとし、ついあやふやな答え方をする。

「うん……なんとなく」

すると相手は、身体《からだ》ごとこちらに向き直った。圭子のすぐ目と鼻の先に、恭一の顔がある。白目にくっきりと縁取られた瞳《ひとみ》が、じっとこちらを見つめている。

ふと感じる。この男、瞬《まばた》きの回数が少ない。犯罪者の目。その白目が、ふいに細くなった。

「あの媚薬《クスリ》、もう残り少ないな」気づいた。恭一は今、目元で笑っている。「なくなったら、どうする」

「どうって――」と、思わず口籠る。考えてもいなかった問いかけ。「どうしよう……分からないよ」

白目がますます細くなる。ついでその下にも皓《しろ》い歯並びがこぼれた。

嫌な予感。

昔付き合っていた男に会いに行く話を切り出したときも、そうだった。恭一がこういう表情をするときは、きっとろくでもないことを言い出す。警戒する。

果たして恭一は口を開いた。

「このクスリ、いつも組事務所には常備してあるのか」

「え？」

「だからこのクスリ、事務所のどこかにはあるんだろ」恭一はなおも繰り返した。「あのバカ市原がイチイチこんなもん調合するような器用さを持っていたとは、とても思えん。あらかじめ調合してあるやつが、あるんだろ？」

うっすらとその先の言わんとすることに気づく。急激に気分が悪くなってくる。

「だから？」

「取りに行こうぜ。タダで」やっぱり。「夜中、誰もいないときを見計らって、こっそり盗み出そう。おれたちには——少なくともあんたには、そうさせてもらって当然の貸しがある」

ぞっとした。

怖い——不意にそう思った。盗みに行くことが、ではない。またこんな空恐ろしいことを平然と言い出したこの男。その精神構造は到底理解不能だ。相手はヤクザなのだ。まかり間違えば半殺しにされかねない。なのに、やはりどこかマトモではない。狂っている。心底、怖い。

思わず恭一の傍《そば》から身を引こうとした途端、手首を摑まれた。強く、骨も砕けんばかりに恭一は握り締めてくる。思わず口走った。

「痛い。離してよ」

「逃げるなよ」恭一は手首を握り締めたまま、依然笑っている。「逃げるのは、もうなしだ。おれと約束したろ？」

その尻上がりの軽い口調。さらに増していく恐怖に、つい大声を上げる。

「そんな約束、してないわよっ」

「じゃあ今、約束しよう」と、あっさり返してくる。この男独特のレトリック。いったん自分がこうしたいと決めたら、どんな手を使ってでもそうさせようとする。「こってり、持ち出そうぜ」

「ヤだ」

「なぜ？」

「なんでも」うまく理屈で返せない――だから頑固に言い張る。「絶対に、ヤだ」

途端、恭一はわっと大口を開けて笑った。

「あんたは、かわいいなあ」

そのセリフに、圭子は思わずぎょっとした。なぜかさらに逃げ腰になった。が、恭一はそうさせまいと、強引に身体を抱き込んできた。だけでなく、顔中を舐め回してくる。その指先が、まだ湿っている陰核をいじり始める。まるで野良犬のじゃれ合い――。

「ちょ、ちょっとやめてよっ」

それでも恭一は頓着《とんじゃく》しない。そう叫んだ圭子の口を、自分の口で塞いできた。舌を入れてくる。吸い取ってくる。気づく。太腿に触れているペニス。ふたたび勃起《ぼっき》し始めている。

いやらしい。

この男との交《まぐわ》い。この半年ほどの間に死ぬほど抱き合った。狂態を何度も繰り広げた。いい悪いではなく、もう条件反射になってしまっている。恭一の興奮を感じるだけで、ヴァギナがじっとり濡れ始める。

まだ陰核を指の腹で転がしつづけている恭一。笑った。

「逃げるなよ。おれから。自分から」

「…………」

「もっと、自由になる」

その言葉が、圭子の心のどこかに触れた。

直後、ぬるりとペニスを挿入してきた。ゆっくりと前後運動を始める。

肉の愉悦。恥骨から全身に広がっていく。

心の隙間《すきま》。満たされていく。

呻き声を漏らし、恭一の身体にしがみついた。

直後に気づく。この男……精液の残ったペニスを挿入してきている。

ごくまれに一晩に二回するときは、必ず二回目の前に熱いシャワーを浴びていた。精子を表面から洗い流し、こびりついているものも殺すためだ。

だから最近の圭子はピルは飲まない。

恭一も分かっている。あるいは妊娠する可能性。そしてこの男は、ノリでそういうことをやらない。市原などのろくでなしとは違う。そうする以上は、覚悟を決めている。
(逃げるなよ。おれから。自分から)
(もっと、自由になる)
その二つの言葉を、くっつけてみる。
たぶん、二人で自由になれる。そういう意味。もっと一緒にいようという意味。
この男は今、お互いの距離を詰めてこようとしている。
恭一にしがみついた。さらに股間を開き、恭一のペニスを受け入れる。深く。
確信犯。あわよくば既成事実を作ろうとしている自分——期待している。
あたしはもっと、いやらしい。やりくちが、汚い。

7

なぜあんなバカげた真似をしたんだろう。
今も時おり、十日ほど前の晩のことを思い出す。
五月二十五日——午後九時。

恭一はいつもより早く会社を出た。

北口の大通りを駅に向かって下っていく。

なんで残滓の付着したペニスを挿入した挙句、膣内に射精までしてしまったのか。

知っていた。最近の圭子は、ピルは服用していない。恭一がナマ出ししないことを分かっていたからだ。それでも喜んでペニスを受け入れてきた相手。

やばい。

そう思う反面、それがどうした、という気持ちもあった。だから膣の中で射精した。なるようになればいい。捨て鉢という意味ではない。あがきつづけている。なにかの間を揺れ動く自分の心。それを壊したくてあんな行動に出た自分がいて、それを喜んで受け入れた圭子がいる。

……だから、それはそれでいい。

ナマ出しした翌日、圭子は鼻の孔《あな》を膨らませて言った。

いいよ。あんたがそうしたいのなら、あたしも付き合う。一緒に盗みに入る。

一蓮托生《いちれんたくしょう》になる覚悟。だが、彼女にはまだ見えていない。分かっていない。

恭一のことが好きだから、まだ一緒にいたいから、ヤバいことにでも単に付き合おうとしているだけ。

だから、〝付き合う〟などというたわけた言葉を使ってしまう。

歩きながらもつい笑う。

意識の差。鬱陶《うっとう》しい。しかし、かえってそんな彼女に愛着を覚え始めている。

一緒に行く、と宣言したあと、圭子は付け足してきた。

でも、どうせ盗みに入るのなら、月末近くがいいと思うよ。

え？

ついそう問い返すと、少し言いにくそうに彼女は言葉をつづけた。

「昔あの男が言ってた。月末の事務所には、けっこうな現金も置いているって」

「なんで？」

「ショバ代をもらっている飲み屋や、おしぼりの納入代や絵の架け替え代なんかを、二十五日にまとめて集金して廻る。ついでにソープ嬢や飲み屋のコンパニオンからも、その月に与えたクスリ代を取り立てる。そう言っていた」

そう言ったきり、黙って恭一の顔を見つめてきた。窺《うかが》っている。

思わず笑い出しそうになった。

つまり、彼女はこう言いたいらしい。コカと一緒に、その現金も頂いたらどうか、と。

妙に感心する。

いつだって、いざとなれば女のほうが強欲だ。一種の本能。バーゲンセールなどでその必然はあまりなくても、お得な商品を目で漁《あさ》る性根と同じことだ。どうせなら、あれも欲しい、これも欲しい――もっと欲しい。

やっぱり笑ってしまった。

彼女もほっとしたように笑みを返してきた。

「その二十五日の深夜には、間違いなく金もあるのか」

彼女はうなずいた。

「正確に言うと、二十六日になった零時過ぎにね。だってお店の営業時間を考えたら、集金業務はいつもそのころが一番適当だって」

それでも恭一は念押しした。

「それをすぐに夜間金庫には運ばないのか」

「税金逃れの帳簿操作もあるし、コカの代金みたいな表沙汰《おもてざた》にできないお金もあるわけだから、その翌日とかにいったんお抱えの税理士に相談して、そういうお金の流れがちゃんと決まるまでは、置いておくんじゃない？」

ふむ、と思わずうなずく。道理だ。

「事務所の連中が間違いなく帰っているのは、何時ごろだろう」

「たぶん二時過ぎくらい」

駅のコンコースを抜けて南口へと出る。ちらりと腕時計を見る。九時五分過ぎ。だいじょうぶ。出かけるのは午前二時。まだ充分に時間はある。

駅南の大通りを抜け、住宅街に入る。

その住宅街の屋根の向こうに、恭一の住むマンションが見えてくる。四階の自分の部屋に見える明かり。レースのカーテンがかすかに揺れている。

つい微笑む。五月という陽気もあるが、それだけではない。最近の圭子は、夜になっても窓を網戸にしたまま開け放っている。間違っても遮光カーテンを閉めたりはしない。

籠っていく自意識。いじましい自己認識。

あの女からは、そういう惨めったらしい雰囲気が、少しずつ消えてきている。

明るくなっている、というわけではない。本来の性根は、そうそう変わらない。

それでも今見えている世界を、割り切ることはできる。割り切って線引きをし、そのラインの外を垣間見ることはできる。

おれもそうだ。

あとはその外側の世界へ、飛ぶだけだ。

家に着くと、すでに圭子は晩ご飯の準備を済ませていた。

シジミの味噌汁《みそしる》とご飯。里芋と烏賊《いか》ゲソの煮付け、豆腐のハンバーグ、山芋おろし。胡瓜《きゅうり》と茄子《なす》と茗荷《みょうが》の浅漬け。

気づく。腹持ちがよく、恭一の好きなものばかりだ。

「用具は準備したか？」

晩飯をぱくつきながら圭子に聞いた。圭子はいったんうなずいたあと、ご飯を飲み込み、口を開いた。

「手袋と懐中電灯、プライヤーと槌《つち》も今日買ってきた。バールも入れた。マイナスドライバーも入れてあるし……たしか、それだけだったよね」

恭一もうなずいた。

圭子は、以前に数回、組事務所に行ったことがあるという。そのときに、部屋の隅にある金庫を見た。古びてはいるが、大きな金庫——。

だから、いつかのように持ち出すことはできないと思うよ。

コカの溶液は、部屋の反対側の冷蔵庫の中。『雲仙のおいしい水』という二リットルのペットボトルに詰めてある。万が一警察に踏み込まれたときのための偽装らしい。

十時半にはご飯を食べ終わった。

圭子が背後の流しで皿を洗っている音を聞きながら、事務所内の見取り図に見入る。三日前に圭子がサインペンで描いた、簡単な見取り図。

今日の午前中、恭一は営業の合間を縫って、事務所周辺の下見をしてきた。

雑然とした飲み屋街の中、古びた雑居ビルの二階にその事務所はあった。営業車を少し離れた場所に停め、歩いてそのビルに向かった。スーツ姿。片手には営業鞄。もし組事務所の連中とビル内ですれ違ったとしても、右も左も分からない飛び込み営業中のセールスマンだと思うだろう。

雑居ビルの狭く古びたコンクリート製の階段を上がり、二階の中廊下へと出た。無人。まだ組員が出てくるには早い時間帯。その右側にスチール製の扉。『(有)成和興業』とあった。すばやくそのドア周辺をチェックした。セコムの配備はない。ドアノブもその隙間にバールを差し込んでこじ開ければ、難なく壊れるように思えた。無用心だな、と一瞬は思いかけ、直後にはその理由に思い至る。……ヤクザの事務所など、誰も泥棒に入ろうなどとは思わない。

ビルの外に出た。周囲を見廻し、事務所の区画の裏手に廻り込んだ。飲み屋街に自分のクルマでやって来るお客たち。あるはずだと思った。あった。しばらくうろうろしているうちに見つけた。三台分の小さな百円パーキング。防犯カメラはない――。

　午後十一時になった。

　泥棒に関しては、圭子も、むろん恭一も素人《しろうと》だ。だからこそ、その素人なりに二人で懸命に考えた。

　事務所内の金庫を開ける作業には、おそらく手間取る。下手《へた》をすると夜明け近くまでかかるかもしれない。睡魔に襲われると注意力散漫になる。なにか手がかりとなるものを残してしまわないとも限らない。

　だから今晩、午前二時までの三時間は仮眠をとることにしていた。

　部屋の電気を消し、圭子とベッドに転がった。恭一は仰向けのまま、両目をつぶった。最初にやや大きく息を吸い込み、呼吸を整える。両手を腹の上で軽く組む。

　眠らなくては――じっと睡魔が訪れてくるのを待った。

　薄闇の中、腕時計の蛍光塗料……文字盤を秒針が刻んでいくかすかな音。

　十分が経《た》ち、二十分が過ぎても、一向に眠くならない。睡魔が訪れない。神経が高ぶっている。

　横の圭子。じっとしている。鼻孔から漏れる呼吸も整っているようだ。

　眠っているのか。

ベッドのスプリングを揺らさぬよう、そろそろと横向きになる。テーブルの向こうの部屋の壁。その表面のかすかな凸凹《でこぼこ》が、窓の隙間から入ってくる街灯の光に、ぼんやりと浮き上がって見える。

小さく吐息を漏らした。

直後、

「……起きてるの？」

自分の後頭部から、声が湧いた。なんとなくほっとし、圭子のほうに向き直った。

「悪い。起こした？」

「ぜんぜん。だいじょうぶ」

薄闇の中によく光る圭子の白目がある。おそらくはこの女も緊張している。なにか言わなくては。なにか気が休まるようなことを。

が――。

「金庫の中には、いくらぐらい金が入ってるだろう」出てきたのは、そんな生ぐさい話題だった。「百万ぐらいかな」

「もっとあるんじゃない？」誰も聞いている者がいないのに、圭子も声をひそめて応じてくる。「だって、月イチの集金なんだし、コカの代金だって入ってるだろうし」

「じゃあ、百五十万か、二百万ぐらいか」

言っているうちに自分でもおかしくなり、つい失笑した。目の前の黒目がわずかに動く。

「なんで、笑うの？」

「いくら入っているかも知らずに、素人が金庫破りをしようとしている」恭一は言った。

「どう考えたって間抜けだろ」

圭子の白目の下に、ゆっくりと歯並びが広がった。

「だね」

「やっぱり、やめようか」

「え？」

「だから、あんたが気が乗らないようなら、少なくとも今晩の泥棒は、やめようか」

この答えは、遅れた。ややあってペニスを軽く摑まれた。

「やろうよ」圭子はつぶやくように言った。「あたしは今、やりたい」

は――？

決行を前にセックスするのか？

直後には勘違いに気づく。そんなわけはない。

彼女は〝泥棒〟をやろうと言っている。ただ、あらためての決意に少し緊張し、恭一のペニスを摑んできただけだ。ふたたび笑い出しそうになる。

つと彼女のパンティーに指を滑り込ませ、ヴァギナに触れてみた。乾いている。当然だ。

彼女の顔も笑った。

8

いつの間にか眠り込んでいたようだ。

置時計のブザー。鳴っている。横の恭一がむくりと身を起こし、遅れて圭子もベッドから起き上がった。

部屋の明かりを点《つ》けた恭一の顔。少しむくんでいる。緊張にやや強張っているようにも見える。

「寝れた？」

「たぶん、三十分ほど」

と、小さく答えてきた恭一。

「でもおれの場合、それだけ眠れば充分だ」

感じる。敢《あ》えて付け足す説明。強がっている。やせ我慢している。考えてみれば、こんな罰当たりなことをしでかす必然は、この男にはどこにもないのだ。不意にこの男に飛びついて、頭とか肩をポカポカ叩きたい衝動に駆られる。

——あたしのためだ。

午前二時五分。

電気を消し、部屋を出た。バッグを片手に持った恭一のあとにつづき、階段を下りていく。マンション裏手の駐車場でクルマに乗り込む。だいじょうぶ。恐れはない。

「じゃあ、行こう」

「うんっ」

つい弾《はず》んだ声が出た。怪訝《けげん》そうにこちらを振り返った相手。それからため息混じりに苦笑した。でも嫌味な感じではない。

クルマが駐車場を出る。住宅街の中を抜け、大通りを西へと進む。

街はすっかり眠りに落ちている。窓から入ってくる夜風。やや肌寒い。五月だというのに、心なしか背筋《せすじ》に悪寒もする。

恭一の運転するクルマは、駅周辺の中心街を迂回《うかい》するバイパスに乗った。常磐線の北側——この街の反対側へと進んでいく。

ダッシュボード上のデジタルクォーツは、二時二十分。

五キロほど進んだところにある六叉路交差点で、バイパスを外れる。駅の北口ロータリーから延々と北上する大通りを、逆に南下していく。四つ目の交差点を左折し、狭い市道へ。両側に飲み屋の看板の立て込んだ、ごみごみとした旧市街地へと入っていく。

左官町。圭子は昔、職場の上司から聞いたことがある。江戸時代、この県庁所在地は城下町だった。その城下町中心部に隣接するようにして、職人町が生まれた。だからこの名前が残っているが、現在では県下で最も大きい歓楽街だ。ソープ、ヘルス、キャバレー。そういった風俗店が、半径二百メートル以内にびっしりと寄り集まっている。

しかしこの時間帯、路上の立て看板も軒下の照明も、点いているものはまばらだ。火曜の夜。平日を三日も残し、夜更けまで遊ぼうという人間はそうざらにはいない。恭一の運転するRX－8は、人気《ひとけ》が途絶え、ひっそりとした市道をゆっくりと進んでいく。

二つ目の十字路を左折し、暗い路地に入り込み、さらにスロウダウン。緊張がじわじわと高まってくる。心臓もバクバクと波打ち始めている。気づく。知らぬ間に握り締めていた手のひらにも、じっとりと汗をかいている。

隣の恭一が口を開く。

「今日の下見で見つけた。この区画の裏手に百円パーキングがある」

その話は晩ご飯のときにも聞いたよ――。

そう言いかけ、直後には思い至る。

この男も、緊張している。だから前に言ったことを自分でも意識せずに繰り返している。

路地の先の角をさらに右折。やや広い市道へと出る。左手は明かりが落ち、静まり返った住宅街。逆側の右手は、飲み屋の連なった建物やテナントビルの裏手。その奥まった一角に、小さな百円パーキングはあった。

一番手前の空きスペースに、恭一がクルマを滑り込ませる。恭一はキーを片手に、圭子はボストンバッグを提げ、ほぼ同時にクルマを出る。お互いに顔を見合わせる。お互いにうなずく。腕時計を見る。午前二時三十二分。

「バッグ」

「はい」

ボストンバッグを手渡す。恭一はそれを肩にかけ、踵《きびす》を返す。圭子もその横に並んで歩き出す。手を繋ぐ。恭一の歩く速度。速くもなく、遅くもない。

言われていた。

あの事務所まで行くときは、カップルを装って歩こう。そうすればあんまり怪しまれない――。

聞いたとき、妙に違和感を覚えた。

歩いている今、ようやくその違和感の理由に思い至る。カップルを装う……つまり、あたしとこの男は、今でもそれ以前の関係だということだ。単なる同居人。何十回とセックスをしても、精液を飲んでも、尻の穴を舐め合っても、この男はあたしとの関係をそういうものとしてしか認識していない。

でも、その同居人のために、この男は今こんな向こう見ずなことをしでかそうとしている。

それだけで充分だ。

飲み屋の連なる表通りへと出る。

近づいてくる。十字路の向こうの古びた雑居ビル。外装は今どきタイル張り。昭和四十年代に建てられた倒壊寸前のおんぼろビル。エレベーターもない。その二階にある組事務所の窓。当然、明かりは消えている。
二、三度、市原に引き摺られるようにして連れて行かれた。圭子を犯した組員たちと鉢合わせになった。口の端で笑われた。苦い記憶。屈辱の過去——。
が、それも今夜までだ。

雑居ビルの前まで来たとき、恭一は立ち止まって圭子を見た。

「おっかないか？」

「……うん」

　恭一はちらりと笑った。

「おれだってそうだ。膝頭《ひざがしら》が笑い出しそうだ」

　そう言い捨て、握っていた手を離した。一階事務所脇の階段を上り始めた。

　明かりの消えた、暗い二階への階段。湿ったコンクリートの臭《にお》いと淀《よど》んだ空気が鼻腔《びこう》をつく。まるで幽霊屋敷だ。嫌な思い出しかない場所。でも、次の領域への階段。

　踊り場まで差しかかったとき、闇がいっそう深くなる。心臓の鼓動が大きくなる。恭一が懐中電灯を点けた。階段のひび割れと壁のくすみが、闇の中に浮かび上がる。二階へと出る。恭一の背中を追うようにして、奥へと進んでいく。心配ない。二人ともゴム底の靴。足音はしない。それでもふたたび高鳴り始める心臓。恐れている。怖がっている。その先の世界へと行くための闇。

　ふらふらと迷走していたライトの先が、廊下の右側にあるスチール製の扉を照らし、止まった。

『(有) 成和興業』――恭一がボストンバッグを床に落とし、ファスナーを開けた。中から手袋を二組取り出し、その一方を圭子に無言で差し出してくる。

　手に取り、手早く嵌《は》めようとする。指先が震えていて、なかなか嵌まらない。舌打ちしたくなる。

手袋を嵌め終わったとき、恭一はすでに右手の先に太いマイナスドライバーを握り締めていた。

「やるぞ」その声がざらついている。おそらくは喉がカラカラに渇いている。「ドアノブを照らしておいてくれ」

懐中電灯を恭一から受け取り、指示どおりに扉のドアノブ周辺を照らし出した。スチール製の扉の表面とドアノブの接合部。その接合部のわずかな隙間に、恭一はマイナスドライバーの平たい先端を強引に突き立てようとした。が、入りはしない。

ガッ――。

恭一がドライバーのヘッドを槌で思い切り叩く。ほんの少し、接合部の隙間に先端がめり込む。吸い込まれる。

ガッ。

恭一が再度、ヘッドを殴りつける。また少し、先端がめり込む。恭一はつづけざまに何度も槌を振り上げる。振り下ろす。その度に廊下の闇に軋むような金属音が反響する。圭子は気が気ではない。

もしこの音を、誰かが聞きつけたら――。

もし階段の向こうから、誰かが姿を現したら――。

そう想像しただけでパニックに陥りそうになる。この音が屋外まで響かないことは理屈では充分に分かっている。それでも一瞬気が狂《ふ》れそうになる。さらに想像は先走りする。このドアノブを壊し、中の金庫も壊し、もらうものだけもらったら、泥棒の跡はそのままにして、このビルをあとにする。今日の午後には出てくる組員たち。みんなすぐに、事務所を荒らされたことに気づく……。やはり、恐怖で吐きそうになる。

――がまん。我慢だ。だいじょうぶ。心配ない。

昨夜、恭一は言った。

事務所を荒らされても、もともと脛《すね》に傷持つやつらだ。コカさえ奪っておけば警察には絶対に被害届を出さない。

そのとおりだと思う。

だから、だいじょうぶ。恐怖は今の一瞬だけだ。自分に言い聞かせる。だいじょうぶ――。

隙間に、マイナスドライバーの先が完全に吸い込まれた。ドアノブの基底部は扉の表面から一センチ弱浮き上がっている。恭一は槌をバールに持ち替え、その隙間に梃《てこ》の先端を当てる。

「んっ」

恭一の妙な掛け声。L字型の角を支点に、一気にバールの取っ手を押し上げた。乾いた金属音がして、ドアノブが呆気《あっけ》なく弾《はじ》け飛んだ。圭子の太腿にぶつかり、廊下に転がり落ち、派手な音を立てる。つい慌ててそのノブを拾い上げた。

「まずは、一丁上がり」

懐中電灯に浮かび上がった恭一の顔が笑っている。圭子も微笑んだ。

9

「こっち」

圭子に手を取られるようにして、薄闇の中を部屋の隅まで進んでいった。

懐中電灯の先、冷蔵庫が浮かび上がる。

「ここ。ここ」そう言ってすぐにその扉に手をかけた。「ミネラルウォーター。『雲仙のおいしい水』」

その言い方に、恭一はつい失笑する。まるで子供のようだ。冷蔵庫の扉から柔らかな光が漏れ出てくる。部屋全体が、ぼんやりと浮かび上がって見える。

あった。扉裏側のドアポケットに、三本並んだ二リットルのペットボトル。聞いていたとおりの『雲仙のおいしい水』。これだけあれば、数年はもつ。能天気なイメージが膨らむ。快楽まみれのセックス三昧《ざんまい》。圭子と顔を見合わせる。お互いに笑う。

「念のため、確認するね」

そう言って圭子がその一本を抜き出す。キャップを緩め、手袋を嵌めたままの指先を少し中に浸す。指を抜き、それを自分の口に含む。

「どうだ？」

圭子が大きくうなずく。恭一もうなずき返す。

「じゃあ、次は金庫だ」

奇妙な満足感。いったん冷蔵庫の扉を閉じ、二人でいそいそと部屋の反対側に移動する。圭子の持った電灯が、壁際の金庫を照らし出す。旧式もいいところの、ダイヤル式の黒い金庫。表面の塗装も剝《は》がれ、ダイヤルの摘《つま》みにはうっすらと錆《さび》が浮いている。

「ボロいな」

思わずつぶやくと、圭子が言った。

「だって、ヤクザの事務所からモノを盗《と》ろうなんて、誰も考えないじゃない」

「おれもそう思う」

さっそく解錠に取りかかった。とはいえ、なにも専門的なことをやるのではない。さっきのドアノブと同じ、原始的な方法だ。

ダイヤルと扉の隙間に同じ要領でドライバーを捻《ね》じ込み、槌を振る。もともとゆるみが出ていたのだろう、ドアノブと同様、あっさりとその隙間が開いた。バールの先端を押し当て、L字型の角を支点にして一気に押し下げる。内部から響いてくる鈍い金属音。さらに渾身《こんしん》の力を籠める。

内部でなにかが捩《ね》じ切れたような軋み音が響き、ダイヤルがその基部から弾け飛ぶ。音を立てて床に転がり落ちた。すぐに扉の取っ手に手をかける。

左右のどちらにも動かなかった。

ダイヤルは壊れても、ロックされたままの状態。

思わず舌打ちする。長居はしたくない。見つかることへの焦り、不安――。

が、直後には一人で失笑する。

素人泥棒二人が、これまた素人同然のやり方で盗みを働く。知識もない。技術もない。何事もそんなにうまくいくわけじゃない。これぐらいのまごつきは当然だ。

心配ない――午前三時少し過ぎ。誰も来やしない。

「開かないの？」隣から、いかにも不安そうな矢継ぎ早の質問が飛んでくる。「時間がかかりそう？　だいじょうぶ？」

その語尾がかすかに震えている。扉を照らし出しているライトも、微妙に揺れている。分かる。女性に特有の反応。この異常な状況が長引きそうな先行きに、心が乱れ始めている。ややパニックを起こしかけている。

「落ち着けよ」扉の穴の中にドライバーを突っ込み、掻《か》き回しながら恭一は諭した。「夜明けまで、まだ時間はある。落ち着けよ」

「うん……」

「ライトの先、ちゃんと固定しててくれ」

「はい」

ようやく光の場所が落ち着く。彼女の心も落ち着く。恭一も解錠に集中し始める。

なぜ開かないのか？　穴の中をよく窺う必要がある。穴の周辺をもう少し広げる必要がある。だからもう一度バールを手に取り、その先端をL字型の角ごと内部に突っ込み、押し下げる動作を何度も繰り返す。少しずつ、扉の表面が浮き上がってくる。

ある程度浮き上がったところで、口を開いた。

「ライト、もうちょっと斜めから」

圭子がさらに恭一の背中に身を寄せ、彼の肩越しから懐中電灯を照らし出した。浮き上がった扉の表面から、内部が覗き見える。金属の細いシャフト。おそらくは横型シリンダー形式。その上を交差する蝶番《ちょうつがい》のようなワッシャーリング――たぶんこれだ。ドライバーを捨て、今度はプライヤーを手に取る。

傍らにいる圭子。やや荒い鼻息が、定期的に恭一のうなじにかかっている。緊張している。

直後、そのリングの端をプライヤーで摘んだ。思い切り引っ張った。

カチッ。

乾いた音と共に、確かな手ごたえを持ち手に感じた。プライヤーをいったん床に置き、金庫の取っ手に手をかける。右に捻《ひね》る。動かない。左に捻る。動いた。

「よし」

思わず声を上げた。取っ手を引く。扉を全開にする。

圭子の持っている懐中電灯が、その内部の棚を上から順番に照らし出す。

一段目。書類のようなもの。二段目。バインダー。おそらくは帳簿。そして三段目。奥の右隅にある金属の箱が目についた。直感。中から引き出し、その蓋に手をかける。

中身は輪ゴムで留めた千円札の束がひとつ。諭吉《ゆきち》の束が三つ。透明なビニール袋に入った小銭の塊がひとつ――おそらくは三百万ちょっと。しかもそのすべてがナンバー不揃《ふぞろ》いの札束。

予想外の収穫。互いに顔を見合わせた。下からの懐中電灯の光。圭子の顔がぼうっと浮かび上がって見える。お化けのようだ。不意にその頰《ほお》が緩んだ。

「なんだか、宝探しみたい」

その無邪気なモノ言いに、恭一も笑った。

「じゃあ、撤収しよう」

ボストンバッグの中にまず札束を放り込む。ドライバーとプライヤーも放り込む。その途中で気づいた。窓際の机の上。デスクトップのパソコン。思いつく。一瞬迷う。

が、念のためだ。

万が一にも警察に被害届を出されぬよう、脅しをかけておこう。

「脅しの書置きを残していく」デスクの前に座りながら圭子に言った。「その間に、あっちの冷蔵庫からコカを出して、万が一床におれたちの落としたものがないかを確認しておいてくれ」

「分かった」

窓から差し込んでくる街灯を背に受け、パソコンを立ち上げる。やや反応が鈍い。部屋の奥では、圭子が冷蔵庫を開けている。そのドアポケットからペットボトルを取り出しては、バッグの中に詰め込んでいる。まだ画面は立ち上がってこない。苛立つ。

ペットボトルを詰め終えた圭子が冷蔵庫の扉を閉じ、今度は懐中電灯を床に当てたままうつむき加減にドアの方向へ歩いていく。恭一の指示どおり、落とし物のチェックをしている。なぜかもう片方の手にはバールを握っている。一瞬奇異に思ったが、すぐに理解する。L字型に曲がった先で尖《とが》った先端。バッグに入れておくと、大事なコカのペットボトルを傷つけるかもしれない。

気づくと初期画面が立ち上がっていた。コントロールパネルからワードを呼び出す。その最初の行。警告、と打ち込む。さらに改行。束《つか》の間《ま》考え、こうつづける。

コカもらってゆく。もし警察に捕まれば、おれたちはそれをうた――

パチッ。

え――。

瞳孔《どうこう》の奥に鋭い痛みが走った。はっとして顔を上げる。眩《まぶ》しい光。部屋中に溢れている。正面の開け放たれたドア。どくん、と心臓が跳ね上がった。

脇にある壁のスイッチに手を伸ばしたまま、中年の男が突っ立っている。そのドアのすぐ裏側――死角にへばりつき、立ち竦《すく》んでいる圭子。

パンチパーマ。見覚えのあるその赤ら顔が、恭一を正面から睨《にら》みつけてきた。

「おまえ、こんなところでなにやっとんじゃ」

低いだみ声。怒りを押し殺した恫喝《どうかつ》。あらためて気づく。こいつ――ビデオの中のチンピラ。圭子を抱いていた。最悪。おそらくはこのパソコンの光が窓から漏れ出ていた。一杯引っかけて帰る途中のこのチンピラが、たまたま通りかかった。迂闊《うかつ》。あまりにも迂闊。だが、まだ圭子の存在には気づいていない。悟らせてはならない――瞬時にそう思った。このパンチ野郎と圭子は知り合いだ。おそらくは圭子のフルネームも知っている。だから注意をこちらに引きつけておく。おれがエサになり、その隙に圭子を逃がす。そうするしかない。くそっ。

肝が据わった。

「なにって？」かすかに上ずってはいるが、なんとか抑揚をつけた声音が出た。「泥棒に来たんだよ」

「アんだとぉ？」

もっと注意を逸らさなくては。

恭一はわざと金庫のほうに顎をしゃくってみせた。扉が壊れたままの金庫。その前に、中身のなくなった空箱が転がっている。注意を引きつけておく。可能な限りこちらに引き寄せておく。なにか言わなくては、なにか喋《しゃべ》らなくては――ふたたび言葉が口をついて出てくる。

語尾の震えを必死に抑える。

「チンケな所帯だ。月末で三百万しか入ってねえ」

このやろうっ。

そう喚《わめ》き散らし、パンチパーマがずかずかとこちらに向かってこようとした、直後だった。

恭一は思わず我が目を疑った。

そのまま逃げ出せばいいと思っていた圭子が、あろうことか、逆に一歩、二歩と無言で踏み出してくるではないか。

やめろ。ムチャだ。危うく叫び出しそうになった。

気配に気づいたパンチパーマが背後に向き直るより早く、高く振り上げられたバールが頭部めがけて振り下ろされた。L字型の角が男の後頭部にヒット。頭部全体が衝撃にぶれ、一瞬白目を剝いた男は腰から崩れ落ちた。

やった——。

我知らず椅子《いす》を蹴飛ばすようにして立ち上がった。床に倒れ込んだ男。間違いなく失神している。だが、そのぐったりとしている男を圭子はなおもバールで叩き始める。肩口、腹部、首筋、二の腕——もう、滅多やたらに殴りつけている。目が据わり、能面のような表情を浮かべている。その引き結んだ口元。滲み出ている明らかな殺意。狂気。

ぞっとした。

一足飛びに圭子に駆け寄り、またもやバールを振り上げたその手首を摑んだ。

「馬鹿っ。やめろって。殺す気か！」

10

死ねばいい――。

殴りつづけている間も、ぼんやりとそう考えていた。

以前に散々あたしを陵辱しただけでは飽き足らず、今回もこの男はジャマをした。恭一との暮らしをぶち壊そうとした。あたしの未来を潰《つぶ》そうとした。

許せない。

だから、死ねばいい。

憑《つ》かれたようにバールを振り下ろしつづけた。

不意にその右手が動かなくなった。手首を摑まれた感触。はっと我に返り、顔を上げた。

恭一のゆがんだ顔が目の前にあった。なにか喚きたてている。

馬鹿っ。やめろって。殺す気か！

ようやくその言葉の意味が分かる。が、構わず圭子も喚き散らした。

「一人殺すも二人殺すも、一緒じゃんっ」

恭一は一瞬、ぎょっとしたような顔つきをした。直後の衝撃。圭子の頬を思い切り張ってきた。

「夢に見るぞ。うなされるぞ。思い出したくもない記憶を、またしょい込むことになるんだぞ」今度は返す手の甲で、左頬を張られた。「違うだろ。なんでおれたちはこんなことをやっている？　コカのためか？　金のためか？　本当は違うだろっ！」

違うだろ。

そう——最近になって、ようやく分かってきた。

自分のためだ。暗い井戸の中から這い出て、次の世界に行くためだ。今の領域から出ていくためだ。

だから、もうやめろ——。

気づく。両頬を張ったその右手で、いつの間にか圭子の耳元を撫《な》でている。まだ両頬がずきずきと疼《うず》いている。ふたたび喚き散らしたくなる。怒鳴り散らしたくなる。

この男はひどい。それと同じ分、優しい。さっきもそうだった。

パンチパーマ野郎が踏み込んできた直後、恭一は敢えて自分に注意を引きつけようとした。

懸命に言葉をつむいでいた。あたしがこの男と顔見知りだったからだ。もし一緒にいるところを見つかれば、おそらくは諦《あきら》めかけていた追及が、今度こそ容赦なく再開されるからだ。だから身を隠さなかった。逃げなかった。どころか、すすんで自らの顔を晒した。

大好きだ。そして泣き出しそうだ。

恭一が男の上にしゃがみ込み、手のひらを鼻先に当てる。

「気を失っているだけだ」立ち上がりながら、圭子の顔を見上げた。「とりあえず、こいつが目が覚めても、しばらくは動けないようにしておこう」

どうするかはすぐに決まった。

部屋の奥にトイレがあった。恭一は男の両脇に腕を廻し、ずるずると床を引き摺っていく。その間、圭子はデスクの引き出しという引き出しを手早く開けていき、恭一から指示されたものを探し始めた。

あった。

三つ目のデスクの、一番下の引き出し。ビニールのヒモ。二重か三重に縒《よ》り合わせれば、なんとか役に立つ。

トイレの内部では、恭一がすでに男を便座の上に座らせていた。二人で協力して男の両手首を後ろに廻し、タンク脇の配管に括《くく》り付ける。次いで便器の基底部にもヒモを一回りさせ、両足もしっかりと縛り付け始める。そうしながらも、恐怖に気が狂いそうになっている自分がいる。予想外の事態。どうしよう。どうしよう。まさかこんなことになるなんて。心臓が喉元からせり出しそうだ。吐息も荒い。こめかみもどくどくと脈動している。あんなに怖がっていた組事務所で、近づくことも嫌がっていたこのビルで、気がつけばこんなことをしている自分――やはり、吐きそうだ。

だが、手元だけは自分でも驚くほどしっかりしている。落ち着いている。的確に作業をこなしている。恭一がそばにいるからだ。

ようやく両足にヒモを括り付けた。

恭一が隣の洗面台から雑巾を取ってきた。男の口に捻じ込んだ。口から後頭部にヒモを一巡させ、猿轡《さるぐつわ》を噛《か》ませる。

「よし」恭一が落ち着きのない声で言った。「出よう」

圭子もうなずき、恭一のあとを追ってトイレを出る。扉を閉める。床に転がっていたバール。拾い上げる。恭一がボストンバッグを肩にかける。

十秒と経たないうちに事務所を出た。お互いに無言のまま素早く階段を下り、ビルを出る。人気のない表通りを足早に抜け、路地へと入り込む。

「連中が最初に顔を出すのは、何時ごろだろう？」

「たぶん、十一時から十二時の間」

「——そうか」

それっきり恭一は黙り込んだ。

クルマに乗り込む。恭一が急いでエンジンをかける。パーキングからRX‐8が滑り出し、路地を抜けていく。

大通りへと出た。バイパス方面に北上。信号を三つ通過。現場が遠ざかるにつれ、少しずつ気持ちが落ち着いてくる。と同時に、隣の恭一の様子が気になり始める。

恭一は、依然むっつりと黙りこくったまま、さらに速度を上乗せしていく。そのいかにも不機嫌そうな様子……素人泥棒が二人。目当てのものを盗るには盗ったが、挙句の果てはこの体たらくだ。恭一の面《めん》は割れてしまった。今日の昼以降、組事務所の連中は、恭一を必死になって捜し始める。本人もそれは充分に分かっているはずだ。

やはり不安を感じる。先ほどの六叉路でバイパスへと合流する。

「今回、三百万」不意に恭一がつぶやいた。「前の金が四百万。合わせて七百万だ」

ぎくりとする。昔のいじけ虫が不意に頭をもたげる。

なにを言い出すのか？　七百万あるから、また出ていけとでも言うのか？

ますます不安に駆られる。嫌だ。お願い。見捨てないで。離れたくない。

――が。

「おれは、あいつにはっきりと顔を晒した」恭一は言葉をつづけた。「おそらく事務所の連中も怒り狂っておれを捜し回る。この街は狭い。外回りの仕事なんぞ、危なくてやってられない」

「…………」

「この土地からなるべく早く逃げ出すしかない。七百万あれば当座の生活はできる。今日、支店長に辞表を出す」

「でも、どこに」心底ぼっとしながら圭子は聞いた。こういう説明からして、たぶんあたしも一緒に連れていってくれる。「どこに逃げるの。それに今日辞表を出しても、即日に辞めるなんて、できるの？」

恭一は乾いた笑い声を上げた。

「強引に辞めるしかないだろ。で、部屋も一ヶ月分家賃を前払いして、すぐに引き払う」

「でも、どこに」気づくと、オウムのようにまた同じ言葉を繰り返している。一緒に行くなら、その行き先を知りたい。「ここを出て、どこに行くの？」

「分からない」憮然《ぶぜん》としたまま恭一は答える。「おれには戻りたい場所もない。だからって、行きたい場所も思い浮かばない」

「…………」

バイパスの信号に引っかかる。恭一がブレーキを踏み、ギアを抜く。不意に小さなため息をついたかと思うと、圭子を見てきた。

「行く場所もない。頼りにできる人間もいない」そう言って、明るく笑った。「情けない人間だろ」

笑い出しそうになる。泣き出しそうになる。

それはあたしだって同じだ。誰も頼りにできる人間がいない。友達もいない——でも、今はあたしのことなど、どうでもいい。

この男に、こんなセリフを言わせてはいけない。絶対に。

カッコつけることが命の男なのだ。嫌なことには怒りまくって、そうやって自分を保ちつづけてきた男なのだ。

「だいじょうぶ」圭子は言った。「行く場所がないなら、考えればいいよ。どこか別の場所でウィークリーマンションでも借りて、しばらく考えればいいよ」ああ、なんて冴《さ》えない慰め方だろう。それでも口は止まらない。さらに早口になる。「それに頼りになる人間なんて、もともと誰にもいないんだよ。頼りにしようと思った時点で」

とってつけたようなセリフ。自分が嫌になる。

いつだってそうだ。大事なときに伝える言葉を、あたしは知らない。だから余計に焦って、無様な言葉を積み重ねる。

だが恭一は、かすかにうなずいた。

信号が青に変わる。RX－8が無人のバイパスに滑り出す。

恭一がふたたび口を開く。

「そうだな。そのとおりだ。考えればいい」

……あれ？

こんな言葉で納得するのか。

11

午前八時。

もう夜はすっかり明けている。

すでに事前の電話は済ませていた。

恭一は今、市街の外れの住宅街にいる。モルタル造りの集合住宅の前に、クルマを停めて待っている。

「…………」

組の連中があのパンチパーマ野郎を見つけ出せば、事務所内はきっと蜂《はち》の巣をついたような騒ぎになる。昼過ぎになれば、もう通りに顔を晒して歩くことはできない。

家を出るとき、圭子にも言ってきた。

昼前には、街をいったん出よう。だからそれまでに部屋の片付けを頼む。

とは言っても、すぐには部屋を引き払わないことにした。とりあえず不動産屋には一ヶ月後に部屋を退去する旨を伝え、それまでは無人のまま放っておく。それまでに次に居つく場所を決め、そこで仕事を決める。おそらく一ヶ月後くらいには、ある程度捜索の手も緩んでいる。退去日当日に舞い戻り、荷物を運び出す。

それがいいね、と圭子もうなずいた。あたしだけが来て、後処理をしてもいいわけだからさ。

恭一は今、目の前の集合住宅からお目当ての人物が出てくるのを待っている。手持ち無沙汰に、指先で軽くステアリングを弾きつづける。

――圭子。

ふと笑う。

組事務所からの帰り、自分でも思わぬことを口走った。前から分かっていた。

情けない人間……それが、おれの正体だ。

人に助けを請うほどの自信もなく、自分の居場所さえも持ったことがない。心底やりたいことも、興味の持てるものもない。

人間として中身がない。スカスカだ。

だが、あの女はそれを懸命になって否定してきた。

だいじょうぶ。考えればいいよ。

それに頼りになる人間なんて、もともと誰にもいないんだよ。

恭一を慰めようとして必死だった。手垢のついた言葉を並べ立てていた。その気持ちに、なんとなく満たされるものを感じた。

だからうなずいた。

そう――。考えればいい。

駄目人間でも考えることはできる。それが、すべての出発点だ。

おれの好きなことは、なんだ？

自分の居場所。

おれは、この世の中でどうしたい？

どう生きたい？

……おれがかつて憧《あこが》れた場所。世界。

海。

フロントガラスの向こう。集合住宅二階の一番端の扉が開き、大柄な男が姿を現す。転勤族。大きな店の支店長とはいえ、住んでいるところなど所詮はこんなものだ。

松浪が階段を下りてくる。スーツ姿。こちらを見遣《みや》ってきたその目は、相変わらず冷たい。

助手席に乗り込んでくるなり、大げさにため息をついた。

「で、朝っぱらからなんだ。今すぐにでも話さなくちゃならない、重要な用件ってのは？」


五分後、デニーズにいた。

恭一は懐《ふところ》から辞表を取り出し、テーブルの上に置いた。

松浪は黙り込んだまま、恭一と辞表を交互に眺めている。特に驚いた様子はない。ただ、眺めているだけだ。

もう一度、辞表を指の腹で相手のほうに押しすすめる。

「すいません。支店長」ようやく恭一は言葉を発した。「おれ、会社を辞めます」

「見りゃ分かる」松浪は変わらず無表情に返してくる。「で、いつ辞めたい？」

そのセリフ——分かっている。やはりこの五十男に、そこはかとない好意を覚える。

辞表まで書いてきた人間は、上司がいくら説得を試みたところで、まずは辞める。言うだけ無駄ということだ。だから、わざとらしい説得もしない。残念そうな素振りも見せない。そんなものは、所詮演じる側の自己満足だ。

「申し訳ないんですが、今日の、今すぐに」

「そりゃ、急だな」松浪はいかにもつまらなそうにピースを取り出し、火を点ける。「引き継ぎの時間も無視して、辞める。上司や周りの迷惑ってもんを、少しは考えたのか」

「はい」

「それでも今すぐに、辞めたいのか？」

「はい」恭一はうなずく。「今取りかかっている仕事はリストを作って、課長のアドレスにメールを入れておきました。顧客との進捗《しんちょく》状況、カルテや資料、名刺類の保存場所……そんなに仕事の量が多いわけでもないですし、そのリストを見てもらえば、引き継ぎはできるかと思います」

「で、顧客にはおまえが交通事故にでも遭《あ》って長期入院になったと言っておく。当座と偽って引き継ぎをさせ、そのままおまえの存在をフェイドアウトさせる。そんなところか？」

「すいません」

「理由は、なんだ？」松浪の目に、初めて興味の光が宿る。「金を摘める職種でもない。成績もそこそこ上がってき始めている。社内の人間関係も悪そうには見えない。理由は？」

「社外の事情です」

「家族か」

「いいえ」

「なら、なんだ」

「すいませんが、知らないほうが支店長の立場としてはいいと思います」

「おれの？」

はい、と恭一はうなずいた。「聞いたら、たぶんあとで後悔します」

途端に松浪はゲラゲラと笑い出した。

「学習したのか、わが身をもって」

「は？」

「吉島だよ。おまえ、知ってたんだってな」なおも笑いながら松浪は言う。「借金まみれだってこと。ゲロさせたときに、聞いた」

かっときた。

あいつ——。盗《ぬす》っ人《と》デブの上に、とんだカケス野郎だったということだ。

……腹立ちを押し殺し、つい相手の顔を窺う。

まだ松浪は微笑んでいる。

「安心しろよ。吉島もそれ以上は、おまえに相談しなかったと言っていた」

「…………」

「なら、おまえの立場としては黙っておくしかない。限りないクロ。だが、クロという可能性だけだ。上司に報告などできない」

「……すいません」

「少しだけ、教えろ」松浪は少し身を乗り出してきた。「その社外の事情ってのは、なんだ。ヤバいことなのか」

「はい」

「警察沙汰か？」

「なら、まだいいです」

「ふうん――」気づく。松浪の目がかすかに笑っている。やはり、面白がっている。「おれ程度がもし助けようと思っても、どうにもならないことか」

「どうにもなりません」

「だから、逃げ出すのか」

「そうです」

「それで当座、生活はできるのか」

「金は、そこそこあります」

「分かった」松浪は腕時計を覗き込んだ。「今、八時三十五分だ。歩きじゃ間に合わない。会社までおれを送ってくれ。今回の件じゃ始末書も書くことになる。それぐらい、やってくれてもいいだろ」

危うく笑い出しそうになった。

「もちろんです」


支店の前に通じる大通りへと出た。地方都市の朝のラッシュアワー。道は混んでいる。両側の歩道にも、OLや背広姿のサラリーマンが溢れている。たくさんの人の目が自分を見ているような気がする。

が、まだ心配はいらない。

組の連中は、まだあいつを発見していない。安心していい。

駅へとつづく大通りをストップ・アンド・ゴーを繰り返しながら、ゆっくりと下っていく。

交差点の向こうに、支店のビルが見えてきた。

「今日もいい天気だなあ。恭一」サイドウィンドウから空を見上げ、松浪が呑気《のんき》な声を発する。「もうすぐ、六月だもんなあ」

今さらにして気づく。夏のボーナス査定。吉島の件におれの件と、立てつづけの不始末。今期の支店長の査定は、最低なものになるだろう。

「すいません。おれまでいろいろと迷惑かけちゃって」

「あ？」

「支店長のボーナス査定。今期はボロボロですよ」

「おいおい。人のことより、自分の今後を心配しろ」松浪は破顔した。「それにな、もうそんな心配をしてもらう必要はない」

「え？」

「先週決まった。ウチの関連会社に、愛宕山《あたごやま》ケーブル電鉄ってのが、あるだろ？」

「はあ」

「七月一日から、その電鉄に出向だ。いちおう所長としての待遇だが」

「…………」

明らかな左遷だ。しかもこの松浪の歳《とし》でそこに行けば、定年まで飼い殺しになることは間違いない。

信号がブルーに変わる。アクセルを踏む。松浪は笑って言葉をつづけた。

「ちと、吉島の件が響いた。おれは本社では嫌われ者だ。これ幸いと、連中にやり込められちまったってわけだ」

「……ですか」

「だからもう、おまえの件でどうこうされることはない。あ、その先でいいぞ。降ろしてくれ。一緒のところを見られると、あとあと説明がしにくい」

指示どおり、支店の百メートルほど手前でクルマを路肩に寄せた。シートベルトを外し、松浪がドアを開ける。

「じゃあな」と、クルマの外に降り立つ。一瞬間が空き、恭一を振り返って小首をかしげた。

「そういや、おれは最後まで殴られずに済んだな」

今度こそ本当に笑い出した。

「支店長、お元気で」

「おれはいつだって元気さ」

言い捨て、ドアを閉めた。

その後ろ姿。足取りもそうだ。なぜか軽く見える。この男が変わったのではない。自分だ。自分の目に映る世界が、違って見え始めている。

松浪がビルに吸い込まれるのを見届けてから、恭一はクルマを出した。海。

自分の過去を思うとき、その一言しか思い浮かばない。昔からそうだったのだ。

12

八時半には、圭子はあらかたの荷物を片付け終わっていた。

舞い戻ってきたときにすぐ荷物を運び出せるよう、大まかに家具を整理した。ベッドを分解し、今まで使っていた食器を箱の中に入れ、本をヒモで縛り上げた。ガスの元栓を閉めブレーカーも落とした。テレビやミニコンポはコンセントを抜いただけで、そのままにしておいた。

次にクローゼットの中の洋服で、当座必要になりそうなものを恭一の旅行鞄に詰め込み始めた。その衣服の間に、ラップトップのパソコンを仕舞い込む。自分の服はボストンバッグへ。近くのコンビニからもらってきた段ボール箱に、コカ溶液入りのペットボトルを三本……あれだけ苦労して手に入れたのに、どういうわけか今朝は、なんとなくもう要らないもののような気がする。束の間迷う。が、やはり仕舞い込む。

さらにその隅に洗面用具一式と、タオル、靴下、下着、ハンカチ類を詰め込む。現金七百万と貴重品類は、以前にユニクロで買ってきた手提げ鞄の中だ。

分かっている。手早く用意をしなければならない。ヤクザに見つかることを恐れ、さっさと逃げ出すための準備。もうすっかり朝だが、夜逃げのようなものだ。

それでもこまごまとしたものを揃えていると、次第に気持ちが明るくなってくる。

この土地とも、さよならだ。

逃げ出すのには違いない。でも、過去に追われて逃げ出すのではない。一番嫌なことが二つ。その嫌なことにけじめをつけ、たまたまその結果として逃げ出すことになっただけだ。自分から逃げ出すわけではない。ごまかすわけでもない。

被害者面のままうずくまっているのは、気持ちがいいし、簡単だ。あたしは悪くない。運が悪かったのだ。取り巻きも悪かったのだ——そう思っているだけでいい。

楽なやり方だ。でも、卑怯《ひきょう》だ。

いつか恭一は言った。負け犬根性丸出しだって。

たしかにそうだ。いったん自己憐憫《れんびん》のぬるま湯に浸《つ》かれば、気持ちよすぎてなかなか上がることはできない。やがて、手足も気持ちもグズグズにふやけていく。

なら、どうするか。簡単だ。

たぶん今後、また同じような痛い目に遭ったとしても、仕返しをすればいい。けりをつければいい。そうやって自分を保つ。強くしていく。

正しいとか正しくないとかは関係ない。空恐ろしい考え方かもしれないけれど、逃げたままよりははるかにましだ。恭一も、きっとそう言う。

もう怖がって、じっとうずくまることはない。

電話が鳴った。食器棚の上の受話器を取る。

「はい」

「おれだけど、もう少しでそっちに着く」

「分かった。じゃあ玄関に荷物、下ろし始める」

「よろしく」

恭一が通話を切る。

よし。

まずはボストンバッグを右肩にかける。逆側の肩からストラップを首に廻し、旅行鞄もぶら下げる。空いている両腕で段ボール箱を抱え、重みによろよろとしながら部屋を出た。階段をゆっくりと下りていく。

一階のエントランスに着くと、すでにブルーのＲＸ－８が車寄せに停車していた。

恭一がクルマを降りてきて、穏やかな笑みを見せた。

「なんだ、一度に運んでこなくてもよかったのに」

「でも、まだ部屋から運び出すものがあるから」

「そうか」

念のため、確認する。

「いちおう、この段ボールの中にあれも入っているけど」

「あれ？」

「だから、あれ……」なんとなく照れる。言いにくい。「要るでしょ？」

ようやく恭一も気づいたようだ。

「いいんじゃないの。あっても」いかにも気楽そうに恭一は答えた。「気持ちいいに越したことはないし」

圭子も思わず笑う。

たしかにその程度だ。所詮は快楽の道具。頼ることはない。でも、あってもいい。

恭一がそれらの荷物をトランクに積み込み始める。圭子はもう一度部屋へと戻る。

玄関のドアを開け、奥のワンルームへと進んでいく。家具自体は減っていない。だが、隅にひとまとめにしたせいで、なんとなく部屋全体がガランとして見える。ユニクロの手提げ鞄を肩にかけ、最後に気づく。

恭一のスーツ……ひょっとしたら一着はあったほうがいいかもしれない。どこかの街で、新しく会社の面接を受けるかもしれない。

もう一度クローゼットを開け、黒紺の三つボタンのスーツをハンガーごと取り出す。次いで手提げ袋に、薄いブルーのシャツと黒いつや消しのベルト、黄色と黒の細かい格子柄のネクタイを入れる。知っている。このスーツを着るときの、恭一の一番お気に入りの組み合わせ。

玄関を出るとき、一番新しい恭一の革靴を、左手にぶら下げた。

廊下に出る。ドアの鍵を締めるとき、大きなため息をついた。

これで、今までの世界と本当にさよならだ――。

エントランスまで降りていくと、恭一はすでにクルマに乗り込んでいた。

「お待たせ」

そう言って助手席に乗り込んだ。

恭一が顔を上げ、怪訝そうな表情をする。

「なんだよ、そのスーツ？」

「もしもの用意。またすぐ勤め人になるかもしれないから」

恭一は笑った。

「たぶん必要ない」

「どうして？」

しかしそれには答えず、恭一はクラッチを繋いだ。住宅街の狭い市道をRX－8がゆっくりと抜けていく。交差点が近づいてくる。恭一はハンドルを南に向けた。

答えが返ってきたのは、昨夜も走ったバイパスに乗り入れてからだった。

圭子はふたたび聞いた。

「ところで、どこに行くか決めた？」

「石垣島《いしがきじま》、与那国《よなぐに》。そんなところ」

「は？」

一瞬冗談かと思った。だが、生真面目《きまじめ》な面持ちのまま、恭一は言葉をつづける。

「二年前だ。ここの会社に就職するとき、転職雑誌を見ていた。地方へのUターン特集で漁師募集の広告が出ていた。学歴経験不問。上限は三十歳まで。よく載っていた。たぶん今でも募集している」

「…………」

「親父《おやじ》が漁師だった。でも内海の干拓で漁業ができなくなった。沖縄の離島なら、それはないだろう。人は魚を食う。一人前になりさえすれば、死ぬまでつづけられる。そんなに金持ちにはなれないだろうけど」

「……でも、経験はあるの？」

「そこそこは」恭一は少し笑う。「ガキのころ、よく漁を手伝わされた。魚艙《ぎょそう》の洗い方、天候の見極め方、魚群探知機の扱い、海鳥と魚群の相関、もやい結び、ヒッチ、網の繕《つくろ》い方」

初めて聞く。そしてやや安心もする。まるっきり未経験というわけではないのだ。

恭一の話はなおもつづいている。

「まず、都内のどこかに二、三日、腰を落ち着けよう。で、転職雑誌を買う。パソコンでも情報を集める。そこからいい情報が取れれば、カーフェリーで九州へ渡る」

フロントガラスの向こう、遠くに見えていたバイパスの標識が見る間に近づいてくる。後方に飛び去っていく。

東京まで、百二十三キロ――。

世の中は、そううまくいかない場合が多い。これまでもそうだった。

ひょっとしたらまた失望の連続になるかもしれない。恭一も分かっているはずだ。

だから、敢えて言葉に出す。そんなことを言っていたら、なにも始まらない。なにもできない。

とりあえず口にする。とりあえず踏み出す。

不意に湧いてきた言葉と、そのイメージ。あまりにもカッコつけすぎで、自分でもおかしくなる。

過去を引き摺る者は、北へと逃れる。

過去を清算する者は、南へ足を運ぶ。

たぶん。

もし駄目だったとしても、東や西に行けばいい。海があるなら、泳いで行けばいい。行く先はいくらでもある。踏み出した者勝ちだ。踏み出せばいい。

その瞬間、世界はすべて鮮やかになる。

クレイジーヘヴン。

この作品は二〇〇七年一月実業之日本社よりジョイ・ノベルスとして刊行されたものを文庫化したものです。

幻冬舎文庫

●好評既刊
ワイルド・ソウル(上)(下)
垣根涼介

大藪春彦賞、吉川英治文学新人賞、日本推理作家協会賞史上初の三賞受賞を果たした、爽快感溢れる傑作長篇。いま、最後の矜持を胸に、日本国政府を相手にした壮大な復讐劇の幕が上がる。

●好評既刊
南米取材放浪記
ラティーノ・ラティーノ！
垣根涼介

某年某月、作家は小説執筆のためブラジルとコロンビアを訪れた。喜怒哀楽全開で人々と語り、大地の音に耳を澄ましながらゆく放浪取材。三賞受賞作『ワイルド・ソウル』はこうして描かれた！

●最新刊
Love Letter
石田衣良　島村洋子　川端裕人　森福 都
前川麻子　山崎マキコ　中上 紀　井上荒野
桐生典子　三浦しをん　いしいしんじ

はじめてラブレターを出した時のこと、もらった時のこと、覚えていますか？　今、最も輝きを放つ11人の作家が、それぞれの「ラブレター」に想いを込めて描く恋愛小説アンソロジー。

●最新刊
テンカウント
黒井克行

愛弟子を試合中の事故で亡くした後も多くの世界王者を生み出した伝説のトレーナー松本清司。「ボクシングの鬼」と言われた男を通じてボクサーたちの闘いを描く感動のノンフィクション。

●最新刊
砂漠の薔薇
新堂冬樹

ハイソな奥様の輪に加わり、愛娘の「お受験」にのめり込む中西のぶ子。彼女はなぜ親友の娘を殺す必要があったのか。平凡な主婦を殺人に駆り立てた日常生活に潜む狂気を描く衝撃のミステリー。

幻冬舎文庫

●最新刊
代筆屋
辻 仁成

きっかけがありさえすれば、人は必ず出会える。出会ってしまえば、それはすでに恋のはじまり。運命というものは多分、信じた人のものになるのだ。手紙の代筆で人助けをする作家の物語。

●最新刊
学校
松崎運之助

一九七二年に東京下町の夜間中学に教師として勤務した著者が出会った生徒達。社会でひどい仕打ちを受け、不当に差別されてきた人々が、文字を学ぶことで人間の尊厳を取り戻していく感動実話。

●最新刊
ハバナ・モード
すべての男は消耗品である。Vol.8
村上 龍

危機的状況では、あきらめずにまずリラックスすること。次に危機の回避のため、極度の緊張と集中をして猛烈な努力を始めることが大切だ。「ハバナ・モード」で時事を斬る大人気エッセイ！

●最新刊
正義の証明(上)(下)
森村誠一

社会的に非難を浴びる人物に麻酔弾を撃ち込む「私刑人」。彼はなぜ執拗に犯行を重ねるのか？ 法に庇護されなかった弱者と、暴力団、警察との壮絶な闘いを描く、森村ミステリーの金字塔。

●最新刊
証し
矢口敦子

かつて売買されたひとつの卵子が、十六年後、殺人鬼に成長していた――？ 少年の「二人の母親」は真相を探るうち、彼の魂の叫びに辿り着く。「親子の絆」とは「生命」とはを問う、長篇ミステリ。

幻冬舎文庫

●最新刊
聖者は海に還る
山田宗樹

生徒が教師を射殺し自殺した。事件があった学校に招かれたカウンセラー。心の専門家がもたらしたものとは？　『嫌われ松子の一生』の著者が〝心の救済〟の意義と隠された危険性を問う衝撃作！

●最新刊
レンタル・チルドレン
山田悠介

愛する息子を亡くした夫婦が、子供のレンタルと売買をしている会社で、死んだ息子と瓜二つの子供を購入。だが、子供は急速に老化し、顔が溶けていく……。裏に潜む戦慄の事実とは!?

●最新刊
カオス
梁石日《ヤン・ソギル》

歌舞伎町の抗争に巻き込まれたテツとガクは、麻薬を狙う蛇頭の執拗な追跡にあう。研ぎ澄まされた勘と才覚と腕っ節を頼りに、のし上がろうとする無法者達の真実を描いた傑作大長編。

●最新刊
紅無威《くれない》おとめ組　かるわざ小蝶
米村圭伍

義賊に加わった小蝶が女仲間と始めた田沼家の裏金強奪計画。だが、頭領・幻之介の狙いは壮大だった。小蝶の思いをよそに、計画は江戸城を揺るがす大事件に発展してゆく。抱腹の痛快時代活劇。

●最新刊
ヤクザ者の屁理屈　貴方もヤクザになりませんか
森田健介

独断と偏見とユーモアたっぷりに日本社会をメッタ斬り。人間愛、刑務所生活、幸福論に到るまで、思わず笑えて膝を打つ逆転発想法。限りなく正論に近い、ヤクザ者の屁理屈ワールドへようこそ！

クレイジーヘヴン

垣《かき》根《ね》涼介《りょうすけ》

平成20年4月10日　初版発行
令和2年7月25日　3版発行

発行人――石原正康
編集人――菊地朱雅子
発行所――株式会社幻冬舎
〒151-0051東京都渋谷区千駄ヶ谷4-9-7
電話　03(5411)6222(営業)
03(5411)6211(編集)
振替00120-8-767643

印刷・製本―株式会社　光邦

装丁者――高橋雅之

検印廃止
万一、落丁乱丁のある場合は送料小社負担で
お取替致します。小社宛にお送り下さい。
本書の一部あるいは全部を無断で複写複製することは、
法律で認められた場合を除き、著作権の侵害となります。
定価はカバーに表示してあります。
Printed in Japan © Ryosuke Kakine 2008

幻冬舎文庫

ISBN978-4-344-41107-4　C0193　か-16-4

幻冬舎ホームページアドレス　https://www.gentosha.co.jp/
この本に関するご意見・ご感想をメールでお寄せいただく場合は、
comment@gentosha.co.jpまで。